AGATHA CHRISTIE
SÓCIOS NO CRIME

CASOS DE **TOMMY E TUPPENCE**

AGATHA CHRISTIE
SÓCIOS NO CRIME

CASOS DE **TOMMY E TUPPENCE**

Tradução
José Carlos Volcato

GLOBOLIVROS

Partners in Crime © 1941 Agatha Christie Limited. Todos os direitos reservados. AGATHA CHRISTIE, POIROT e a assinatura de Agatha Christie são marcas registradas de Agatha Christie Limited no Reino Unido e demais territórios. Todos os direitos reservados.

Tradução intitulada *Sócios no crime* © 2019 Agatha Christie Limited.

Copyright © 2019 by Editora Globo S.A. para a presente edição

Todos os direitos reservados. Nenhuma parte desta edição pode ser utilizada ou reproduzida — em qualquer meio ou forma, seja mecânico ou eletrônico, fotocópia, gravação etc. — nem apropriada ou estocada em sistema de banco de dados sem a expressa autorização da editora.

Texto fixado conforme as regras do novo Acordo Ortográfico da Língua Portuguesa (Decreto Legislativo nº 54, de 1995)

Título original: *Partners in Crime*

Editora responsável: Amanda Orlando
Assistentes editoriais: Samuel Lima e Isis Batista
Revisão: Daiane Cardoso
Diagramação: Abreu's System
Capa: Rafael Nobre

CIP-BRASIL. CATALOGAÇÃO NA PUBLICAÇÃO
SINDICATO NACIONAL DOS EDITORES DE LIVROS, RJ

C479s
Christie, Agatha, 1890-1976
    Sócios no crime / Agatha Christie ; tradução José Carlos Volcato. – [2. ed.] – Rio de Janeiro : Globo Livros, 2019.
    320 p. ; 21 cm.

    Tradução de: *Partners in crime*
    ISBN 978-65-806-3406-4

    1. Ficção inglesa.
    I. Volcato, José Carlos. II. Título.

19-59055
    CDD: 823
    CDU: 82-3(410.1)

Vanessa Mafra Xavier Salgado - Bibliotecária - CRB-7/6644

1ª edição, 2010 [L&PM]
2ª edição, 2019

Direitos exclusivos de edição em língua portuguesa para o Brasil adquiridos por Editora Globo S.A.
Rua Marquês de Pombal, 25 — 20230-240 — Rio de Janeiro — RJ
www.globolivros.com.br

SUMÁRIO

1 Uma fada no apartamento 7
2 Um bule de chá 17
3 O caso da pérola rosa 31
4 A aventura do desconhecido sinistro 55
5 Fazendo uma *finesse* de rei 77
6 O cavalheiro vestido de jornal 87
7 O caso da dama desaparecida 99
8 Cabra-cega 119
9 O homem coberto de névoa 135
10 O estalador 159
11 O mistério de Sunningdale 179
12 A casa da morte à espreita 199
13 O álibi perfeito 225

14 A filha do clérigo 251
15 A Casa Vermelha 259
16 As botas do embaixador 273
17 O homem que era o número 16 295

1
UMA FADA
NO APARTAMENTO

A sra. Thomas Beresford trocou de posição no divã e olhou melancolicamente para fora da janela do apartamento. A vista não se estendia muito e consistia apenas de um pequeno prédio de apartamentos do outro lado da rua. A sra. Beresford deu um suspiro e depois um bocejo.

— Quem dera — exclamou — alguma coisa acontecesse!

O marido a encarou com ar de censura.

— Cuidado, Tuppence! Essa ânsia por sensações vulgares me choca.

Tuppence suspirou e fechou os olhos como se sonhasse.

— E então Tommy e Tuppence se casaram — entoou a jovem — e viveram felizes para todo o sempre. E seis anos depois eles ainda viviam felizes para todo o sempre. É inacreditável — acrescentou — como tudo é sempre tão diferente daquilo que se imagina que será.

— Uma frase muito profunda, Tuppence. Mas nada original. Poetas célebres e teólogos ainda mais célebres já disseram isso antes. E, se me permite sugerir, já o disseram de forma melhor.

— Há seis anos — continuou Tuppence —, eu poderia jurar que, com dinheiro o bastante para comprar o que quisesse e com você ao meu lado como meu marido, a vida inteira seria uma doce e bela canção, como diria um desses poetas sobre os quais você parece saber tanto.

— Sou eu ou o dinheiro a causa do seu tédio? — Tommy perguntou com frieza.

— Tédio não é bem a palavra — respondeu Tuppence num tom gentil. — Já me acostumei com as graças recebidas, apenas isso. Do mesmo modo que nunca nos lembramos da dádiva que é poder respirar livremente pelo nariz até pegar um resfriado.

— Você gostaria que eu a tratasse um pouco com descaso? — sugeriu Tommy. — Saísse com outras mulheres e as levasse a casas noturnas, esse tipo de coisa?

— Inútil — retorquiu Tuppence. — Você apenas me encontraria lá com outros homens. E enquanto eu saberia perfeitamente bem que você não dava a mínima pelas outras mulheres, você jamais teria a mesma certeza de que eu não me importava com os outros homens. As mulheres são tão mais perspicazes.

— É apenas na modéstia que os homens conseguem as notas "atingem a pontuação mais alta" — murmurou o marido. — Mas qual é o seu problema, Tuppence? Por que tamanha insatisfação?

— Não sei. Eu quero que coisas aconteçam. Coisas excitantes. Você não gostaria de sair à caça de espiões alemães novamente, Tommy? Pense nos dias vibrantes e cheios de perigos que já vivemos. Claro que eu sei que você ainda pertence ao Serviço Secreto de certa forma, mas seu trabalho é pura rotina de escritório.

— Quer dizer que você gostaria que me mandassem para os mais inóspitos confins da Rússia disfarçado de contrabandista bolchevique de bebidas ou algo assim?

— Não adiantaria nada — disse Tuppence. — Eles não me deixariam ir com você, e sou eu quem deseja desesperadamente

alguma coisa para fazer. Alguma coisa para fazer. É isso que eu repito para mim mesma o dia todo.
— A esfera de atuação feminina — Tommy sugeriu com um aceno de mão.
— Vinte minutos de trabalho após o café da manhã permitem que eu toque o barco perfeitamente. Você não tem queixas, tem?
— Você dirige a casa com tamanha perfeição, Tuppence, que chega a ser quase monótono.
— Gosto do reconhecimento — admitiu Tuppence. — É claro que você tem o seu trabalho — continuou —, mas diga-me, Tommy, você nunca tem um desejo secreto por emoção, vontade de que *aconteçam* coisas?
— Não — discordou Tommy —, pelo menos acho que não. É muito bom querer que coisas aconteçam, mas podem ser coisas pouco agradáveis.
— Os homens são tão prudentes — Tuppence concluiu com um suspiro. — Você nunca tem um desejo louco e secreto por romance, aventura, vida?
— O que é que você anda lendo, Tuppence? — perguntou Tommy.
— Imagine como seria eletrizante — continuou Tuppence — e ouvíssemos uma batida vigorosa em nossa porta, fôssemos atender e entrasse um morto com passos cambaleantes.
— Se estivesse morto não poderia dar passos cambaleantes — Tommy afirmou em tom de crítica.
— Você entendeu — explicou Tuppence. — Eles sempre entram com passos cambaleantes um pouco antes de morrerem e caírem aos seus pés, apenas sussurrando suas poucas últimas palavras enigmáticas: "O Leopardo Malhado", ou algo do gênero.

— Recomendo uma dieta de Schopenhauer ou Immanuel Kant — disse Tommy.
— Esse tipo de coisa seria bom para você — respondeu Tuppence. — Você é que está ficando gordo e acomodado.
— Eu não — retrucou Tommy com indignação. — Até porque você também faz exercícios para manter a forma.
— Todos fazem — concluiu Tuppence. — Quando falei que você está ficando gordo, na verdade estava usando uma metáfora para sugerir que, à medida que fica mais próspero, você fica cada vez mais mole e acomodado.
— Não sei o que deu em você — afirmou o marido.
— O espírito de aventura — murmurou Tuppence. Ainda assim é melhor do que um desejo por romance. Às vezes eu também sinto isso. Penso em encontrar um homem, um homem realmente bonito.
— Já encontrou a mim — disse Tommy. — Não basta para você?
— Um homem moreno, elegante, incrivelmente forte, o tipo de homem que consegue cavalgar qualquer coisa e laça cavalos selvagens...
— Com suas calças de pele de carneiro e chapéu de vaqueiro — interrompeu Tommy sarcasticamente.
— E que já morou nos ermos selvagens — continuou Tuppence. — Eu gostaria que ele simplesmente se apaixonasse de maneira avassaladora por mim. Eu, claro, o rejeitaria, virtuosa, e seria fiel a meus votos matrimoniais, mas meu coração secretamente estaria com ele.
— Bem — admitiu Tommy —, eu muitas vezes tenho o desejo de encontrar uma garota realmente bonita. Uma garota

com o cabelo da cor do trigo que se apaixonará desesperadamente por mim. Mas eu creio que não a rejeitaria. Na verdade, estou bem certo que não.

— Isso — disse Tuppence — é malcriação.

— Qual — perguntou Tommy — é mesmo o seu problema, Tuppence? Você nunca falou assim antes.

— Não, mas eu já vinha fervendo por dentro há muito tempo — confessou Tuppence. — Sabe, é muito perigoso quando já se tem tudo o que se quer; até mesmo dinheiro o bastante para comprar o que bem entender. É claro que sempre há chapéus.

— Mas você já tem uns quarenta chapéus — surpreendeu-se Tommy. — E eles são todos muito parecidos.

— Chapéus são assim mesmo — esclareceu Tuppence. — Não é que sejam muito parecidos. Há *nuances* diferentes entre eles. Eu vi um bem bonito na Violette's hoje pela manhã.

— Se você não tem nada melhor para fazer do que continuar comprando chapéus de que não precisa...

— É isso — interrompeu Tuppence —, é exatamente isso. *Se* eu tivesse alguma coisa melhor para fazer. Acho que deveria começar a me interessar por obras de caridade. Oh! Tommy, como eu queria que algo emocionante acontecesse. Eu sinto, realmente sinto, que seria bom para nós. Se nós pudéssemos encontrar uma fada...

— Ah! — alegrou-se Tommy. — Curioso que você diga isso.

O marido levantou e atravessou a sala. Abriu uma gaveta da escrivaninha, retirou uma pequena foto instantânea e a levou até Tuppence.

— Oh! — exclamou Tuppence. — Então você as mandou revelar. E qual delas que é esta, a que você tirou ou a que eu tirei?

— A que eu tirei. A sua não saiu. Faltou exposição. Como sempre.

— É bom para você — provocou Tuppence — achar que há pelo menos uma coisa que você consegue fazer melhor do que eu.

— Bobagem — retrucou Tommy —, mas vou deixar assim mesmo por enquanto. O que eu queria mostrar para você é isto aqui.

Ele indicou uma pequena mancha branca na fotografia.

— É um arranhão no filme — afirmou Tuppence.

— Nada disso — insistiu Tommy. — Isto, Tuppence, é uma fada.

— Ora, Tommy, seu bobo.

— Veja você mesma.

Ele lhe alcançou uma lupa. Através da mesma, Tuppence analisou a fotografia atentamente. Visto daquele modo e com um pequeno arroubo de imaginação, o arranhão no filme poderia ser identificado como uma pequena criatura alada pousada no para-fogo da lareira.

— Ela tem asas! — gritou Tuppence. — Que divertido, uma fada verdadeira e vivinha no nosso apartamento. Vamos escrever a Conan Doyle sobre ela?* Oh, Tommy. Você acha que ela vai nos conceder desejos?

— Você logo saberá — sugeriu Tommy. — Você passou toda a tarde desejando com muita vontade que algo acontecesse.

---

* Alusão ao fato de que o então ainda vivo criador de Sherlock Holmes, sir Arthur Conan Doyle, não só acreditava em fadas, mas famosamente defendera a veracidade das polêmicas Fadas de Cottingley, cinco fotos forjadas tiradas a partir de 1917 por duas meninas inglesas, Elsie Wright e Frances Griffiths. (N.T.)

Naquele minuto a porta se abriu e um rapazola alto de quinze anos, que parecia não ter conseguido decidir se era mordomo ou pajem, perguntou num tom verdadeiramente grandioso:

— A senhora está em casa, sra. Beresford? Acabo de ouvir a campainha da porta da frente.

— Seria melhor se Albert não fosse tanto ao cinema — suspirou Tuppence após indicar com um gesto que estava, sim, e Albert ter se retirado. — Agora ele está copiando um mordomo de Long Island. Felizmente eu consegui curá-lo daquela mania de pedir os cartões de visitas das pessoas e trazê-los até mim numa bandeja de prata.

A porta tornou a abrir, e Albert anunciou como se estivesse a proferir um título de realeza:

— O sr. Carter.

— O chefe — sussurrou Tommy, cheio de surpresa.

Tuppence ergueu-se com um salto e uma exclamação cheia de alegria, saudando um homem alto e grisalho dotado de um olhar penetrante e um sorriso cansado.

— Meu caro sr. Carter, é uma *grande* satisfação recebê-lo!

— Que bom, sra. Tommy. Agora me responda, por favor: como vai a vida?

— Boa, mas monótona — respondeu Tuppence com um piscar de olhos.

— Cada vez melhor — concluiu o sr. Carter. — Certamente a encontro com a disposição certa.

— Isso — completou Tuppence — me parece instigante.

Albert, que ainda imitava o mordomo de Long Island, retornou com o chá. Após ter sido servido sem maiores incidentes e a porta ter sido fechada pelo mordomo que se retirava, Tuppence voltou à carga:

— O senhor realmente tem algo para nós, não tem, sr. Carter? Pretende nos enviar em missão aos mais inóspitos confins da Rússia?

— Não exatamente — respondeu o sr. Carter.

— Mas há alguma coisa.

— Sim, há alguma coisa. Não creio que a senhora seja do tipo que foge diante do perigo, não é mesmo, sra. Tommy?

Os olhos de Tuppence brilharam cheios de excitação.

— Há certo trabalho que precisa ser feito para o departamento e eu imaginei, apenas fiquei imaginando, que seria perfeito para vocês dois.

— Continue — disparou Tuppence.

— Vejo que assinam o *Daily Leader* — continuou o sr. Carter enquanto apanhava o jornal de cima da mesa.

Ele foi até a coluna de classificados e, indicando um anúncio com o dedo, passou o jornal a Tommy.

— Por favor, leia em voz alta — pediu.

Tommy aquiesceu:

AGÊNCIA DE DETETIVES INTERNACIONAL, THEODORE BLUNT, GERENTE. INVESTIGAÇÕES PARTICULARES. EQUIPE DE AGENTES INVESTIGADORES DE CONFIANÇA E ALTAMENTE QUALIFICADOS. DISCRIÇÃO ABSOLUTA. CONSULTAS GRATUITAS. HALEHAM ST., 118, W.C.

Ele olhou com curiosidade para o sr. Carter, que balançou a cabeça e esclareceu:

— Essa agência de detetives está para fechar há algum tempo — murmurou. — Um amigo meu a comprou por uma bagatela.

Estamos pensando em recolocá-la em operação por um período de teste, digamos uns seis meses. E durante esse tempo, claro, ela vai precisar de um gerente.

— E o que me diz do sr. Theodore Blunt? — indagou Tommy.

— Temo que o sr. Blunt tenha sido um tanto indiscreto. Na verdade, a Scotland Yard teve de interferir e o sr. Blunt está detido às custas de Sua Majestade, mas se recusa a nos contar metade daquilo que gostaríamos de saber.

— Entendi, senhor — concluiu Tommy. — Quer dizer, acho que entendi.

— Sugiro que você tire seis meses de licença do escritório. Problemas de saúde. E, claro, se você gostar da ideia de tocar uma agência de detetives sob o nome de Theodore Blunt, eu não tenho nada com isso.

Tommy encarou seu chefe fixamente:

— Alguma instrução, senhor?

— Creio que o sr. Blunt fez alguns negócios com o exterior. Fique de olho caso apareçam cartas azuis com selos russos. Elas são mandadas por um comerciante de presuntos ansioso por encontrar a esposa que se mudou para cá como refugiada há alguns anos. Se umedecer o selo, você encontrará o número 16 escrito por baixo. Faça cópias dessas cartas e envie os originais para mim. Do mesmo modo, se alguém aparecer no seu escritório e fizer alguma referência ao número 16, não deixe de me informar imediatamente.

— Compreendo, senhor — disse Tommy. — Mais alguma coisa?

O sr. Carter apanhou suas luvas na mesa e dirigiu-se para a porta.

— Vocês podem tocar a agência do jeito que bem entenderem. Imaginei — seus olhos brilharam de relance — que seria divertido para a sra. Tommy praticar um pouco seus dotes detetivescos.

2

UM BULE DE CHÁ

O sr. e a sra. Beresford assumiram o controle dos escritórios da Agência de Detetives Internacional dali a poucos dias. Estavam no segundo andar de um edifício caindo aos pedaços, em Bloomsbury. No pequeno escritório junto à entrada, Albert abandonara seu papel de mordomo de Long Island e assumira o de contínuo, um papel que desempenhava com perfeição. Um saco de papel cheio de balas, as mãos sujas de tinta de caneta e os cabelos despenteados compunham sua concepção da personagem.

A partir da antessala, duas portas conduziam às demais instalações. Em uma das portas estava escrito "Funcionários". Na outra, "Acesso Restrito". Atrás desta última ficava uma sala pequena e confortável, mobiliada com uma imensa escrivaninha modelo profissional e muitos arquivos etiquetados com esmero, todos vazios, além de algumas pesadas cadeiras com assento de couro. Sentado à escrivaninha estava o pseudo sr. Blunt, que tentava dar a impressão de que fora responsável por conduzir uma agência de detetives por toda sua vida. Um telefone, claro, ficava ao lado dele. Tuppence e o marido haviam ensaiado inúmeros atendimentos cordiais para usar ao telefone, e Albert também fora devidamente instruído.

Na sala ao lado ficavam Tuppence, uma máquina de escrever, as mesas e cadeiras necessárias, de um tipo inferior às da sala do chefe, e um fogareiro a gás para fazer chá.

Na verdade, não faltava nada — só os clientes.

Tuppence, sob o efeito do êxtase típico dos iniciantes, estava cheia de esperanças brilhantes:

— Será maravilhoso demais — declarou. — Vamos caçar assassinos, recuperar joias de família, localizar pessoas desaparecidas e identificar estelionatários.

A essa altura, Tommy sentiu que era seu dever fazer uma observação desencorajadora:

— Acalme-se, Tuppence, e tente esquecer a ficção barata que você costuma ler. Nossa clientela, se é que teremos alguma, será constituída unicamente de maridos que querem que espionem suas esposas e de esposas que querem que sigam seus maridos. A obtenção de provas para fins de divórcio é a única função que se dá a investigadores particulares.

— Arh! — gemeu Tuppence, franzindo o nariz como alguém difícil de contentar. — Manteremos distância de casos de divórcio. Precisamos melhorar o nível de nossa nova profissão.

— Cer-to — concordou Tommy em tom hesitante.

E agora, uma semana após terem se instalado, o casal comparava as anotações de modo um tanto quanto pesaroso:

— Três mulheres idiotas cujos maridos viajam nos fins de semana — informou Tommy com um suspiro. — Alguém nos procurou enquanto eu saía para o almoço?

— Um velho gordo com uma esposa volúvel — suspirou Tuppence com tristeza. — Faz anos que leio no jornal que o mal do divórcio está crescendo, mas de algum modo jamais me cons-

cientizei disso para valer até esta última semana. Não aguento mais dizer: "Desculpe, mas não aceitamos casos de divórcio".
— A informação agora consta dos nossos anúncios — lembrou-lhe Tommy.
— Então não vai mais ser tão ruim.
— Tenho certeza de que colocamos um anúncio bem instigante — comentou Tuppence em tom melancólico. — De qualquer maneira, não vou me deixar abater. Se for necessário, eu mesma cometerei um crime para que você solucione.
— E de que adiantará isso? Pense nos meus sentimentos ao me despedir de você na Bow Street. Ou seria Vine Street?
— Você está pensando no seu tempo de solteiro — disse Tuppence, mordaz.
— O Old Bailey, é isso que eu queria dizer — lembrou-se Tommy.
— Bem — insistiu Tuppence —, algo precisa ser feito quanto a isso. Aqui estamos, transbordando talento e sem chances de colocá-lo em prática.
— Eu adoro o seu grande otimismo, Tuppence. Parece que você não tem a menor dúvida de que tem talento para colocar em prática.
— Claro que sim — declarou Tuppence enquanto arregalava bem os olhos.
— Entretanto, você não tem o menor conhecimento técnico.
— Bem, eu li todos os romances policiais que foram publicados nos últimos dez anos.
— Eu também — acrescentou Tommy —, mas tenho impressão de que isso não vai realmente nos servir para muita coisa.
— Sempre o mesmo pessimista, Tommy. Acreditar em si mesmo: é isso que importa.

— Bem, isso você tem de sobra — reconheceu o marido.
— Claro que nas histórias de detetive é fácil — concluiu Tuppence, pensativa —, já que se trabalha de trás para frente. Quero dizer que, quando se sabe a solução, é simples encontrar as pistas. O que me intriga no momento...

Tuppence parou de falar e franziu as sobrancelhas.

— Sim? — perguntou Tommy.

— Acho que tenho uma ideia — disse Tuppence. — Ainda não sei ao certo, mas está se formando.

Ela se ergueu, resoluta:

— Acho que vou sair e comprar aquele chapéu que mencionei antes.

— Puxa vida! — exclamou Tommy. — Mais um chapéu!

— É um chapéu muito bonito — declarou Tuppence em tom solene.

E saiu com uma expressão decidida no rosto.

Uma ou duas vezes nos dias seguintes, Tommy perguntou sobre a ideia, curioso de saber mais sobre ela. Tuppence limitava-se a balançar a cabeça e pedir-lhe mais tempo.

Finalmente, numa gloriosa manhã, apareceu o primeiro cliente, e todo o resto foi esquecido.

Houve uma batida na porta de entrada do escritório e Albert, que acabara de colocar uma pastilha ácida na boca, rosnou um "Entre" imperceptível. Ele então engoliu a pastilha inteira num misto de surpresa e satisfação, pois parecia que era mesmo um cliente de verdade.

Um jovem alto, elegante e muito bem-vestido parou junto à soleira da porta, hesitante.

— Definitivamente um grã-fino — Albert comentou consigo mesmo. Ele tinha um bom olho para essas coisas.

O jovem teria talvez cerca de vinte e quatro anos. Com os cabelos caprichadamente penteados para trás, ele tinha certa tendência a formar círculos rosados ao redor dos olhos e quase não tinha queixo.

Em estado de êxtase, Albert apertou um botão sob sua escrivaninha e quase que de imediato um metralhar constante de máquinas de escrever irrompeu do lado de dentro do escritório que exibia a placa "Funcionários". Tuppence havia corrido para seu posto de dever. O objetivo daquela barulheira típica de muita atividade era impressionar o jovem ainda mais.

— Escute — inquiriu —, seria aqui a tal... Como se diz... A agência de detetives... Os Detetives Brilhantes de Blunt? Essa mesma? É aqui?

— O cavalheiro por acaso gostaria de falar com o próprio sr. Blunt? — perguntou Albert num tom de dúvida quanto a se isso seria mesmo possível.

— Bem, sim, rapaz, essa é a minha intenção. É possível?

— Imagino que o senhor não tenha uma hora marcada, não é?

O visitante assumiu um tom cada vez mais constrangido:

— Infelizmente, não.

— É sempre recomendável, senhor, telefonar antes. O sr. Blunt está sempre muito ocupado. Ele está, neste momento, numa ligação telefônica com a Scotland Yard.

O jovem parecia suficientemente impressionado.

Albert baixou o tom de voz e confessou com ar amigável:

— Um importante roubo de documentos de um departamento governamental. Querem que o sr. Blunt assuma o caso.

— É mesmo? Que coisa. Ele deve ser muito requisitado.

— O patrão, cavalheiro — confirmou Alfred —, é o tal.

O jovem sentou-se numa cadeira dura sem a menor ideia de que estava sendo inspecionado à distância por dois pares de olhos que o observavam através de buracos de vigia cuidadosamente disfarçados: os de Tuppence, no meio dos intervalos de seu datilografar frenético, e os de Tommy, que aguardava o melhor momento para agir.

Naquele instante, uma campainha soou com força junto à escrivaninha de Albert.

— O patrão já desligou. Vou ver se ele pode recebê-lo — informou Albert e desapareceu por trás da porta com a placa de "Acesso Restrito".

Ele retornou logo depois:

— O cavalheiro poderia me acompanhar, por favor?

O visitante foi conduzido ao escritório particular, onde um jovem de rosto agradável, cabelos ruivos e um enérgico ar de eficiência levantou-se para cumprimentá-lo.

— Sente-se, por favor. O senhor deseja falar comigo? Sou o sr. Blunt.

— Mesmo? Que coisa. O senhor é muito jovem, não é mesmo?

— O tempo dos velhos já passou — declarou Tommy, com um aceno de mão. — Quem provocou a guerra? Os velhos. Quem é responsável pela terrível situação de desemprego? Os velhos. Quem é responsável por tudo o que de pior aconteceu? Digo mais uma vez, os velhos!

— Espero que esteja certo — disse o cliente. — Conheço um camarada que é poeta, ou pelo menos diz que é, e ele sempre fala coisas assim.

— Deixe-me lhe dizer uma coisa, cavalheiro. Ninguém de minha equipe altamente treinada tem mais do que vinte e cinco anos. É a mais absoluta verdade.

Já que a equipe altamente treinada era constituída de Tuppence e Albert, a afirmação era mesmo verdadeira.

— E agora, vamos aos fatos — sugeriu o sr. Blunt.

— Quero que vocês encontrem alguém que desapareceu — disse o jovem de forma abrupta.

— Perfeitamente. Poderia me dar mais detalhes?

— Olhe, é bastante difícil. Quer dizer, é uma situação incrivelmente delicada, sabe. Ela pode ficar muito zangada com tudo isso. Quer dizer, de fato é tudo tão difícil de explicar...

O jovem olhou para Tommy, desanimado. Tommy sentiu-se incomodado. Ele estava prestes a sair para almoçar, mas agora concluía que arrancar os fatos daquele cliente poderia ser algo demorado e entediante.

— Ela desapareceu por conta própria ou o senhor suspeita de que foi raptada? — inquiriu em tom enérgico.

— Eu não sei — admitiu o jovem. — Não sei mesmo.

Tommy apanhou um bloco de notas e um lápis.

— Em primeiro lugar — sugeriu Tommy —, posso saber seu nome? Meu contínuo foi treinado para jamais perguntar nomes. Desse modo, as consultas podem permanecer estritamente confidenciais.

— Ah! Pois é — comentou o jovem. — Ótima ideia. O meu nome é... Hum... Meu nome é Smith.

— Ah, não! — retrucou Tommy. — Seu nome verdadeiro, por favor.

O visitante o encarou, admirado.

— Hum... St. Vincent — confessou —, Lawrence St. Vincent.
— É curioso — comentou Tommy —, como são poucas as pessoas cujo nome real é Smith. Eu mesmo não conheço ninguém chamado Smith. Mas nove entre dez homens que desejam ocultar sua identidade dizem que se chamam Smith. Estou escrevendo uma monografia sobre esse tema.

Naquele momento, a campainha tocou discretamente em sua escrivaninha. Era o sinal que indicava que Tuppence desejava assumir o controle da operação. Tommy, que só pensava no almoço e desenvolvera profunda antipatia pelo sr. St. Vincent, ficou muito satisfeito em entregar o timão à esposa.

— Com licença, por favor — ele pediu enquanto apanhava o telefone.

Uma série de sentimentos sucessivos passou rapidamente por seu rosto: surpresa, consternação e ligeira animação.

— Não me diga — falou Tommy ao telefone. — O próprio primeiro-ministro? Claro, neste caso irei imediatamente.

Ele colocou o telefone de volta no gancho e virou-se para seu cliente:

— Ilustre cavalheiro, tenho de lhe pedir licença. Uma convocação urgentíssima. Se o senhor passar todos os fatos desse caso para minha secretária particular, ela dará seguimento ao mesmo.

Ele caminhou com passos largos para a porta ao lado.

— Srta. Robinson.

Tuppence, impecável e muito solene com seu cabelo preto e liso, além de gola e punhos elegantes, entrou, apressada. Tommy fez as apresentações necessárias e saiu.

— Uma dama em que o senhor está interessado desapareceu, pelo que entendi, sr. St. Vincent — confirmou Tuppence com

um tom suave enquanto sentava e apanhava o bloco de notas e o lápis do sr. Blunt. — Trata-se de uma jovem?
— Oh! Bastante — confirmou St. Vincent. — Jovem e... e... incrivelmente bonita e tudo o mais.

Tuppence assumiu um ar grave:

— Oh! Que coisa... — murmurou ela. — Espero que...
— A senhorita acha que algo mais sério pode ter acontecido com ela? — insistiu o sr. St. Vincent, realmente preocupado.

— Precisamos manter as esperanças — acrescentou Tuppence num tom confiante que soara tão falso que acabara deixando o sr. St. Vincent ainda mais deprimido.

— Srta. Robinson, por favor, a senhorita precisa fazer alguma coisa. Gaste quanto tiver que gastar. Jamais permitiria que algo acontecesse com ela. Por nada nesse mundo! A senhorita me parece bastante compreensiva e não me importo de confessar só para a senhorita que adoro essa moça completamente. Ela é maravilhosa. Simplesmente, maravilhosa!

— Por favor, me diga o nome dela e todo o resto.

— O nome dela é Jeanette. Não sei o sobrenome. Ela trabalha numa loja de chapéus. Na loja de madame Violette, na Brook Street. Mas não poderia ser mais honesta. Me repreendeu diversas vezes. Dei uma passada lá, ontem, para esperar por ela na hora da saída. Saíram todas as outras, mas ela não. Aí eu descobri que ela sequer tinha aparecido para trabalhar naquela manhã. Nem mandou avisar. A velha madame estava furiosa com aquilo. Consegui o endereço de onde ela mora e fui até lá. Ela não voltara para casa na noite anterior e ninguém sabia onde ela estava. Eu fiquei totalmente desesperado. Pensei em ir à polícia. Mas sabia que Jeanette ficaria furiosa comigo se fizesse aquilo e ela estivesse bem e tivesse resolvido sair da cidade por conta própria. Então eu me lembrei de que ela mesma tinha me mostrado o anúncio de vocês no jornal e me dito que uma das mulheres que estivera na loja comprando chapéus tinha comentado cheia de entusiasmo sobre como vocês eram capazes e discretos e tudo o mais. Por isso decidi vir direto para cá.

— Entendo — respondeu Tuppence. — Qual é mesmo o endereço dela?

O jovem passou-lhe o endereço.

— Acho que é isso, então — acrescentou Tuppence, pensativa. — Ou melhor... Posso concluir que o senhor está noivo dessa jovem?

O sr. St. Vincent ficou vermelho feito um pimentão:

— Bem, não. Não exatamente. Jamais disse qualquer coisa. Mas posso lhe assegurar que pretendo pedi-la em casamento assim que eu voltar a vê-la. Se porventura eu tornar a vê-la.

Tuppence deixou seu bloco de notas de lado.

— O senhor deseja contratar nosso serviço especial de vinte e quatro horas? — ela perguntou num tom sério e eficiente.

— Como assim?

— Os honorários são o dobro, mas colocamos todas as pessoas disponíveis de nossa equipe no caso. Meu caro sr. St. Vincent, se a dama em questão estiver viva, poderei lhe informar o paradeiro dela amanhã mesmo a esta hora.

— Como? Ora, que maravilha.

— Só empregamos especialistas. E garantimos os resultados — completou Tuppence, em tom decidido.

— Mas que coisa. Veja só. Vocês devem ter uma equipe excepcional.

— Ah, sim, temos mesmo — confirmou Tuppence. — Falando nisso, o senhor ainda não me deu a descrição da jovem.

— Ela tem o cabelo mais maravilhoso do mundo. Meio dourado, mas em um tom bem profundo, como um pôr do sol lindo de morrer. É isso, da cor de um lindo pôr do sol. Sabe, jamais reparei nos pores do sol até há pouco tempo. Em poesia, também. Há muito mais coisas na poesia do que jamais imaginei.

— Cabelo ruivo — concluiu Tuppence sem emoção, enquanto anotava. — E qual seria mesmo a altura dela?

— Oh, alta, e tem olhos maravilhosos, azul-escuros, acho. E uma personalidade decidida. Ela deixa a gente sem fala, às vezes.

Tuppence fez mais algumas anotações, depois fechou seu bloco de notas e ficou em pé.

— Se o senhor passar aqui amanhã às duas da tarde, acho que teremos algum tipo de novidade — insistiu. — Tenha um bom dia, sr. St. Vincent.

Quando Tommy retornou, Tuppence apenas consultava uma página do guia Debrett.*

— Já tenho todos os detalhes — informou, lacônica. — Lawrence St. Vincent é sobrinho e herdeiro do conde de Cheriton. Se formos bem-sucedidos, conseguiremos publicidade nas mais altas rodas.

Tommy leu todos os apontamentos do bloco de notas.

— O que você acha que de fato aconteceu com a garota? — perguntou.

---

* Guia genealógico da aristocracia britânica, publicado desde 1769. (N.T.)

— Acho — respondeu Tuppence — que ela fugiu seguindo os ditames de seu coração, por sentir que ama esse jovem demais para que fique em paz consigo mesma.

Tommy a encarou com um olhar incerto:

— Sei que é assim que elas agem nos livros — afirmou ele —, mas jamais conheci qualquer garota que tenha feito isso na vida real.

— Não? — indagou Tuppence. — Bem, talvez você tenha razão. Mas ouso afirmar que Lawrence St. Vincent vai engolir uma baboseira desse tipo. Ele está todo romântico e apaixonado no momento. Falando nisso, eu lhe garanti resultados em 24 horas. Nosso serviço especial.

— Tuppence, sua idiota sem juízo, por que você fez isso?

— Foi uma ideia que me ocorreu. Achei que dava uma boa impressão. Não se preocupe. Deixe comigo. A mamãe aqui sabe das coisas.

Ela saiu da sala e deixou Tommy profundamente insatisfeito.

Ele logo se levantou, deu um longo suspiro e deixou o escritório para fazer o que pudesse, amaldiçoando a imaginação excessivamente fértil de Tuppence.

Quando retornou, cansado e frustrado, às quatro e meia da tarde, Tommy encontrou Tuppence retirando um saco de biscoitos de seu esconderijo — dentro de um dos arquivos.

— Você parece estar suado e chateado — comentou ela. — O que andou fazendo?

Tommy deu um gemido:

— Fazendo a ronda de todos os hospitais com a descrição daquela garota.

— Eu não lhe disse para deixar o caso para mim? — insistiu Tuppence.

— Mas você não tem como encontrar sozinha aquela garota até amanhã às duas da tarde.
— Tenho, sim. E melhor, já encontrei!
— Encontrou? Como assim?
— Elementar, meu caro Watson.
— Onde ela está agora?

Tuppence apontou com a mão por cima do próprio ombro.

— No meu escritório, aqui do lado.
— E o que é que ela está fazendo lá?

Tuppence começou a rir.

— Bem — acrescentou —, ensinamentos que se recebe cedo sempre se manifestam. E com uma chaleira, um fogareiro a gás e 250 gramas de chá, é fácil de concluir o resultado.

— Veja só — continuou Tuppence em tom gentil —, sempre compro meus chapéus na loja de madame Violette e no outro dia encontrei uma velha amiga, do tempo em que trabalhei no hospital, entre as vendedoras da loja. Ela largou a enfermagem depois da guerra e abriu a sua própria loja de chapéus, faliu e arranjou emprego na chapelaria de madame Violette. Combinamos tudo entre nós. Ela despertaria muito a atenção do jovem St. Vincent para nosso anúncio e depois sumiria de vista. Uma eficiência maravilhosa dos Detetives Brilhantes de Blunt. Ótima publicidade para nós e o empurrãozinho necessário no jovem St. Vincent para que chegasse ao ponto de fazer o pedido de casamento. Jeanette estava desesperada com a situação.

— Tuppence — exclamou Tommy —, você me tira o fôlego! Essa coisa toda é o negócio mais imoral de que já ouvi falar. Você dá força e instiga esse jovem a se casar com alguém de outra classe social...

— Bobagem — declarou Tuppence. — Jeanette é uma garota sensacional. E o mais estranho é que ela de fato adora aquele jovem inseguro. Basta olhar de relance para se perceber do que é que a família *dele* precisa. Um pouco do bom e velho sangue vermelho. Jeanette será a solução para os problemas dele. Cuidará do rapaz como uma mãe, diminuirá o número de coquetéis e casas noturnas e fará com que ele leve a vida saudável da aristocracia rural. Venha comigo conhecê-la.

Tuppence abriu a porta de seu escritório e Tommy a seguiu.

Uma garota alta de lindos cabelos castanho-avermelhados e rosto adorável largou a chaleira fumegante que segurava e virou-se com um sorriso que exibia uma fileira de dentes brancos e perfeitos.

— Espero que me perdoe, enfermeira Cowley. Quer dizer, sra. Beresford. Achei que seria provável que quisesse tomar uma xícara de chá. Foram muitos os bules de chá que ferveu para mim no hospital às três da manhã.

— Tommy — declarou Tuppence —, permita-me apresentá-lo à minha velha amiga, a enfermeira Smith.

— Smith, você disse? Que curioso! — exclamou Tommy, apertando a mão da jovem. — Hã? Oh! Nada, apenas uma pequena monografia que pensei em escrever.

— Recomponha-se, Tommy — insistiu Tuppence.

Ela lhe serviu uma xícara de chá.

— E agora, vamos beber juntos. Ao sucesso da Agência de Detetives Internacional, os Detetives Brilhantes de Blunt! Que jamais tenham um fracasso!

ID# 3

O CASO DA PÉROLA ROSA

I

— O que diabos você está fazendo? — quis saber Tuppence ao entrar na sala principal da Agência de Detetives Internacional (lema: Os Detetives Brilhantes de Blunt) e encontrar seu amo e senhor de bruços no chão em meio a um mar de livros.
Tommy ergueu-se com dificuldade.
— Estava tentando arrumar estes livros na prateleira superior daquele armário — queixou-se ele — e a maldita da cadeira cedeu.
— Mas que livros são esses, afinal? — indagou Tuppence enquanto apanhava um dos volumes. — *O cão dos Baskerville*. Não me importaria de reler esse livro uma hora dessas.
— Entende minha ideia? — explicou Tommy enquanto tirava o pó de si mesmo com cuidado. — Sessões de meia hora com os grandes mestres, algo desse tipo. Veja só, Tuppence, não posso deixar de concluir que somos um tanto amadores nesse ramo. Claro que em certo sentido não temos como deixar de ser amadores, mas não nos faria mal algum, por assim dizer, aprender as técnicas. Esses livros são histórias de detetives dos grandes mestres do gênero. Pretendo testar os diferentes estilos e comparar os resultados.

— Hum — murmurou Tuppence —, muitas vezes me pergunto como esses detetives se sairiam na vida real. — Ela apanhou outro volume. — Você vai ver como é difícil ser um Thorndyke.* Você não tem qualquer experiência médica e ainda menos experiência legal, e que eu saiba a ciência nunca foi seu forte.

— Talvez não — admitiu Tommy. — Mas mesmo assim eu acabo de comprar uma câmera muito boa e vou tirar fotos de pegadas e vou ampliar os negativos e todo o resto. Agora, *mon ami*, use sua massa cinzenta. O que é que isto aqui lhe sugere?

Ele apontou na direção da primeira prateleira do armário. Nela havia um penhoar meio futurista, uma chinela turca e um violino.

— Elementar, meu caro Watson — exclamou Tuppence.

— Exatamente — concordou Tommy —, o toque de Sherlock Holmes.

Ele apanhou o violino e arranhou o arco vagarosamente sobre as cordas, o que levou Tuppence a dar um gemido de agonia.

Naquele momento, tocou a campainha da escrivaninha, sinal de que um cliente chegara à recepção e estava sendo submetido a tratativas por Albert, o contínuo.

Tommy apressadamente recolocou o violino no armário e chutou os livros para trás da escrivaninha.

— Não que haja pressa — esclareceu. — Albert vai repetir a história de que estou ocupado numa ligação com a Scotland Yard. Vá para seu escritório e comece a bater à maquina, Tuppence. O escritório dá uma impressão de ocupação e atividade intensas. Não, pensando melhor, você ficará tomando notas taquigráficas

---

* Criação do autor inglês R. Austin Freeman (1862-1943), dr. John Evelyn Thorndyke é um médico e detetive famoso por sua inteligência aguda, vasto conhecimento e boa aparência. (N.T.)

ditadas por mim. Vamos dar uma espiada antes de deixar Albert mandar a vítima entrar.

Eles aproximaram-se dos buracos de vigia que tinham sido engenhosamente planejados para dar uma boa visão da antessala.

A cliente era uma garota da idade de Tuppence, alta e morena, com feições meio abatidas e olhos cheios de desdém.

— Roupas baratas e chamativas — declarou Tuppence. — Mande ela entrar, Tommy.

Pouco depois, a garota apertava a mão do célebre sr. Blunt, enquanto Tuppence aguardava sentada, os olhos baixos em estilo recatado, com lápis e bloco à mão.

— Minha secretária particular, srta. Robinson — apresentou Tommy com um acenar de mão. — A senhorita pode falar livremente na presença dela.

Então ele se recostou por um instante, semicerrou os olhos e afirmou em um tom aborrecido:

— Quem viaja nesse horário deve encontrar ônibus bem lotados.

— Vim de táxi — esclareceu a garota.

— Oh! — Tommy soou melindrado. Seus olhos acusadores pousaram num bilhete de ônibus azul, visível sob a luva da garota. Os olhos dela acompanharam o olhar dele, ela sorriu e puxou o bilhete para fora:

— Pergunta por isso aqui? Eu apanhei no chão. Um vizinho nosso os coleciona.

Tuppence tossiu e Tommy lançou um olhar de repreensão na direção da esposa.

— Aos negócios — Tommy exclamou em tom vigoroso. — Precisa de nossos serviços, srta...

— O nome é Kingston Bruce — informou a garota. — Moramos em Wimbledon. Na noite passada, uma dama que está hospedada lá em casa perdeu uma valiosa pérola rosa. O sr. St. Vincent também era nosso convidado para o jantar e por acaso mencionou sua firma. Minha mãe me mandou aqui hoje pela manhã para lhes perguntar se vocês se encarregariam do caso.

A garota usava um tom mal-humorado, quase desagradável. Era claro como água que ela e a mãe discordavam a respeito do assunto. Ela estava ali sob protesto.

— Entendo — disse Tommy, um pouco confuso. — Vocês não chamaram a polícia.

— Não — confirmou a srta. Kingston Bruce —, não chamamos. Seria ridículo chamar a polícia e depois descobrir que o objeto somente rolara para baixo da lareira, ou algo assim.

— Oh! — exclamou Tommy. — Então a joia talvez só esteja perdida?

A srta. Kingston Bruce deu de ombros.

— As pessoas fazem tanta confusão por tão pouco — murmurou ela.

Tommy pigarreou.

— Claro que — ele acrescentou, em tom de dúvida — estou extremamente ocupado neste momento...

— Compreendo perfeitamente — afirmou a garota enquanto se levantava. Houve um breve brilho de satisfação em seus olhos que Tuppence, por sua vez, não pôde deixar de perceber.

— Todavia — continuou Tommy —, acho que consigo dar uma passada rápida em Wimbledon. A senhorita pode me dar seu endereço, por favor?

— The Laurels, Edgeworth Road.

— Por favor, anote o endereço, srta. Robinson.

A srta. Kingston Bruce hesitou, depois acrescentou num tom meio indelicado:

— Estaremos lhe esperando, então. Bom dia.

— Garota estranha... — comentou Tommy após a cliente ter se retirado. — Não consegui chegar a uma conclusão quanto a ela.

— Será que não foi ela quem roubou essa joia? — acrescentou Tuppence, pensativa. — Vamos lá, Tommy, vamos guardar estes livros, pegar o carro e ir até lá. Falando nisso, quem você vai ser? Sherlock Holmes, ainda?

— Acho que preciso de mais prática — admitiu Tommy.

— Minha conclusão sobre o bilhete do ônibus foi um desastre, não foi?

— Foi, sim — concordou Tuppence. — Se eu fosse você, não tentaria bancar o esperto com aquela garota. Ela é muito perspicaz. E também é infeliz, coitada.

— Suponho que você já sabe tudo sobre ela — afirmou Tommy com sarcasmo — só de olhar para o formato do nariz!

— Vou lhe dizer o que acho que encontraremos em Laurels — continuou Tuppence sem se abalar. — Uma casa cheia de esnobes, todos muito dispostos a circular entre a nata da sociedade. O pai, se é que existe, com certeza tem uma patente militar. A garota compartilha do mesmo estilo de vida e despreza a si mesma por causa disso.

Tommy deu uma última olhada nos livros, agora cuidadosamente arrumados na prateleira.

— Acho — comentou, pensativo — que serei Thorndyke hoje.

— Não imaginaria que haveria qualquer coisa médico-legal nesse caso — discordou Tuppence.

— Talvez não — admitiu Tommy. — Mas estou morrendo de vontade de estrear minha nova câmera! Ela supostamente vem com a lente mais maravilhosa que existe.

— Sei tudo sobre esse tipo de lente — ironizou Tuppence.

— Quando você finalmente termina de ajustar o obturador, de dar uma paradinha para calcular o tempo de exposição e de ficar de olho no nível do diafragma, seu cérebro já desistiu e você está implorando por uma câmera Brownie simples.

— Apenas um coração sem ambição se contentaria com uma Brownie simples.

— Bem, aposto que obterei melhores resultados com ela do que você.

Tommy não deu bola para o desafio.

— Eu deveria ter um calcador de cachimbo — lamentou.

— Onde será que se encontra um para comprar?

— Você pode usar aquele saca-rolhas chique que tia Araminta lhe deu no Natal passado — sugeriu Tuppence gentilmente.

— É verdade — disse Tommy. — Naquele momento achei que era um mecanismo de destruição de aparência curiosa e um presente bem-humorado para uma tia rigorosamente abstêmia.

— Eu — anunciou Tuppence — serei Polton.*

— Polton uma ova. Você não poderia nem começar a fazer qualquer uma das coisas que ele faz.

---

* Nathaniel Polton, o habilidoso e enrugado assistente de laboratório e companheiro de aventuras de dr. Thorndyke. (N.T.)

— Posso, sim. — insistiu Tuppence. — Eu posso esfregar as mãos num gesto de satisfação. Já seria um começo. Espero que você tire moldes de gesso das pegadas.

Tommy ficou em silêncio. Após buscarem o saca-rolhas, foram até a garagem, entraram no carro e partiram rumo a Wimbledon.

The Laurels era uma casa grande. Cheia de empenas e torrinhas, a casa dava a impressão de ter sido pintada há pouco e era rodeada de canteiros cobertos de gerânios escarlates.

Um homem alto de bigodes brancos e bem aparados e porte militar exagerado abriu a porta antes que Tommy tivesse tempo de tocar a campainha.

— Estava aguardando a sua chegada — explicou o homem de forma escandalosa. — É o sr. Blunt, não é mesmo? Sou o coronel Kingston Bruce. O senhor poderia me acompanhar até meu escritório?

Ele conduziu Tommy até uma saleta nos fundos da casa.

— O jovem St. Vincent me falou maravilhas de sua firma. Eu mesmo já vi seu anúncio. Esse seu serviço garantido em 24 horas, que ideia maravilhosa! Justamente o que preciso.

Condenando em silêncio Tuppence pela criação irresponsável daquele detalhe brilhante, Tommy respondeu:

— Perfeitamente, coronel.

— A situação toda é muito constrangedora, meu senhor, muito constrangedora.

— Talvez o senhor pudesse me fazer a gentileza de ir direto aos fatos — sugeriu Tommy com uma centelha de impaciência.

— Certamente que sim. Agora mesmo. Neste momento temos hospedada aqui conosco uma amiga muito antiga e querida de todos nós, lady Laura Barton. Filha do falecido conde de Carrow Way. O atual conde, irmão dela, fez um discurso impressionante na Câmara dos Lordes há poucos dias. Como mencionei, trata-se de uma antiga e querida amiga nossa. Certos amigos meus que são americanos e acabam de chegar ao país, da família Hamilton Betts, estavam muito ansiosos para conhecê-la. "Facílimo", eu lhes disse, "ela está hospedada comigo no momento. Venham passar o fim de semana conosco." O senhor sabe como os americanos são quando se trata de títulos de nobreza, sr. Blunt.

— Muitas vezes, outros também, mesmo que não sejam americanos, coronel Kingston Bruce.

— Ah! É a mais pura verdade, meu caro senhor. Não há nada que eu odeie mais do que uma pessoa esnobe. Bem, como dizia, a família Betts chegou ontem à noite para passar o fim de semana conosco. Estávamos jogando *bridge* quando chegaram. O fecho de um pingente que a sra. Hamilton Betts usava quebrou, e ela retirou a joia e a deixou sobre uma mesinha com a intenção de levá-la consigo mais tarde, quando se recolhesse a seus aposentos. Porém, ela acabou se esquecendo de fazê-lo. Preciso esclarecer, sr. Blunt, que o pingente consistia de duas pequenas asas de brilhantes de onde pendia uma grande pérola rosa. Encontramos o pingente hoje pela manhã exatamente onde a sra. Betts o deixara, mas a pérola, uma pérola valiosíssima, fora arrancada.

— Quem encontrou o pingente?

— A copeira, Gladys Hill.

— Algum motivo para suspeitar dela?

— Ela está conosco há alguns anos e sempre foi honestíssima... Mas, claro, nunca se sabe.

— Exatamente. O senhor poderia me fazer uma descrição de sua criadagem e também me informar quem eram todos os presentes no jantar da noite passada?

— A cozinheira trabalha conosco há apenas dois meses, mas ela não teria tido oportunidade de chegar perto da sala de estar. O mesmo vale para a auxiliar de cozinha. Depois, temos a arrumadeira, Alice Cummings. Ela também já trabalha conosco há alguns anos. E a criada de lady Laura, claro. Ela é francesa.

O coronel Kingston Bruce assumiu um ar vaidoso ao dizer isso. Tommy, indiferente à revelação da nacionalidade da criada, acrescentou:

— Sim. E os convidados para o jantar?

— O sr. e a sra. Betts, nós mesmos, minha esposa e filha, e lady Laura. O jovem St. Vincent também jantou conosco e o sr. Rennie deu uma passadinha rápida aqui depois do jantar.

— Quem é o sr. Rennie?

— Um camarada muito pernicioso, um socialista deslavado. Boa-pinta, claro, e com um poder de persuasão capcioso. Mas um homem, não me importa dizer, em quem não confiaria nem um pouco. Um tipo meio perigoso.

— Na verdade — afirmou Tommy, seco —, é do sr. Rennie que o senhor suspeita?

— Sim, sr. Blunt. Tenho certeza de que, com a visão de mundo que tem, ele não possui absolutamente quaisquer princípios. Nada lhe teria sido mais fácil do que arrancar a pérola num momento em que estávamos todos absortos em nosso jogo. Houve vários momentos emocionantes: uma rodada redobrada sem trunfos e também uma discussão tremenda, quando minha esposa arrumou o contratempo de se recusar a jogar o trunfo.

— É mesmo? — comentou Tommy. — Gostaria de saber uma coisa: qual a posição da sra. Betts diante disso tudo?
— Ela queria que eu chamasse a polícia — admitiu o coronel Kingston Bruce, relutante. — Quero dizer, após termos procurado por toda a parte, na hipótese de que a pérola houvesse apenas caído.
— Mas o senhor a dissuadiu?
— Fiquei muito relutante à ideia de tornarmos o fato público, e minha esposa e minha filha me apoiaram. Então minha esposa lembrou que o jovem St. Vincent mencionara sua firma durante o jantar de ontem à noite, bem como seu serviço especial de 24 horas.
— Sim — disse Tommy com um aperto no coração.
— O senhor compreende, de qualquer maneira, que ninguém será prejudicado. Se chamarmos a polícia amanhã, é possível se supor que acreditássemos que a joia simplesmente se perdera e estávamos à procura da mesma. Falando nisso, ninguém foi autorizado a deixar a casa hoje pela manhã.
— Com a exceção de sua filha, claro — lembrou Tuppence, falando pela primeira vez.
— Com a exceção de minha filha — concordou o coronel.
— Ela se ofereceu prontamente a ir até vocês e apresentar-lhes o caso.
Tommy ficou de pé.
— Faremos o melhor que pudermos para lhe dar satisfações, coronel — comprometeu-se ele. — Gostaria de ver a sala de estar e a mesa onde o pingente foi deixado. Gostaria também de fazer umas poucas perguntas à sra. Betts.
Depois disso, devo interrogar os criados. Ou melhor, minha assistente, srta. Robinson, falará com eles.

Ele sentiu sua coragem se esvair ante a horripilante perspectiva de interrogar os criados.

O coronel Kingston Bruce abriu a porta com força e os conduziu corredor afora. Enquanto o fazia, um comentário lhes chegou nitidamente aos ouvidos, vindo através da porta aberta da peça de que se aproximavam. A voz era a da garota que os tinha procurado naquela manhã.

— Você sabe perfeitamente bem, mamãe — dizia a srta. Kingston Bruce —, que ela realmente *levou* para casa uma colher de chá escondida dentro do regalo.

Um minuto depois, eram apresentados à sra. Kingston Bruce, uma mulher melancólica e de ar apático. A srta. Kingston Bruce demonstrou tê-los visto com um leve inclinar de cabeça. Seu rosto tinha uma expressão ainda mais mal-humorada do que outrora.

A sra. Kingston Bruce falava muito:

— Mas sei quem *eu* acho que pegou a pérola — concluiu. — Aquele jovem socialista medonho. Ele adora os russos e os alemães e detesta os ingleses. O que mais se pode esperar?

— Ele sequer tocou nela — declarou a srta. Kingston Bruce com veemência. — Fiquei o tempo todo de olho nele. Eu não poderia deixar de ter visto caso ele a tivesse pego.

A jovem os encarava desafiadora, de queixo erguido.

Tommy mudou de assunto ao pedir para ter uma palavra com a sra. Betts. Após a sra. Kingston Bruce sair junto com o marido e a filha atrás de sua hóspede americana, ele deu um assobio, pensativo.

— Quem será — perguntou em voz baixa — que pôs uma colher de chá no regalo?

— Era justamente nisso que eu estava pensando — respondeu Tuppence.

A sra. Betts irrompeu sala adentro, seguida pelo marido. Ela era uma mulher grande e tinha um tom de voz determinado. O sr. Hamilton Betts aparentava ser alguém que sofria de dispepsia e era dominado.

— Pelo que entendi, sr. Blunt, o senhor é um investigador particular daqueles que solucionam seus casos aos safanões e com grande velocidade?

— Sou famoso pela presteza, sra. Betts — afirmou Tommy.

— Deixe eu lhe fazer algumas perguntas.

Dali em diante as coisas se seguiram rapidamente. Mostraram a Tommy o pingente estragado e a mesa onde o mesmo tinha sido deixado. O sr. Betts emergiu de seu silêncio habitual para mencionar o valor, em dólares, da pérola roubada.

Mas, apesar de tudo, Tommy sentia uma irritante certeza de não estar progredindo.

— Acho que é isso — declarou, finalmente. — Srta. Robinson, por gentileza, a senhorita poderia buscar o equipamento fotográfico especial que ficou no vestíbulo?

Tuppence aquiesceu.

— Uma pequena invenção de minha autoria — Tommy esclareceu. — Por fora, vejam só, parece uma câmera fotográfica comum.

Ele sentiu uma breve satisfação ao perceber que os Betts estavam impressionados.

Tommy fotografou o pingente, a mesa em que ficara esquecido e vários ângulos gerais do local. Então a "srta. Robinson" recebeu a tarefa de interrogar os criados. Devido à ansiosa expectativa estampada no rosto do coronel Kingston Bruce e da sra. Betts, Tommy sentiu-se obrigado a dizer algumas palavras com a autoridade que dele se esperava.

— A posição é a seguinte — declarou. — Ou a pérola ainda está em algum lugar da casa, ou não está mais em nenhum lugar da casa.

— Perfeitamente — concordou o coronel num tom mais respeitoso do que, talvez, se justificasse, dada a natureza da observação anterior.

— Se não está em nenhum lugar da casa, pode estar em qualquer lugar; mas se está em algum lugar da casa, deve, necessariamente, estar escondida em algum lugar...

— E uma busca se faz necessária! — interrompeu o coronel Kingston Bruce. — Perfeitamente. Dou-lhe carta branca, sr. Blunt. Vasculhe a casa do sótão até o porão.

— Oh, Charles — a sra. Kingston Bruce murmurou, chorosa —, você acha que é o mais acertado? Os criados não vão gostar *nada* disso. Com certeza vão nos deixar.

— Faremos uma busca nos aposentos deles por último — sugeriu Tommy, apaziguador. — O ladrão certamente escondeu a joia no lugar mais improvável.

— Acho que já li alguma coisa nesse sentido — concordou o coronel.

— Perfeitamente — disse Tommy. — O senhor deve se lembrar do caso *Rex versus* Bailey, que criou um precedente.

— Oh... Hum... Sim — respondeu o coronel, que parecia confuso.

— Veja, o lugar mais improvável são os aposentos da sra. Betts — continuou Tommy.

— Nossa! Isso não seria uma grande esperteza? — exclamou a sra. Betts, admirada.

Sem mais demora, a sra. Betts o levou até seu quarto, onde Tommy lançou mão uma vez mais do equipamento fotográfico especial.

Logo depois, Tuppence juntou-se a ele.

— Espero, sra. Betts, que a senhora não se oponha ao fato de minha assistente revistar seu guarda-roupa.

— Ora, de modo algum. O senhor ainda precisa que eu permaneça aqui?

Tommy garantiu-lhe que não era mais necessário detê-la e a sra. Betts se retirou.

— Podemos continuar blefando até o fim — reclamou Tommy —, mas pessoalmente acho que não temos a menor chance de encontrar essa joia. Malditos sejam você e seu truque das vinte e quatro horas, Tuppence.

— Escute — disse Tuppence —, os criados são honestos, tenho certeza, mas consegui extrair alguma coisa da criada francesa. Parece que, quando lady Laura se hospedou aqui há um ano, ela saiu para tomar chá com amigos dos Kingston Bruce e, quando retornou, uma colher de chá caiu-lhe do regalo. Todos concluíram que a colher tinha ido parar lá por acidente. Mas, falando em roubos semelhantes, fiquei sabendo de muito mais. Lady Laura está sempre passando temporadas na casa de alguém. Ela não tem um tostão, pelo que entendi, e está sempre à procura de aposentos confortáveis nas casas de pessoas para as quais um título ainda significa muita coisa. Pode ser apenas coincidência, ou talvez seja mais do que isso, mas cinco roubos diferentes aconteceram enquanto ela se hospedou em casas diversas. Algumas vezes foram coisas sem importância; noutras ocasiões, joias valiosas.

— Ufa! — fez Tommy, soltando um longo assobio. — Onde é o quarto da águia velha, você sabe?

— Bem aí em frente.

— Acho então, acho mesmo, que devemos dar uma passadinha por lá e investigar.

O quarto em frente estava com a porta entreaberta. Era um amplo aposento, com móveis brancos esmaltados e cortinas cor-de-rosa. Uma porta interna dava para um banheiro, de onde saiu uma garota morena, elegante e muito bem-vestida.

Tuppence percebeu a exclamação de espanto nos lábios da jovem.

— Esta é Elise, sr. Blunt — apresentou ela, formal. — A criada de lady Laura.

Tommy deu alguns passos além da soleira da porta do banheiro e aprovou intimamente suas instalações suntuosas e modernas. Ele se pôs a trabalhar para desfazer o olhar de suspeita da garota francesa.

— Está ocupada com suas tarefas, mademoiselle Elise?

— Sim, monsieur, eu limpo o banheiro de milady.

— Bem, talvez você possa me ajudar com algumas fotografias, em vez disso. Tenho um tipo especial de câmera aqui e estou fotografando o interior de todas as peças da casa.

Tommy foi interrompido pela porta de comunicação com o quarto, que se fechou com súbita violência atrás dele. Elise deu um pulo devido ao barulho.

— Que foi isso?

— Deve ter sido o vento — sugeriu Tuppence.

— Vamos até o outro quarto — propôs Tommy.
Elise foi abrir-lhes a porta, mas a maçaneta não girava.
— Qual é o problema? — perguntou Tommy com firmeza.
— Ah, monsieur, alguém deve ter chaveado a porta pelo outro lado. — Ela apanhou uma toalha e tentou novamente, mas desta vez a maçaneta girou sem qualquer problema e a porta abriu-se completamente.
— *Voilà ce qui est curieux.* Deve ter emperrado. — completou Elise.
Não havia ninguém no quarto.
Tommy buscou seu equipamento. Tuppence e Elise trabalhavam sob suas ordens. Mas, repetidamente, ele tornava a lançar seu olhar para a porta de comunicação.
— Por que será? — perguntou entre os dentes. — Por que será que aquela porta emperrou?
Ele a examinou com cuidado, abrindo-a e fechando-a. A porta se encaixava perfeitamente.
— Mais uma foto — anunciou com um suspiro. — Poderia prender aquela cortina cor-de-rosa com as alças, mademoiselle Elise? Obrigado. Agora só segure um pouco mais.
O clique familiar soou. Ele entregou um diapositivo para que Elise o segurasse, passou o tripé para Tuppence e reajustou e fechou a câmera com cuidado.
Tommy deu uma desculpa qualquer para se livrar de Elise e, assim que ela saiu do quarto, ele tomou Tuppence pelo braço e falou rapidamente:
— Escute, tenho uma ideia. Você pode continuar aqui? Vasculhe todos os quartos. Isso vai levar algum tempo. Tente conseguir uma conversa com a águia velha, lady Laura, mas sem assustá-la.

Diga-lhe que você suspeita da copeira. Mas, seja lá o que fizer, não a deixe sair da casa. Vou sair de carro. Volto assim que puder.

— Certo — concordou Tuppence —, mas evite o excesso de confiança. Você se esqueceu de uma coisa: a garota. Há alguma coisa estranha com ela. Escute, descobri o horário que ela saiu de casa hoje de manhã. Ela levou duas horas para chegar ao nosso escritório. Não faz sentido. Onde ela foi antes de nos procurar?

— Aí tem alguma coisa — admitiu o marido. — Bem, siga a boa pista que quiser, mas não deixe lady Laura sair da casa. O que foi isso?

Seu ouvido aguçado detectara um leve farfalhar fora do quarto, junto ao patamar da escada. Ele atravessou o quarto em direção à porta, mas não havia ninguém ali.

— Bem, até mais — despediu-se. — Volto assim que puder.

II

Tuppence acompanhou o carro, que se afastava, e sentiu uma leve apreensão. Tommy estava muito convicto. Ela mesma não estava tão segura. Havia uma ou duas coisas que não conseguira entender muito bem.

Ainda estava de pé junto à janela, vigiando a rua, quando viu um homem sair de debaixo de um pórtico da casa em frente, onde se abrigara, atravessar a rua e tocar a campainha.

Como um relâmpago, Tuppence saiu do quarto e desceu as escadas. Gladys Hill, a copeira, emergia dos fundos da casa, mas Tuppence a mandou de volta com um gesto autoritário. Então, ela foi até a porta de entrada e a abriu.

Um jovem magrelo de roupas mal-ajustadas e de olhos escuros e impacientes estava de pé junto à soleira da porta. Ele hesitou um instante e depois perguntou:

— A srta. Kingston Bruce está?

— O senhor me acompanhe, por favor — pediu Tuppence.

Ela deu lugar para deixá-lo entrar e fechou a porta.

— O senhor é o sr. Rennie, não é? — ela inquiriu em tom gentil.

Ele lhe lançou um rápido olhar de soslaio.

— Hum... Sim.

— Entre aqui, por favor.

Ela abriu a porta do escritório. A sala estava vazia e Tuppence entrou atrás dele, fechando a porta atrás de si. Ele virou-se contra ela, carrancudo:

— Quero ver a srta. Kingston Bruce.

— Não tenho bem certeza de que isso seja possível — esclareceu Tuppence, tranquila.

— Olhe aqui, quem é você, afinal? — indagou o sr. Rennie em tom rude.

— Agência de Detetives Internacional — resumiu Tuppence e pôde perceber o incontrolável sobressalto do sr. Rennie.

— Por favor, sente-se — continuou ela. — Para começar, sabemos tudo sobre a visita da srta. Kingston Bruce ao senhor, hoje pela manhã.

Foi um palpite ousado, mas bem-sucedido. Percebendo-lhe a consternação, Tuppence continuou, rápida:

— Recuperarmos a pérola é o que mais importa, sr. Rennie. Ninguém nesta casa está ansioso por publicidade. Será que não podemos chegar a um acordo?

O jovem lançou-lhe um olhar intenso.

— Gostaria de saber o quanto você sabe — ele admitiu, pensativo. — Deixe-me pensar um pouco.

Ele enterrou a cabeça entre as mãos e depois fez uma pergunta das mais inesperadas.

— É realmente verdade que o jovem St. Vincent está noivo e de casamento marcado?

— É verdade, sim — respondeu Tuppence. — Eu conheço a garota.

O sr. Rennie de repente assumiu um tom de quem confiava nela.

— Tem sido um inferno — confidenciou. — Eles falam nisso com ela manhã, tarde e noite. E jogam Beatrice para cima dele. Tudo porque ele herdará um título no futuro. Se as coisas fossem do jeito que eu pretendo...

— Deixemos a política de lado — interrompeu Tuppence, impaciente. — O senhor se importaria de me esclarecer, sr. Rennie, por que acha que a srta. Kingston Bruce pegou a pérola?

— Eu... Eu não...

— Acha, sim — discordou Tuppence calmamente. — O senhor espera até ver o detetive, pelo que imagina, ir embora em seu carro e deixar o caminho livre e então o senhor vem até aqui e pergunta por ela. É óbvio. Se o senhor mesmo tivesse pegado a pérola, não estaria chateado nem a metade do que está.

— O jeito dela estava tão esquisito — admitiu o jovem. — Ela veio hoje de manhã e me contou sobre o roubo, explicando que estava a caminho de sua empresa de detetives particulares. Parecia ansiosa para dizer alguma coisa, porém incapaz de desabafar.

— Bem — repetiu Tuppence —, tudo o que quero é a pérola. É melhor o senhor falar com ela.

Mas naquele momento o coronel Kingston Bruce abriu a porta.

— O almoço está pronto, srta. Robinson. Espero que almoce conosco. A...

Então ele parou e fulminou o convidado com os olhos.

— Certamente — comentou o sr. Rennie —, o senhor não deseja me convidar para o almoço. Tudo bem, eu vou embora.

— Volte mais tarde — sussurrou Tuppence quando ele passou por ela.

Tuppence seguiu o coronel Kingston Bruce, que ainda resmungava por trás dos bigodes sobre o descaramento pernicioso de certas pessoas, até uma imponente sala de jantar onde a família já estava reunida. Apenas uma dentre as pessoas presentes não era conhecida por Tuppence.

— Esta, lady Laura, é a srta. Robinson, que faz a gentileza de nos ajudar.

Lady Laura inclinou a cabeça e então passou a encarar Tuppence fixamente através do pincenê. Ela era uma mulher alta, magra, de sorriso triste, tom de voz gentil e um olhar bastante duro e perspicaz. Tuppence devolveu-lhe o olhar fixo e lady Laura baixou os olhos.

Depois do almoço, lady Laura puxou conversa com um ar de curiosidade polida. Como estavam andando os interrogatórios? Tuppence enfatizou de forma adequada a suposta suspeita em relação à copeira, mas sua cabeça não estava realmente em lady Laura. Mesmo que lady Laura pudesse esconder colheres de chá e outros objetos em sua roupa, Tuppence tinha razoável certeza de que ela não pegara a pérola.

A seguir, Tuppence partiu para a busca na casa. O tempo passava. Não havia qualquer sinal de Tommy e, o que importava ainda mais para Tuppence, nem qualquer sinal do sr. Rennie. De repente, Tuppence saiu de um quarto e esbarrou com Beatrice Kingston Bruce, que descia as escadas. Ela estava toda arrumada para sair.

— Creio — interrompeu-a Tuppence — que não deva sair no momento.

A outra jovem a encarou com arrogância.

— Se eu saio ou não, isso não é da sua conta — afirmou com frieza.

— Porém, é da minha conta decidir ou não me comunicar com a polícia — retrucou Tuppence.

Num minuto a garota ficou pálida como um fantasma.

— Você não deve... Não deve... Eu não vou sair, mas não faça isso. — Ela se agarrou a Tuppence em tom de súplica.

— Minha cara srta. Kingston Bruce — respondeu Tuppence, sorridente —, este caso estava perfeitamente claro para mim desde o início. Eu...

Mas Tuppence foi interrompida. Absorta pelo encontro com a garota, Tuppence não ouvira a campainha da porta. Agora, para sua surpresa, Tommy subia a escada aos pulos enquanto ela avistava no vestíbulo do térreo um homem forte e corpulento no momento em que este tirava seu chapéu-coco.

— Detetive inspetor Marriot, da Scotland Yard — anunciou Tommy, arreganhando os dentes.

Com um grito, Beatrice Kingston Bruce se livrou de Tuppence, que a segurava, e correu escada abaixo, ao mesmo tempo em que abriam a porta de entrada mais uma vez, desta feita para que entrasse o sr. Rennie.

— Agora, você *estragou* tudo — exclamou Tuppence, com amargura.

— Hein? — perguntou Tommy, dirigindo-se apressado aos aposentos de lady Laura. Ele seguiu até o banheiro e apanhou um pedaço grande de sabonete, que trazia nas mãos. O inspetor meramente subia as escadas.

— Ela partiu em silêncio — anunciou o inspetor. — É uma jogadora tarimbada e sabe quando o jogo acabou. E a pérola?

— Tenho a impressão — disse Tommy enquanto lhe entregava o sabonete — de que você a encontrará aqui dentro.

Os olhos do inspetor se iluminaram com aprovação.

— Um bom e velho truque: corte uma barra de sabonete ao meio, escave um espaço para esconder a joia, junte os pedaços novamente e alise a linha de junção até desaparecer debaixo da água quente. Um trabalho de investigação muito perspicaz de sua parte, cavalheiro.

Tommy aceitou o elogio graciosamente. Ele desceu as escadas junto com Tuppence. O coronel Kingston Bruce correu até ele e lhe deu um caloroso aperto de mão:

— Meu caro senhor, não tenho como lhe agradecer o bastante. E lady Laura também deseja lhe dizer obrigado.

— Fico feliz de ter alcançado as expectativas — respondeu Tommy. — Mas temo que não possa parar. Tenho um compromisso urgente. Um membro do Conselho de Ministros.

Ele saiu correndo em direção ao carro e pulou para dentro. Tuppence sentou-se ao lado dele.

— Mas Tommy! — gritou ela. — Eles não prenderam lady Laura, no final das contas?

— Ah! — exclamou Tommy. — Eu não lhe contei? Não prenderam lady Laura. Prenderam Elise. Veja só — ele continuou, enquanto Tuppence o escutava, pasma. — Eu mesmo, muitas vezes, já tentei abrir uma porta com as mãos cheias de sabão. Não dá, pois a mão escorrega. Então eu me perguntei o que Elise poderia estar fazendo com o sabonete para ficar com as mãos ensaboadas daquele jeito. Você lembra que ela apanhou uma toalha para tirar os vestígios de sabonete da maçaneta. Mas me ocorreu que, se eu fosse um ladrão profissional, não seria má ideia ser a criada de uma dama suspeita de cleptomania que se hospeda o tempo todo em várias casas. Então, consegui tirar um retrato tanto dela quanto do quarto, levando-a a segurar um diapositivo. Depois, dei uma chegadinha na boa e velha Scotland Yard. Um método-relâmpago de revelação de negativos, uma identificação bem-sucedida de impressões digitais e uma foto. Elise era uma amiga que há muito tempo andava desaparecida. Um lugar muito útil, a Scotland Yard...

— E pensar — comentou Tuppence, recuperando sua voz — que aqueles dois jovens bobalhões meramente suspeitavam um do outro, como acontece nas fórmulas batidas que se encontram nos livros. Mas por que você não me contou o que estava aprontando quando saiu?

— Em primeiro lugar, suspeitei que Elise pudesse estar ouvindo junto ao patamar da escada. E em segundo lugar...

— Sim?

— A minha mui ilustrada amiga se esquece de que Thorndyke nunca conta nada até o último momento. Além do mais, Tuppence, você e sua amiguinha Jeanette Smith me fizeram engolir uma da última vez. Agora estamos todos quites.

4

A AVENTURA DO DESCONHECIDO SINISTRO

I

— Que dia mais morto, hoje — comentou Tommy, com um longo bocejo.

— Está quase na hora do chá — lembrou Tuppence, bocejando também.

O movimento era fraco na Agência de Detetives Internacional. A tão ansiosamente esperada carta do comerciante de presuntos ainda não chegara, e casos legítimos simplesmente não apareciam.

Albert, o contínuo, entrou com um pacote lacrado e o depositou sobre a mesa.

— O mistério do pacote lacrado — murmurou Tommy. — Estariam dentro dele as fabulosas pérolas da grã-duquesa russa? Ou conteria o pacote uma máquina infernal destinada a levar aos ares os Detetives Brilhantes de Blunt?

— Na verdade — esclareceu Tuppence, rasgando o pacote —, é o meu presente de casamento para Francis Haviland. Bem bonito, não é?

Tommy pegou uma pequena cigarreira de prata da mão que Tuppence lhe esticava, observou a inscrição gravada com a própria letra dela — "Para Francis, de Tuppence" —, abriu e fechou a cigarreira e sacudiu a cabeça em sinal de aprovação.

— Você realmente esbanja seu dinheiro, Tuppence — comentou. — Quero uma como esta, só que de ouro, no meu aniversário no mês que vem. Imagine desperdiçar algo assim com Francis Haviland, que sempre foi e sempre será um dos mais perfeitos idiotas que Deus colocou nesse mundo.

— Você se esquece que eu costumava servir de motorista para ele durante a guerra, quando ele era general. Ah! Bons e velhos tempos aqueles...

— Eram, sim — concordou Tommy. — Lembro que mulheres bonitas costumavam vir segurar minha mão no hospital. Mas eu não mando presentes de casamento para todas elas. Não creio que a noiva vá gostar muito deste seu presente, Tuppence.

— É bonita e cabe bem no bolso, não é? — continuou Tuppence, ignorando os comentários dele.

Tommy guardou-a no próprio bolso.

— Perfeitamente — ele comentou em tom de aprovação.

— Alô, aqui é Albert com a correspondência da tarde. Há grande possibilidade de que a duquesa de Perthshire nos contrate para encontrarmos seu pequinês premiado.

Eles olharam e separaram as cartas juntos. De repente, Tommy soltou um longo assobio e segurou uma delas alto em sua mão.

— Uma carta azul com um selo russo. Lembra-se do que disse o chefe? Deveríamos ficar de olho no caso de aparecerem cartas como essa.

— Que emocionante! — exclamou Tuppence. — Finalmente alguma coisa aconteceu! Abra-a e veja se o conteúdo confere. Era um comerciante de presuntos, não era? Só uns segundinhos.

Vamos querer leite para nosso chá. Esqueceram de entregar hoje de manhã. Vou mandar Albert sair e comprar.

Ela voltou da antessala, depois de mandar Albert em sua pequena missão, e encontrou Tommy com a folha de papel azul na mão.

— Como imaginamos, Tuppence — ele declarou. — Quase em todos os detalhes, exatamente como o chefe disse.

Tuppence tomou-lhe a carta e a leu.

A carta fora escrita com esmero num inglês empolado, supostamente por um certo Gregor Feodorsky, que aguardava, ansioso, notícias da esposa. Insistia que a Agência de Detetives Internacional não poupasse gastos ao envidar os maiores esforços possíveis para localizá-la. O próprio Feodorsky estava temporariamente impossibilitado de sair da Rússia graças a uma crise no comércio de carne de porco.

— O que será que isso realmente significa? — perguntou Tuppence, pensativa, alisando a folha contra a mesa diante de si.

— Imagino que seja algum tipo de código — respondeu Tommy. — Mas isso não é tarefa nossa. Devemos encaminhar a carta para o chefe assim que for possível. É melhor simplesmente umedecer o selo e ver se por baixo aparece o número 16.

— Certo — concordou Tuppence. — Mas acho...

Ela calou-se de repente, e Tommy, surpreso com a pausa repentina, ergueu os olhos e se deparou com a figura corpulenta de um homem, que obstruía a porta.

O intruso tinha uma presença marcante. Corpo quadrado, cabeça muito redonda e queixo forte. Deveria ter seus quarenta e cinco anos.

— Devo me desculpar com vocês — disse o desconhecido entrando sala adentro, de chapéu na mão. — Como encontrei

sua antessala vazia, ousei invadir seu escritório. Esta é a Agência de Detetives Internacional de Blunt, não é?
— Com certeza que é.
— E o senhor é o sr. Blunt, certo? O sr. Theodore Blunt?
— Eu sou o sr. Blunt. O senhor deseja se consultar comigo? Esta é minha secretária, srta. Robinson.

Tuppence inclinou a cabeça de modo gentil, mas continuou a analisar o homem minuciosamente por trás de suas pestanas baixas. Ela se perguntava quanto tempo ele estaria parado junto à soleira da porta e quanto ele vira e ouvira. Ela não pôde deixar de perceber que, mesmo enquanto ele conversava com Tommy, os olhos dele voltavam-se com frequência para o papel azul que ela segurava.

O agudo tom de advertência na voz de Tommy lembrou Tuppence das necessidades do momento:

— Por favor, srta. Robinson, tome notas. Agora, cavalheiro, será que o senhor poderia, por favor, informar o assunto sobre o qual deseja meu conselho?

Tuppence buscou seu bloco e seu lápis.

O grandalhão começou a falar em um tom de voz bastante áspero.

— Meu nome é Bower, dr. Charles Bower. Moro em Hampstead, onde também tenho meu consultório. Vim até o senhor, sr. Blunt, porque muitas coisas um tanto estranhas vêm acontecendo ultimamente.

— Sim, dr. Bower?

— Em duas ocasiões na semana passada, fui chamado pelo telefone para um atendimento urgente e, em ambos os casos, tratava-se de ligações falsas. Na primeira vez, pensei ter sido vítima de um trote, mas da segunda vez percebi que alguns de meus documentos pessoais estavam fora de lugar e de ordem, sendo que agora acredito que a mesma coisa ocorreu da primeira vez. Dei uma busca minuciosa e cheguei à conclusão de que toda a minha escrivaninha havia sido meticulosamente revistada e de que vários documentos haviam sido apressadamente colocados de volta.

O dr. Bower fez uma pausa e olhou para Tommy fixamente.

— E então, sr. Blunt?

— E então, dr. Bower? — replicou o jovem, sorrindo.

— O que o senhor acha disso tudo, hein?

— Bem, em primeiro lugar, gostaria de conhecer todos os fatos. O que o senhor guarda em sua escrivaninha?

— Meus documentos pessoais.

— Exatamente. Agora, em que consistem estes documentos pessoais? Que valor teriam para um ladrão comum... Ou para qualquer pessoa em particular?

— Para um ladrão comum não creio que pudessem ter qualquer valor, mas as minhas anotações sobre certos alcaloides pouco conhecidos interessariam a qualquer pessoa que tenha conhecimento técnico sobre o assunto. Venho fazendo um estudo sobre esse tema já há alguns anos. Esses alcaloides são venenos poderosíssimos e, além disso, deixam vestígios quase impossíveis de serem detectados. Eles não reagem a quaisquer agentes conhecidos.

— Então esse segredo valeria dinheiro?

— Para pessoas inescrupulosas, sim.

— E o senhor suspeita de... quem?

O médico sacudiu os ombros poderosos.

— Que eu saiba, não forçaram a entrada na casa pelo lado de fora. Isso parece indicar alguma pessoa da própria casa e, mesmo assim, não posso acreditar...

Ele parou de falar abruptamente e então começou outra vez, num tom de voz muito grave.

— Sr. Blunt, preciso me colocar em suas mãos sem quaisquer reservas. Não ouso ir até a polícia para tratar desse assunto. Quanto aos meus três empregados, tenho praticamente certeza. Estão comigo há tempo e são de confiança. Mesmo assim, nunca se sabe. Além deles, moram comigo meus dois sobrinhos, Bertram e Henry. Henry é um bom menino — realmente muito bom —, que nunca me deu qualquer preocupação, um jovem excelente e trabalhador. Já Bertram, lamento admitir, tem um caráter bastante diferente: rebelde, extravagante e teimosamente indolente.

— Compreendo — disse Tommy, pensativo. — O senhor desconfia de que seu sobrinho Bertram esteja envolvido nessa história. Já eu discordo do senhor. Minhas suspeitas recaem sobre o bom menino, Henry.

— Mas por quê?

— Tradição. Precedente. — Tommy fez um leve aceno de mão. — De acordo com minha experiência, os suspeitos são sempre inocentes e vice-versa, meu caro senhor. Sim, estou decidido, desconfio de Henry.

— Perdão, sr. Blunt — interrompeu Tuppence, usando um tom respeitoso. — Será que entendi o dr. Bower dizer que essas anotações sobre... hum... alcaloides pouco conhecidos ficam guardadas na escrivaninha junto com os outros documentos?

— Eu as guardo na escrivaninha, minha cara jovem, mas numa gaveta secreta cuja posição só eu mesmo conheço. Daí o insucesso das buscas até agora.

— E o que, exatamente, o senhor quer que eu faça, dr. Bower? — perguntou Tommy. — O senhor espera que uma nova busca seja feita?

— Sim, sr. Blunt. Tenho todos os motivos para crer que sim. Esta tarde, recebi um telegrama de um paciente meu a quem mandara a Bournemouth há umas poucas semanas. O telegrama informa que meu paciente está em estado grave e me pede que vá ate lá imediatamente. Já desconfiado por causa dos acontecimentos que lhe contei, eu mesmo despachei um telegrama pré-pago ao paciente em questão e obtive a informação de que ele estava bem de saúde e de que não me enviara qualquer convocação. Então me ocorreu que, se eu fingisse que caí no embuste e partisse, como esperado, rumo a Bournemouth, teríamos uma ótima chance de apanhar os canalhas em flagrante. Quer seja uma ou mais pessoas, sem dúvida será só depois de toda a casa se recolher para dormir que haverá alguma atividade. Sugiro que me encontre do lado de fora de minha casa hoje à noite, às onze horas, e investigaremos esse assunto juntos.

— Na esperança, de fato, de pegá-los com a mão na massa...

Tommy, pensativo, tamborilou na mesa com a espátula de abrir cartas.

— Seu plano me parece excelente, dr. Bower. Não vejo qualquer empecilho. Deixe-me ver, seu endereço é...?

— The Larches, Hangman's Lane, uma área um tanto quanto deserta. Mas temos vistas maravilhosas do Heath a partir de lá.

— Perfeitamente — concordou Tommy.

O visitante se levantou.

— Então, o aguardo hoje à noite, sr. Blunt. No lado de fora de Larches, às... digamos... 22h55, para não corrermos nenhum risco?

— Certamente. Às 22h55. Boa tarde, dr. Bower.

Tommy levantou-se, apertou a campainha de sua escrivaninha e Albert apareceu para acompanhar o cliente até a saída.

O médico mancava nitidamente, mas seu físico privilegiado era evidente apesar desse problema.

— Um cliente difícil de lidar — Tommy murmurou consigo mesmo.

— Bem, Tuppence, garota esperta, o que você acha disso?

— Vou-lhe dizer uma coisa: Pé Torto!*

— O quê?

— Eu disse "Pé Torto"! Meu estudo dos clássicos não foi em vão. Tommy, esse homem foi plantado. Imagine, alcaloides pouco conhecidos! Nunca vi uma história mais esfarrapada.

— Eu também não a achei muito convincente — o marido admitiu.

— Você viu como ele não tirava os olhos da carta? Tommy, ele faz parte da quadrilha. Foram informados de que você não é o verdadeiro sr. Blunt e saíram à caça da gente.

— Neste caso — disse Tommy, abrindo o armário secundário e examinando suas prateleiras de livros com um olhar carinhoso —, nosso papel é fácil de escolher. Somos os irmãos Okewood! E eu sou Desmond — ele acrescentou com firmeza.

Tuppence deu de ombros.

— Tudo bem. Faça como quiser. Prefiro ser Francis. Francis era de longe o mais inteligente dos dois. Desmond sempre se mete em confusões e Francis aparece vestido de jardineiro, ou algo assim, bem na hora H, e salva a situação.

---

* No original, *Clubfoot*, referência ao personagem homônimo, um agente secreto brilhante e sinistro, vilão do romance *The Man with the Clubfoot* (*O homem do pé torto*), escrito por Valentine Williams (1883-1946) sob o pseudônimo Douglas Valentine. O romance é uma aventura dos irmãos detetives Desmond e Francis Okewood. Geralmente, Desmond se mete em situações complicadas durante suas investigações e seu irmão Francis precisa entrar em ação para salvá-lo. (N.T.)

— Ah! — exclamou Tommy —, mas eu serei um super--Desmond. Quando chegar a Larches...

Tuppence o interrompeu sem a menor cerimônia.

— Você não vai a Hampstead hoje à noite, vai?

— Por que não?

— Fechar bem os olhos e andar desse jeito até cair na armadilha?

— Não, minha querida, Abrir bem os olhos e andar desse jeito até cair na armadilha! Faz muita diferença. Acho que o nosso amigo, dr. Bower, vai ter uma pequena surpresa.

— Não estou gostando nada disso — reclamou Tuppence.

— Você sabe o que acontece quando Desmond desobedece as ordens do chefe e age por conta própria. Nossas ordens foram bastante claras. Encaminhar as cartas assim que chegassem e informar imediatamente qualquer coisa que acontecesse.

— Não era bem assim — esclareceu Tommy. — Teríamos de informar imediatamente se qualquer pessoa nos procurasse e mencionasse o número 16. E ninguém o fez.

— Você está sofismando.

— Não adianta. Me deu na veneta jogar uma mão sozinho. Minha boa e velha Tuppence, eu vou ficar bem. Vou armado até os dentes. O importante nisso tudo é que eu estarei em guarda e eles não saberão disso. O chefe vai me encher de tapinhas nas costas graças ao ótimo trabalho de uma única noite.

— Bem — insistiu Tuppence —, não gosto nada disso. Aquele homem é forte como um gorila.

— É, mas lembre-se de minha automática de cano azulado.

A porta da antessala se abriu e Albert apareceu. Fechando a porta atrás de si, ele se aproximou deles com um envelope na mão.

— Um cavalheiro deseja vê-lo — informou Albert. — Quando comecei com aquele número usual de dizer que você estava ocupado com a Scotland Yard, ele me disse que sabia de tudo quanto a isso. Disse que ele mesmo veio da Scotland Yard! E ele escreveu alguma coisa num cartão e enfiou neste envelope.

Tommy pegou o envelope e o abriu. À medida que lia o cartão, um largo sorriso se formou em seu rosto.

— O cavalheiro estava se divertindo às suas custas ao dizer a verdade, Albert — Tommy esclareceu. — Faça-o entrar.

Ele atirou o cartão para Tuppence. No mesmo constava o nome "Detetive inspetor Dymchurch" e ainda, rabiscado a lápis, "um amigo de Marriot".

Um minuto mais tarde, o detetive da Scotland Yard adentrava o escritório. Em termos de aparência, o inspetor Dymchurch lembrava o inspetor Marriot e era baixo e atarracado, de olhar perspicaz.

— Boa tarde — cumprimentou o detetive animadamente. — Marriot está no sul do País de Gales, mas antes de ir ele me pediu que ficasse de olho em vocês dois e neste lugar. Deus seja louvado, senhor — continuou, já que Tommy parecia prestes a interrompê-lo —, *nós* sabemos de tudo. Não é nosso departamento e não interferimos. Mas alguém recentemente ficou sabendo que nem tudo é o que parece ser. Os senhores receberam aqui, hoje de tarde, a visita de um cavalheiro. Não sei que nome deu para vocês, nem qual é seu verdadeiro nome; mas sei só um pouquinho sobre ele. O bastante para querer saber mais. Estou certo em pressupor que ele marcou um encontro com o senhor em um lugar determinado para esta noite?

— Perfeitamente.

— Foi o que pensei. No número 16 da Westerham Road, em Finsbury Park, não foi?

— Você está enganado — corrigiu Tommy com um sorriso. — Redondamente enganado. The Larches, Hampstead.

Dymchurch parecia genuinamente surpreso. Era evidente que ele não esperava por isso.

— Não compreendo — murmurou. — Deve ser um novo esquema. O senhor disse The Larches, Hampstead?

— Sim. Eu devo me encontrar com ele nesse endereço às onze horas da noite de hoje.

— Não ouse fazer isso, senhor.

— Viu só? — explodiu Tuppence.

Tommy ficou vermelho.

— Se o senhor pensa, inspetor... — começou, inflamado.

Mas o inspetor ergueu a mão num gesto apaziguador.

— Vou-lhe dizer o que eu acho, sr. Blunt. O melhor lugar para o senhor ficar hoje à noite às onze horas é aqui mesmo neste escritório.

— O quê? — Tuppence exclamou, admirada.

— Aqui neste escritório. Não interessa como eu fiquei sabendo... Os departamentos sobrepõem-se uns aos outros, às vezes... Mas o senhor recebeu uma daquelas famosas cartas "azuis" hoje. O tal fulano está atrás dela. Ele o atrai até Hampstead, certifica-se de que o senhor está fora do caminho e entra furtivamente aqui de noite, quando todo o edifício está vazio e em silêncio, de modo que ele pode fazer uma boa busca por tudo sem a menor pressa.

— Mas por que ele iria pensar que a carta está aqui? Ele saberia que a teria comigo ou então que a teria passado adiante.

— Com sua licença, senhor, é justamente isso o que ele não saberia. Ele pode ter chegado à conclusão de que o senhor não é o sr. Blunt original, mas, provavelmente, ele pensa que o senhor é um cavalheiro de boa-fé que de fato comprou esse negócio. Nesse caso, a carta seria encarada como uma correspondência típica do negócio e seria arquivada como tal.

— Entendo — disse Tuppence.

— E é justamente nisso que temos de fazê-lo acreditar. Vamos pegá-lo aqui hoje à noite com a boca na botija.

— Então é esse o plano, certo?

— Sim. É uma oportunidade única. Bem, deixe-me ver, que horas são? Seis da tarde. A que horas o senhor geralmente deixa o escritório?

— Por volta de seis.

— O senhor tem que dar a impressão de que saiu daqui como sempre faz. Na verdade, voltaremos sorrateiramente para cá assim que conseguirmos. Não acredito que venham antes das onze, mas claro que podem vir. Agora, com sua licença, vou sair e dar uma inspecionada por aí para ver se consigo avistar alguém que esteja de olho neste prédio.

Dymchurch deu uma saída e Tommy e Tuppence começaram a discutir. A discussão demorou algum tempo e foi cáustica e acalorada. No final, Tuppence cedeu de repente:

— Tudo bem — aceitou ela —, desisto. Vou para casa e fico sentadinha lá como uma garota boazinha enquanto você se atraca com os vigaristas e festeja com os detetives. Mas espere por mim, meu jovem. Vou me vingar de você por me deixar de fora no melhor da festa.

Dymchurch voltou naquele momento.

— Aparentemente, nenhum perigo à espreita — informou ele. — Mas nunca se pode ter certeza. Melhor fingir que está indo embora na hora de sempre. Eles não vão continuar a vigiar o edifício depois que você for embora.

Tommy chamou Albert e deu-lhe instruções para fechar.

Então os quatro se dirigiram à garagem próxima onde o carro geralmente ficava. Tuppence de motorista e Albert ao lado dela. Tommy e o detetive ocuparam o banco de trás.

Em seguida, foram retidos por um engarrafamento de trânsito. Tuppence olhou por sobre o ombro e balançou a cabeça afirmativamente. Tommy e o detetive abriram a porta da direita e saíram do carro no meio da Oxford Street. Tuppence tocou adiante.

II

— É melhor não entrarmos ainda — sugeriu Dymchurch enquanto ele e Tommy andavam apressados na direção da Haleham Street. — Você está com a chave, certo?

Tommy fez que sim com a cabeça.

— Então que tal um jantar rápido? Ainda é cedo, mas tem um lugarzinho aqui bem em frente. Ocupamos uma mesa junto à janela, assim podemos vigiar o lugar o tempo todo.

Eles tiveram uma refeição simples e muito bem-vinda, do jeito que o detetive sugerira. Tommy descobriu que o inspetor Dymchurch era um companheiro divertido. A maior parte de seu trabalho oficial se dera entre espiões internacionais, e ele tinha casos para contar que muito impressionaram o seu ouvinte inexperiente.

Permaneceram no pequeno restaurante até as oito horas, quando Dymchurch sugeriu que se mexessem.

— Já está bem escuro agora — explicou ele. — Conseguiremos entrar furtivamente, sem que ninguém fique sabendo.

Como Dymchurch afirmara, já estava bem escuro. Atravessaram a rua, olharam rapidamente para os dois lados da via deserta e dirigiram-se, sorrateiros, para a entrada do edifício. Então, subiram as escadas, e Tommy colocou sua chave na fechadura do escritório da frente.

No mesmo momento em que o fez, pensou ter ouvido Dymchurch assobiar ao seu lado.

— Para que o assobio? — indagou Tommy, ríspido.

— Eu não assobiei — informou Dymchurch, bastante surpreso. — Pensei que *você* tivesse assobiado.

— Bem, *alguém*... — começou Tommy.

Não pôde continuar. Braços fortes o agarraram por trás e, antes que ele pudesse gritar, um chumaço embebido em algo doce e enjoativo estava sendo pressionado sobre sua boca e seu nariz.

Tommy resistiu bravamente, mas em vão. O clorofórmio fazia efeito. Sua cabeça começou a girar e o chão diante dele balançava para cima e para baixo. Sufocado, perdeu a consciência...

Tommy voltou a si com dificuldade, mas de plena posse das faculdades mentais. O clorofórmio não fora muito. Eles o tinham mantido sob controle o tempo suficiente para lhe colocar uma mordaça e ficarem certos de que não gritaria.

Quando retomou a consciência, Tommy estava meio deitado, meio sentado, apoiado contra a parede num canto de seu próprio escritório. Dois homens estavam vasculhando freneticamente o conteúdo da escrivaninha e revistando os armários, e enquanto trabalhavam não paravam de praguejar:

— Que diabo, chefia — exclamou o mais alto dos dois com voz rouca —, já viramos toda essa porcaria de lugar de cabeça para baixo e de dentro para fora. Aqui não está.

— Tem que estar aqui — rosnou o outro. — Não está com ele. E não há outro lugar em que possa estar.

Enquanto falava, ele se virou e, para surpresa absoluta de Tommy, este percebeu que o último que falara era nada mais nada menos do que o inspetor Dymchurch. Este último deu um largo sorriso ao ver a expressão de assombro no rosto de Tommy.

— Quer dizer que nosso jovem amigo já está acordado de novo — comentou ele. — E um pouco surpreso... Sim, um pouco surpreso. Mas foi tão simples. Nós desconfiamos de que as coisas não eram como deveriam ser na Agência de Detetives Internacional. Eu me ofereço para descobrir a verdade, seja qual for. Se o novo sr. Blunt for mesmo um espião, ficará desconfiado. Assim, eu mando na frente meu bom e velho amigo, Carl Bauer. Instruímos Carl para que aja de maneira suspeita e que conte uma história para boi dormir. Ele segue nossa deixa e aí eu entro em cena. Uso o nome do inspetor Marriot para ganhar sua confiança. O resto é fácil.

Ele riu.

Tommy estava louco para dizer várias coisas, mas a mordaça o impedia. Também estava louco para fazer várias coisas — principalmente com as mãos e os pés —, mas, coitado, também tinham se encarregado disso: ele estava muito bem amarrado.

Aquilo que mais o surpreendera fora a mudança impressionante no homem que estava de pé diante de si. Como inspetor

Dymchurch, aquele camarada fora um inglês típico. Agora, ninguém poderia tomá-lo nem por um segundo por qualquer outra coisa que não fosse um estrangeiro bem instruído que falava um inglês perfeito e não tinha o menor sotaque.

— Coggins, meu bom amigo — disse aquele que até então fora o inspetor, se dirigindo ao parceiro com pinta de facínora —, pegue seu porrete e fique de pé junto ao prisioneiro. Vou remover a mordaça. O senhor entende, meu caro sr. Blunt, não entende, que gritar seria uma asneira criminosa de sua parte? Mas tenho certeza de que entende. Para a sua idade, é um rapaz bem inteligente.

Demonstrando grande habilidade, ele retirou a mordaça e se afastou.

Tommy massageou sua mandíbula dura, passou a língua pela boca, engoliu duas vezes — e não disse absolutamente nada.

— Parabéns pelo seu controle — o outro o felicitou. — Vejo que compreende minha posição. Não tem mesmo nada a dizer?

— O que tenho a dizer pode esperar — afirmou Tommy — e não perde nada por esperar.

— Ah! Mas o que eu tenho a dizer não pode esperar. Falando bem claramente, sr. Blunt, onde está aquela carta?

— Meu bom camarada, eu não sei — respondeu Tommy, bem-humorado. — Não está comigo. Mas você sabe disso tão bem quanto eu. Eu, no seu lugar, continuaria procurando por aí. Adoro ver você e seu amigo Coggins brincando juntos de esconde-esconde...

O rosto do outro se anuviou.

— O senhor se diverte sendo irreverente, sr. Blunt. Está vendo aquela caixa quadrada que ali está? São os pequenos apetrechos de Coggins. Dentro dela há ácido sulfúrico... Sim, ácido sulfúrico... E ferros que podem ser aquecidos ao fogo, de modo que fiquem vermelhos em brasa e queimem...

Tommy balançou a cabeça, pesaroso.

— Um erro de diagnóstico — murmurou ele. — Tuppence e eu erramos ao classificar esta aventura. Não é uma história de Pé torto, mas de Bull-dog Drummond. E você é o inimitável Carl Peterson.*

— Que bobagem é essa de que você está falando? — rosnou o outro.

— Ah! — exclamou Tommy. — Vejo que você não conhece os clássicos. Uma pena.

— Seu idiota ignorante! Vai fazer o que queremos ou não vai? Devo mandar Coggins tirar as ferramentas da caixa e começar?

— Não seja tão impaciente — pediu Tommy. — Claro que farei o que vocês querem, assim que me disserem o que é! Você acha que quero ser trinchado como um filé de linguado e frito na grelha? Eu detesto sentir dor.

Dymchurch encarou-o com desprezo.

— *Jesus*! Como esses ingleses são covardes.

— Bom-senso, meu bom camarada, apenas bom-senso. Deixe o ácido sulfúrico onde está e vamos ao que interessa.

---

* O capitão Hugh "Bull-dog" Drummond é o herói de uma série de autoria de H. C. McNeile (1888-1937), escritor inglês que usava o pseudônimo de Sapper. Membro da classe média alta inglesa, Bull-dog Drummond é um oficial da reserva que passou a atuar como detetive particular. Drummond conta com sua descomunal força física e com seu agudo bom-senso para solucionar crimes e casos de espionagem. Carl Peterson, um gênio do crime e mestre dos disfarces que pretende dominar o mundo, é o principal vilão dos quatro primeiro romances da série. (N.T.)

— Quero a carta.

— Eu já lhe disse que não está comigo.

— Sabemos disso. Também sabemos quem deve estar com ela: a garota.

— É bem possível que você esteja certo — continuou Tommy. — Ela pode tê-la colocado na bolsa quando seu companheiro Carl nos deu aquele susto.

— Oh, então você não nega. Muito sensato de sua parte. Muito bem, você vai escrever a esta Tuppence, como você a chama, pedindo que ela traga a carta imediatamente.

— Não posso... — começou Tommy.

O outro o interrompeu antes que ele pudesse terminar a frase.

— Ah, não pode? Bem, veremos... Coggins!

— Não seja tão apressado — sugeriu Tommy. — E por favor espere pelo fim da minha frase. Ia dizer que não posso fazer isso a menos que você desamarre meus braços. Ora, bolas, não sou nenhum daqueles aleijados que conseguem escrever com o nariz ou o cotovelo.

— Então, você está disposto a escrever?

— Claro. Não é isso que venho lhe dizendo o tempo todo? Estou muito empenhado em ser aprazível e prestativo. Você não vai fazer nenhum mal a Tuppence, claro. Tenho certeza que não. Ela é uma garota tão legal...

— Só queremos a carta — insistiu Dymchurch, mas ele tinha um sorriso particularmente ameaçador nos lábios.

A um sinal de cabeça dele, o animalesco Coggins se ajoelhou e desamarrou os braços de Tommy. Este último balançou os braços para frente e para trás.

— Assim está melhor — comentou ele, animado. — Será que o gentil Coggins poderia me alcançar minha caneta-tinteiro? Está sobre a mesa, acho, com meus outros objetos.

Sempre carrancudo, o indivíduo lhe trouxe a caneta e uma folha de papel.

— Cuidado com o que diz — alertou Dymchurch num tom ameaçador. — Você escolhe a mensagem, mas qualquer falha significa a morte... e uma morte lenta, ainda por cima.

— Neste caso — concordou Tommy —, farei o melhor que puder.

Ele refletiu por um ou dois minutos e depois começou a escrever o bilhete rapidamente.

— Será que assim está bom? — perguntou, entregando a carta ao falso Dymchurch.

Querida Tuppence,
Você poderia vir aqui imediatamente e trazer aquela carta azul?
Queremos decifrá-la aqui e agora.
Apressadamente,

Francis.

— Francis? — questionou o falso inspetor, erguendo as sobrancelhas. — Foi este o nome que ela usou com você?

— Como você não esteve presente no meu batismo — argumentou Tommy —, acho que não tem como saber se este é mesmo meu nome ou não. Mas acho que esta cigarreira que você tirou do meu bolso é uma prova suficientemente boa de que estou falando a verdade.

O outro se aproximou da mesa, apanhou a cigarreira e leu acompanhado de um pequeno sorriso amarelo: "Para Francis, de Tuppence". Ele colocou o objeto de volta sobre a mesa.

— Estou feliz em ver que se comporta de maneira tão sensata — afirmou ele. — Coggins, entregue este bilhete a Vassilly. Está de guarda lá fora. Diga a ele para levá-lo de uma vez.

Os vinte minutos seguintes demoraram a passar, e os dez minutos posteriores demoraram mais ainda. Dymchurch caminhava para cima e para baixo e ficava cada vez mais carrancudo. Uma vez ele se virou para Tommy, ameaçador:

— Se você ousou nos enganar... — rosnou ele.

— Se tivéssemos um baralho aqui poderíamos fazer uma joguinho de piquet para passar o tempo — sugeriu Tommy com a voz arrastada. — As mulheres sempre fazem a gente esperar. Espero que não seja descortês com a pequena Tuppence quando ela chegar, hein?

— Ah, não — disse Dymchurch. — Faremos com que vocês dois vão para o mesmo lugar... Juntinhos.

— É mesmo, seu porco? — queixou-se Tommy, entre dentes.

De repente, houve um movimento na antessala. Um homem a quem Tommy ainda não vira meteu a cabeça pra dentro do escritório e resmungou alguma coisa em russo.

— Ótimo — satisfez-se Dymchurch. — Ela está chegando e vem sozinha.

Por um momento, Tommy deixou-se tomar de uma ligeira angústia.

Em seguida ele ouviu a voz de Tuppence:

— Ah! Aí está o senhor, inspetor Dymchurch. Trouxe a carta. Onde está Francis?

Com estas últimas palavras, Tuppence cruzou a porta e Vassilly pulou sobre ela por trás e tapou-lhe a boca com a mão. Dymchurch arrancou-lhe a bolsa da mão e revirou o conteúdo numa busca frenética.

De repente, soltou uma exclamação de alegria e ergueu bem alto um envelope azul colado com um selo russo. Coggins deu um grito rouco.

E naquele exato momento de triunfo a outra porta, a que dava para o escritório de Tuppence, abriu-se silenciosamente e o inspetor Marriot e dois homens armados com revólveres entraram na sala, ordenando com vigor:

— Mãos ao alto!

Não houve luta. Os outros foram capturados em absoluta desvantagem. A automática de Dymchurch estava sobre a mesa e os outros dois homens não estavam armados.

— Uma bela pescaria — disse o inspetor Marriot com aprovação, ao fechar o último par de algemas. — E teremos mais com o andar da carruagem, assim espero.

Lívido de raiva, Dymchurch lançou um olhar feroz para Tuppence.

— Sua diabinha — vociferou. — Foi você quem nos delatou para a polícia.

Tuppence deu uma risada.

— Não foi só obra minha. Eu deveria ter imaginado, admito, quando você mencionou o número 16 esta tarde. Mas foi o bilhete de Tommy que confirmou tudo. Liguei para o inspetor Marriot, mandei Albert encontrá-lo com a duplicata da chave do escritório e vim com o envelope azul vazio dentro da minha bolsa. A carta eu já tinha mandado adiante, conforme minhas instruções, assim que deixei vocês dois hoje à tarde.

Uma palavra em especial chamara a atenção do outro:

— *Tommy?* — ele questionou.

Tommy, que acabara de ser liberto das cordas, caminhou até eles.

— Belo trabalho, irmão Francis — mexeu com Tuppence, botando as duas mãos dela entre as suas. E para Dymchurch: — Como lhe falei, meu bom camarada, você realmente deveria ler os clássicos.

5

FAZENDO UMA *FINESSE* DE REI*

Era uma quarta-feira chuvosa nos escritórios da Agência de Detetives Internacional. Tuppence deixou o *Daily Leader* cair-lhe negligentemente da mão.

— Sabe no que venho pensando, Tommy?

— Impossível dizer — respondeu o marido. — Você pensa em tantas coisas... E pensa nelas todas ao mesmo tempo...

— Acho que já é hora de sairmos para dançar de novo.

Tommy correu a apanhar o *Daily Leader*.

— Nosso anúncio está bonito — comentou, com a cabeça caída para o lado. — Os Detetives Brilhantes de Blunt. Você se dá conta, Tuppence, de que você, e somente você, é os Detetives Brilhantes de Blunt? Esta é que é a glória, como diria Humpty Dumpty.

— Eu estava falando em dançar.

— Há uma coisa curiosa que observei a respeito dos jornais. Não sei se você alguma vez percebeu isso. Veja essas

---

* No jogo de *bridge*, a *finesse* é um estratagema que se vale do fator posicional das cartas para se fazer uma vaza (ganhar uma rodada). Quando se faz *finesse* de determinada carta ou naipe, se joga aquela carta ou uma carta daquele naipe sem a certeza de que se vencerá, mas com a esperança de que qualquer carta capaz de superá-la esteja na mão de um adversário que já jogou. (N.T.)

três cópias do *Daily Leader*. Pode me dizer no que elas diferem entre si?

Tuppence apanhou-as com alguma curiosidade.

— Parece bastante fácil — comentou em tom de deboche. — Uma é a de hoje; a outra, a de ontem, e a terceira, a de anteontem.

— Absolutamente brilhante, meu caro Watson. Mas não foi isso o que eu quis dizer. Observe o título do jornal, *Daily Leader*. Compare as três cópias. Vê alguma diferença entre elas?

— Não, não vejo — desistiu Tuppence. — E tem mais, não creio que haja qualquer diferença.

Tommy suspirou e juntou as pontas dos dedos, ao melhor estilo de Sherlock Holmes:

— Exatamente. E, no entanto, você lê os jornais tanto quanto eu. Na verdade, lê até mais. Mas eu percebi e você não. Se você checar o *Daily Leader* de hoje, verá que no meio do traço da letra D há um pequeno ponto branco, e há outro igual no L da mesma palavra. Mas, no jornal de ontem, o ponto branco nem sequer está em *DAILY*. Há dois pontos brancos no L de *LEADER*. E no de anteontem, de novo há dois pontos no D de *DAILY*. Na verdade, o ponto, ou pontos, muda de lugar todos os dias.

— Por quê? — perguntou Tuppence.

— Isso é um segredo jornalístico.

— A resposta é que você não sabe nem tem ideia do porquê.

— Limito-me a dizer o seguinte: essa prática é comum a todos os jornais.

— Como você é esperto, não? Especialmente para criar cortinas de fumaça no meio do caminho. Vamos voltar ao nosso assunto anterior.

— Sobre o que mesmo falávamos?

— Sobre o Baile das Três Artes.*
Tommy deu um gemido:
— Não, não, Tuppence. O Baile das Três Artes, não. Estou velho demais para esse baile. Posso lhe assegurar que já não tenho idade para essas coisas.

— Quando eu era uma garotinha boazinha — reclamou Tuppence —, me ensinaram e me fizeram acreditar que os homens, e os maridos, especialmente, eram seres devassos, que adoravam beber, dançar e ficar acordados a noite toda. E que apenas uma esposa excepcionalmente bonita e inteligente conseguiria segurá-los dentro de casa. Mais uma ilusão perdida! Todas as esposas que eu conheço estão loucas para sair e dançar e choram porque os maridos põem seus chinelinhos de dormir e se recolhem às nove e meia da noite. E você, que é um belo pé de valsa, Tommy, querido!

— Pode parar de jogar confete, Tuppence.

— Para dizer bem a verdade — continuou Tuppence —, não quero ir só por diversão. Estou intrigada com este anúncio.

Ela apanhou o *Daily Leader* outra vez e leu em voz alta:

*Deveria ir três copas, 12 vazas.*** *Ás de Espadas. Necessário fazer uma finesse de rei.*

— Um método meio caro de aprender *bridge*! — foi o comentário de Tommy.

— Não seja idiota. Isso não tem nada a ver com *bridge*. Sabe, almocei com uma amiga ontem no Ás de Espadas. É um

---

* Concorrido baile de fantasias então promovido pelo Clube das Três Artes, em Londres. (N.T.)
** No jogo de *bridge*, a vaza (*trick*, em inglês) é o conjunto de quatro cartas jogado em uma rodada, vencido pelo trunfo maior ou, se nenhum trunfo for jogado, pela carta maior do naipe jogado pelo "saidor da vaza" (jogador que começou a rodada). Quem faz a vaza será o próximo saidor, iniciando a próxima vaza. (N.T.)

inferninho meio suspeito em Chelsea, e ela me disse que a última moda entre o pessoal que atua nessas grandes apresentações noturnas na cidade é dar um pulo até lá no meio da noite para comer bacon com ovos e coelho galês, esses tipos de pratos meio boêmios. Ele é todo cheio de cabines reservadas. Digamos que é um lugar bem quente.

— E sua ideia é...?

— Três copas quer dizer o Baile das Três Artes*, amanhã à noite, 12 vazas quer dizer 12 horas, meia-noite, e Ás de Espadas é o Ás de Espadas.

— E quanto a ser necessário fazer uma *finesse* de rei?

— Bem, era isso que pensei que poderíamos descobrir.

— Não me surpreenderia se você tivesse razão, Tuppence — declarou Tommy, magnânimo. — Mas ainda assim não entendo por que você quer se intrometer nos casos românticos de outras pessoas.

— Não vou me intrometer. O que estou propondo é um experimento interessante dentro da profissão de detetive. *Precisamos* de prática.

— Nosso mar realmente não está muito para peixe — concordou Tommy. — Mesmo assim, Tuppence, o que você quer mesmo é ir ao Baile das Três Artes e dançar! Olhe quem estava falando em criar cortinas de fumaça...

---

* Tuppence faz a dedução a partir de um jogo de palavras de difícil tradução, possível graças à semelhança sonora entre as palavras inglesas para artes (*arts*), que aparece no nome do clube, e o naipe de copas (*hearts*). Essa aproximação possível é ainda maior porque, em alguns dialetos mais populares do inglês, a palavra *hearts* é pronunciada sem o *h* aspirado; ficando, portanto, completamente igual à outra. (N.T.)

Tuppence deu uma longa gargalhada.

— Leve na esportiva, Tommy. Tente esquecer de que já tem trinta e dois anos e um fio grisalho em sua sobrancelha esquerda.

— Sempre fui coração-mole em relação às mulheres — murmurou o marido. — Mas tenho que bancar o idiota e usar uma fantasia?

— Claro, mas pode deixar tudo comigo. Tenho uma ideia brilhante.

Tommy olhou para ela um pouco apreensivo. Ele sempre desconfiava das ideias brilhantes de Tuppence.

Quando ele voltou para casa na noite seguinte, Tuppence saiu voando do quarto para encontrá-lo.

— Já chegou! — ela anunciou.

— Já chegou, o quê?

— A fantasia. Venha dar uma olhada.

Tommy a seguiu. Espalhado por toda a cama estava um uniforme completo de bombeiro que incluía até mesmo um capacete reluzente.

— Minha nossa! — resmungou Tommy. — Entrei para o Corpo de Bombeiros de Wembley?

— Tente outra vez — sugeriu Tuppence. — Você ainda não entendeu minha ideia. Use sua massa cinzenta, *mon ami*. Brilhe, Watson. Seja um touro que está há mais de dez minutos na arena.

— Espere um pouquinho — pediu Tommy. — Acho que começo a entender. Há um propósito sinistro nisso tudo. O que é que você vai usar, Tuppence?

— Um terno velho que apanhei entre suas roupas, um chapéu americano e uns óculos de tartaruga.

— Grosseiro — comentou Tommy. — Mas já entendi. O incógnito McCarty. E eu sou Riordan.*

— Isso mesmo. Achei que deveríamos praticar métodos detetivescos americanos assim como ingleses. Apenas dessa vez vou ser a estrela e você o humilde ajudante.

— Não se esqueça — alertou Tommy — de que é sempre uma observação inocente feita pelo simplório Denny que coloca McCarty no rumo certo.

Tuppence limitou-se a rir. Ela estava animada.

A noite foi um absoluto sucesso. O público, a música, as roupas sensacionais — tudo conspirava para que o jovem casal se divertisse. Tommy acabou esquecendo seu papel de marido entediado que fora arrastado contra a vontade.

Às dez para a meia-noite, pegaram o carro e seguiram para o afamado — ou difamado — Ás de Espadas. Como Tuppence informara, era um inferninho de aparência ordinária e de mau gosto, mas mesmo assim estava lotado de casais fantasiados. Havia cabines reservadas ao longo de todas as paredes e Tommy e Tuppence conseguiram lugar em uma delas. Deixaram as portas entreabertas de propósito, de modo que pudessem ver o que estava acontecendo do lado de fora.

— Quem será que eles são... Quer dizer... O nosso casal — perguntou Tuppence. — Que tal aquela colombina do lado de lá acompanhada do Mefistófeles vermelho?

---

* Refere-se ao bombeiro Dennis Riordan e ao ex-patrulheiro Tommy McCarty, personagens da então popular escritora americana Isabel (Egenton Ostrander, 1883 ou 1885-1924). Os principais paralelos são com o romance *The Clue in the Air* (*A pista no ar*), publicado originalmente em 1917. (N.T.)

— Talvez o malvado mandarim e a dama que se chama de encouraçado... Diria que ela parece mais um cruzador ligeiro...

— Ele não é mesmo espirituoso? — observou Tuppence. — Tudo feito com umas poucas gotas de álcool! Quem é essa que está entrando fantasiada como a Rainha de Copas... Um traje bem bonito o dela.

A garota em questão entrou na cabine ao lado da deles, seguida por seu acompanhante, "o cavalheiro vestido de jornal" de *Alice no País das Maravilhas*. Ambos estavam usando máscaras, o que aparentemente era bastante comum no Ás de Espadas.

— Estou certa de que estamos num verdadeiro antro do pecado — comentou Tuppence com um sorriso de satisfação no rosto. — Escândalos por toda a parte. Que confusão que todo mundo faz...

Ouviu-se um grito como de protesto que vinha do reservado ao lado e foi logo abafado por uma gargalhada alta de um homem. Todos riam e cantavam. As vozes estridentes das moças podiam ser ouvidas acima do rumor grave de seus acompanhantes.

— Que tal aquela pastora de ovelhas? — quis saber Tommy. — Aquela acompanhada do comediante francês. Poderiam ser eles.

— Qualquer um poderia ser — confessou Tuppence. — Vou deixar para lá. O bom mesmo é que estamos nos divertindo.

— Eu teria me divertido mais com outra fantasia — queixou-se Tommy. — Você não faz ideia de como esta é quente.

— Anime-se — pediu Tuppence. — Você está lindo.

— Fico contente com isso — confessou Tommy. — Melhor do que você. Você é o baixinho mais esquisito que já vi.

— Mantenha o tom cortês, Denny, meu rapaz. Ei! O cavalheiro de jornal está deixando sua dama sozinha. Aonde você acha que ele vai?

— Buscar bebidas, acho — sugeriu Tommy. — Eu não me importaria de fazer o mesmo.

— Ele está demorando demais — comentou Tuppence após quatro ou cinco minutos. — Tommy, você me acharia muito idiota... — ela parou de falar.

De repente, levantou-se de um salto.

— Pode me chamar de idiota, se quiser. Vou até o reservado aqui do lado.

— Veja só, Tuppence, você não pode...

— Tenho um pressentimento de que alguma coisa está errada. *Sei* que está. Não tente me impedir.

Tuppence saiu apressadamente da cabine que ocupavam e Tommy a seguiu. As portas da cabine ao lado estavam fechadas. Tuppence as abriu com um empurrão e entrou, seguida de perto por Tommy.

A garota fantasiada de Rainha de Copas estava sentada a um canto, encostada contra a parede, numa posição estranha, como que dobrada sobre si mesma. Seus olhos os encaravam fixamente através da máscara, mas ela não se moveu. Seu vestido seguia um padrão ousado que alternava o vermelho e o branco, mas parecia haver um erro do lado esquerdo. Havia mais vermelho do que deveria...

Com um grito, Tuppence correu até a garota. Ao mesmo tempo, Tommy via o que Tuppence já tinha visto: o punho de uma adaga cravejada de pedras preciosas logo abaixo do coração. Tuppence ajoelhou-se ao lado da garota:

— Depressa, Tommy, ela ainda está viva. Chame o gerente e faça com que ele traga um médico imediatamente.

— Certo. Cuidado para não tocar no cabo daquela adaga, Tuppence.

— Terei cuidado. Corra, depressa.

Tommy saiu apressado e fechou as portas atrás de si. Tuppence passou o braço por trás da garota. Esta fez um leve gesto e Tuppence concluiu que ela tentava se livrar da máscara. Tuppence desamarrou a máscara com todo o cuidado. Viu um rosto viçoso como uma flor e olhos arregalados brilhantes e cheios de terror, sofrimento e certa perplexidade que parecia ter lhe deixado atordoada.

— Minha querida — Tuppence dirigiu-se a ela num tom cheio de ternura. — Você consegue falar? Será que consegue me contar quem fez isso?

Tuppence sentiu que os olhos da outra se fixavam em seu próprio rosto. A garota deu um suspiro longo e palpitante, como alguém cujo coração está prestes a deixar de bater. Mas ela continuava encarando Tuppence fixamente. Então, seus lábios se entreabriram.

— Foi Bingo... — ela conseguiu sussurrar com grande dificuldade.

Então, suas mãos relaxaram e ela pareceu se aninhar contra o ombro de Tuppence.

Tommy entrou acompanhado de dois homens. O maior dentre os dois adiantou-se com ar de autoridade, e o fato de que era médico era evidente em cada um de seus gestos.

Tuppence deixou que o médico visse a garota.

— Infelizmente, ela morreu — informou com a voz embargada.

O médico fez um exame rápido.

— Sim — concordou ele. — Não há mais nada a fazer. É melhor deixarmos tudo como está até a chegada da polícia. Como isso aconteceu?

Tuppence deu uma explicação hesitante, omitindo suas razões para entrar na cabine.

— É um caso curioso — comentou o médico. — Vocês não ouviram nada?

— Eu ouvi quando ela deu uma espécie de grito, mas depois o homem riu. Naturalmente, não achei que...

— Claro que não — concordou o médico. — E o homem estava de máscara, pelo que você informa. Será que você não o reconheceria?

— Acho que não, infelizmente. E você, Tommy?

— Não. Mas há a fantasia dele.

— A primeira coisa a fazer é identificar esta pobre jovem — sugeriu o médico. — Depois disso, bem, acho que a polícia estabelecerá os fatos com rapidez. Não deve ser um caso difícil. Ah, aí vêm eles.

6
O CAVALHEIRO VESTIDO DE JORNAL

Já passava das três da manhã quando, cansados e aflitos, marido e mulher chegaram em casa. Várias horas se passaram antes de Tuppence conseguir dormir. Ela virava de um lado para o outro e sempre enxergava aquele rosto como uma flor com seus olhos aterrorizados.

A luz da aurora já entrava pelas persianas quando Tuppence finalmente conseguiu cochilar. Depois de toda a emoção, ela dormiu um sono profundo e sem sonhos. O sol brilhava alto e forte quando ela acordou e viu Tommy, já de pé e vestido, parado do lado da cama e sacudindo-a levemente pelo braço.

— Acorde, minha velhinha. O inspetor Marriot e outro homem estão aqui e querem vê-la.

— Que horas são?

— Onze em ponto. Vou pedir a Alice que traga seu chá agora mesmo.

— Sim, isso. Diga ao inspetor Marriot que desço em dez minutos.

Quinze minutos mais tarde, Tuppence entrou apressada na sala de visitas. O inspetor Marriot, que estava sentado e tinha um ar muito correto e solene, ficou em pé para cumprimentá-la.

— Bom dia, sra. Beresford. Este é sir Arthur Merivale.

Tuppence apertou a mão de um homem alto e magro de olhar abatido e cabelos que estavam ficando grisalhos.

— É sobre o triste ocorrido de ontem à noite — esclareceu o inspetor Marriot. — Quero que sir Arthur ouça de sua própria boca aquilo que me contou... As palavras que a pobre jovem murmurou antes de morrer. Sir Arthur se recusa a se deixar convencer.

— Não posso acreditar — explicou o outro homem — e não vou acreditar que Bingo Hale tenha tocado em um único fio do cabelo de Vere.

Inspetor Marriot continuou:

— As coisas já progrediram um pouco desde ontem à noite, sra. Beresford — informou ele. — Primeiro, conseguimos identificar aquela senhora como sendo lady Merivale. Entramos em contato com sir Arthur, aqui presente. Ele identificou o corpo imediatamente e ficou completamente horrorizado, claro. Então, perguntei para ele se conhecia alguém chamado Bingo.

— A senhora tem de entender, sra. Beresford — explicou sir Arthur — que o capitão Hale, que todos os amigos conhecem como Bingo, é meu melhor amigo. Praticamente mora conosco. Ele estava hospedado em minha casa quando o prenderam hoje pela manhã. Só posso concluir que a senhora se enganou... Talvez não tenha sido o nome dele o que minha esposa disse.

— Não há possibilidade de engano — asseverou Tuppence, gentil. — Ela disse: "Foi Bingo".

— Como o senhor pode ver, sir Arthur... — disse Marriot.

O pobre infeliz se afundou na cadeira e cobriu o rosto com as mãos.

— É inacreditável. Mas qual seria o motivo possível? Ah, sei no que o senhor está pensando, inspetor Marriot. Acha que Hale era amante de minha mulher... Mas, mesmo que fosse verdade... Hipótese que não admito nem por um momento... Qual seria seu motivo para matá-la?

Inspetor Marriot tossiu.

— Não é uma coisa muito agradável de dizer, meu bom senhor. Mas o capitão Hale tem dado muita atenção a uma determinada jovem americana, ultimamente, uma jovem possuidora de uma fortuna considerável. Se lady Merivale decidisse complicar as coisas, ela provavelmente conseguiria impedir o casamento dele.

— Isto é ultrajante, inspetor.

Sir Arthur levantou-se de um salto, irritado. O outro procurou acalmá-lo com um gesto delicado:

— Queira desculpar-me, por gentileza, sir Arthur. O senhor diz que tanto o senhor quanto o capitão Hale decidiram ir a esse evento. Sua esposa naquele momento estava fora, fazendo uma visita, e o senhor não tinha a menor ideia de que ela também estaria lá?

— Nem a menor ideia.

— Por favor, mostre a ele aquele anúncio sobre o qual me falou, sra. Beresford.

Tuppence aquiesceu.

— O anúncio me parece bastante claro. Foi colocado pelo capitão Hale para atrair a atenção de sua esposa. Os dois já tinham combinado de se encontrarem lá. Mas o senhor só decidiu que iria no dia anterior, daí a necessidade de alertá-la. Isso explica a frase "Necessário fazer a *finesse* de rei". O senhor alugou sua fantasia de uma companhia teatral de última hora, mas a do capitão Hale foi uma criação caseira. Ele saiu de cavalheiro vestido de jornal. O senhor sabe, sir Arthur, o que encontramos firmemente seguro na mão da senhora morta? Um pedaço que foi rasgado de um jornal. Meus homens têm instruções de pegar a fantasia do capitão Hale em sua casa e levá-la com eles. Estará esperando por mim na Scotland Yard quando eu retornar. Se houver um rasgão na fantasia que corresponda a esse pedaço que falta... Bem, será o fim deste caso.

— Não haverá — insistiu sir Arthur. — Conheço Bingo Hale.

Após desculparem-se com Tuppence pelo transtorno, os homens saíram.

Mais tarde naquela mesma noite, a campainha soou e, o que provocou certo espanto no jovem casal, o inspetor Marriot tornou a entrar.

— Achei que os Detetives Brilhantes de Blunt gostariam de saber dos últimos acontecimentos — declarou, com um leve sorriso.

— Gostariam, sim — disse Tommy. — O senhor bebe alguma coisa?

Como bom anfitrião, ele colocou os apetrechos à mão do inspetor Marriot.

— É um caso simples — começou o outro, após um ou dois minutos. — A adaga pertencia à própria senhora... A ideia era dar a impressão nítida de suicídio, mas, graças ao fato de que você dois estavam no local, nada saiu como esperado. Encontramos muitas cartas... Já estavam juntos há um tempinho, com certeza... Sem que sir Arthur desconfiasse de nada. Então, achamos o último elo...

— O último o quê? — perguntou Tuppence.

— O último elo da corrente: aquele pedaço do *Daily Leader*. Foi rasgado da fantasia que ele usava... Um encaixe perfeito. Ah, sim, é um caso absolutamente claro. Falando nisso, trouxe comigo fotografias destes dois elementos de prova, pois achei que pudessem lhes interessar. São poucas as vezes que se tem um caso absolutamente claro.

— Tommy — perguntou Tuppence quando seu marido retornara após levar o homem da Scotland Yard até a porta —, por que é que você acha que o inspetor Marriot insiste em repetir que este é um caso absolutamente claro?

— Não sei. Imagino que seja uma satisfação presunçosa.

— Nada disso. Ele está tentando nos irritar. Sabe, Tommy, que os açougueiros, por exemplo, sabem algumas coisas sobre carnes, não sabem?

— Diria que sim, mas que diabos...?

— E, do mesmo modo, os verdureiros sabem tudo sobre verduras e os pescadores, sobre peixes. Os detetives, os detetives profissionais, devem saber tudo sobre criminosos. Sabem que é o verdadeiro criminoso assim que o veem. E sabem quando não é o verdadeiro criminoso. O conhecimento especializado de Marriot lhe diz que o capitão Hale não é um criminoso. Mas todos os fatos estão irrefutavelmente contra ele. Como último recurso, Marriot nos está atiçando, na esperança desesperançada de que algum pequeno detalhe ou outro nos ocorra ainda agora... Algo que aconteceu ontem à noite que traga uma nova luz a esse caso. Tommy, por que não poderia ser suicídio, afinal?

— Lembre-se do que ela lhe disse.

— Eu sei, mas encare a mensagem de forma diferente. Foi Bingo o responsável... Seu comportamento a levou ao suicídio. Seria possível.

— Seria. Mas não explica o pedaço de jornal.

— Vamos dar uma olhada nas fotografias de Marriot. Esqueci de lhe perguntar qual era a versão de Hale do ocorrido.

— Perguntei para ele no corredor agora há pouco. Hale declarou que jamais falou com lady Merivale no local. Diz que alguém lhe enfiou um bilhete na mão que dizia: "Não tente falar comigo hoje à noite. Arthur está desconfiado". Mas ele não tinha mais o bilhete com ele e não parece uma história provável. De qualquer maneira, você e eu *sabemos* que ele esteve com ela no Ás de Espadas, porque nós o vimos.

Tuppence concordou com a cabeça e pôs-se a estudar cuidadosamente as duas fotografias.

Uma era um pequeno fragmento com o título DAILY LE — e o resto rasgado. A outra era a primeira página do *Daily Leader* com o rasgão pequeno e redondo na parte de cima. Não restavam dúvidas: os dois encaixavam-se perfeitamente.

— O que são todas estas marcas aqui do lado? — indagou Tommy.

— Pontos de costura — esclareceu Tuppence. — Os pontos onde este pedaço da fantasia foi costurado a outro.

—Achei que pudesse ser um novo padrão de pontos da impressão — comentou Tommy. Então ele sentiu um leve arrepio. — Palavra de honra, Tuppence, isso até dá uma coisa na gente. Em pensar que você e eu estávamos discutindo pontos e tentando decifrar o enigma por trás desse anúncio... Como se fosse tudo uma grande brincadeira.

Tuppence não respondeu. Tommy a encarou e ficou chocado ao observar que ela olhava para frente com o olhar fixo, a boca ligeiramente aberta e uma expressão de perplexidade no rosto.

— Tuppence — Tommy a chamou com gentileza, enquanto a sacudia pelo braço —, o que é que você tem? Vai ter uma síncope ou o quê?

Mas Tuppence permaneceu sem se mexer. Pouco depois, disse com um tom de voz distante:

— Denis Riordan.

— Hein? — quis saber Tommy, de olhos arregalados.

— É bem como você disse. Uma observação simples e inocente! Encontre para mim todos os jornais *Daily Leader* desta semana.

— O que está aprontando?

— Agindo como McCarty. Estava preocupada, dando voltas e mais voltas e, graças a você, tenho uma ideia, finalmente. Esta é a primeira página do jornal de terça-feira. Que eu me lembre, o jornal de terça-feira era o que tinha dois pontos no L de *LEADER*. Este aqui tem um ponto no D de *DAILY* e outro no L, também. Traga-me os jornais e vamos nos certificar.

O casal comparou os jornais, ansioso. Tuppence tinha acertado naquilo que lembrara.

— Viu só? Este fragmento não foi rasgado do jornal de terça-feira.

— Mas Tuppence, não podemos ter certeza. Podem ser, simplesmente, duas edições diferentes.

— Podem... Mas, de qualquer maneira, isso me deu uma ideia. Não pode ser coincidência. Disso tenho certeza. Só há uma possibilidade, se eu estiver certa em minha ideia. Ligue para sir Arthur, Tommy. Peça-lhe para vir aqui imediatamente. Diga que tenho notícias importantes para ele. Depois, me consiga Marriot. A Scotland Yard saberá seu endereço caso tenha ido para casa.

Sir Arthur Merivale, muito intrigado com a convocação, chegou ao apartamento meia hora depois. Tuppence adiantou-se para cumprimentá-lo.

— Devo pedir desculpas por mandar chamá-lo de maneira tão peremptória — desculpou-se ela. — Mas meu marido e eu descobrimos algo que achamos que o senhor deveria saber imediatamente. Sente-se, por favor.

Sir Arthur sentou-se e Tuppence continuou.

— O senhor está, bem sei, muito ansioso por inocentar seu amigo.

Sir Arthur balançou a cabeça num gesto de tristeza.

— Estava, mas até eu tive que me render às irrefutáveis evidências.

— O que o senhor diria se lhe informasse que o acaso me colocou nas mãos uma prova que, certamente, poderá livrar seu amigo de qualquer cumplicidade?

— Teria o maior prazer em ouvi-la, sra. Beresford.

— Supondo — continuou Tuppence — que eu tenha encontrado uma moça que na verdade estava dançando com o capitão Hale ontem à meia-noite, a hora em que supostamente deveria estar no Ás de Espadas.

— Maravilhoso! — exclamou sir Arthur. — Sabia que havia algum engano. A pobre Vere deve mesmo ter se matado, no final das contas.

— De jeito nenhum — informou Tuppence. — O senhor se esquece do outro homem.

— Que outro homem?

— Aquele que meu marido e eu vimos saindo da cabine. Sabe, sir Arthur, devia haver um segundo homem vestido de jornal naquele baile. Por falar nisso, qual era a sua fantasia?

— A minha? Fui como um carrasco do século XVII.

— Muitíssimo apropriado — declarou Tuppence de um jeito tranquilo.

— Apropriado, sra. Beresford? O que quer dizer com apropriado?

— Para o papel que o senhor desempenhou. O senhor quer que lhe conte o que penso sobre esse assunto, sir Arthur? A fantasia de jornal é muito fácil de ser usada por cima de uma de carrasco. Antes, um bilhetinho foi enfiado na mão do capitão Hale pedindo-lhe que não falasse com determinada senhora. Mas a própria senhora não sabe nada sobre o bilhete. Ela vai ao Ás de Espadas na hora combinada e vê a figura que espera ver. Eles entram na cabine. Ele a toma nos braços, creio, e a beija... O beijo de um Judas que, enquanto beija, crava-lhe a adaga. Ela apenas solta um grito leve, que ele abafa com uma gargalhada. Logo em seguida, ele vai embora. E, até o seu fim, horrorizada e perplexa, ela acredita que seu amante é o homem que a matou.

"Mas ela rasgou um pequeno pedaço da fantasia. O assassino observa isso — ele é um homem que sempre é muito atento aos detalhes. Para tornar o caso absolutamente claro contra sua vítima, precisa fazer parecer que o fragmento fora rasgado da fantasia do capitão Hale. Isso seria dificílimo, a não ser que os dois estivessem morando na mesma casa. Então, claro, seria a coisa mais simples do mundo. Ele faz uma cópia exata do rasgão na fantasia do capitão Hale e então queima sua própria fantasia e se prepara para desempenhar o papel do amigo leal."

Tuppence fez uma pausa.

— Então, sir Arthur?

Sir Arthur ficou de pé e a cumprimentou com uma reverência.

— A imaginação bastante fértil de uma senhora encantadora que lê muita ficção.

— É o que acha? — perguntou Tommy.

— E um marido que se deixa levar pela mulher — continuou sir Arthur. — Não imagino que encontrarão qualquer pessoa disposta a levar a sério essa hipótese.

Ele deu uma forte gargalhada e Tuppence se retesou na cadeira.

— Poderia jurar em qualquer lugar que já ouvi esta gargalhada — declarou ela. — A última vez foi no Ás de Espadas. E o senhor está um pouco enganado quanto a nós dois. Beresford é nosso nome verdadeiro, mas temos outro.

Ela apanhou um cartão de cima da mesa e entregou a ele. Sir Arthur leu o cartão em voz alta:

— Agência de Detetives Internacional... — ele tomou fôlego com força. — Então é isto que vocês são, de verdade! Por isso Marriot me trouxe aqui hoje de manhã. Era uma armadilha...

Ele deu passos largos em direção à janela.

— Bela vista vocês têm daqui — disse ele. — Vê-se toda Londres.

— Inspetor Marriot! — gritou Tommy, alerta.

Como um raio, o inspetor apareceu, vindo da porta de comunicação, em frente.

Os lábios de sir Arthur esboçaram um sorriso irônico.

— Foi o que imaginei — comentou ele. — Mas temo que não vá me pegar desta vez, inspetor. Prefiro sair a meu modo.

E, apoiando as mãos no peitoril, deu um pulo pela janela.

Tuppence deu um grito estridente e tapou os ouvidos com as mãos para abafar o som que já imaginara — o nauseante baque surdo vindo lá debaixo. O inspetor Marriot praguejou.

— Devíamos ter pensado na janela — ele lamentou. — Embora, vejam só, fosse uma coisa difícil de se provar. Vou lá embaixo para... Para tomar as devidas providências.

— Pobre diabo — disse Tommy, devagar. — Se gostava da mulher...

Mas o inspetor interrompeu-o com um riso de desdém.

— Gostava dela? Pode ser que sim. Ele andava desesperado atrás de dinheiro. Lady Merivale tinha uma grande fortuna pessoal e ele herdou tudo sozinho. Se ela tivesse fugido com o jovem Hale, ele nunca teria visto sequer um centavo.

— Então foi por isso?

— Claro, desde o começo eu pressenti que sir Arthur não era flor que se cheire e que o capitão Hale não tinha culpa nenhuma. Sabemos muito bem das coisas na Scotland Yard, mas é complicado quando há fatos que você tem que encarar. Vou descer agora. Eu, se fosse o senhor, daria um copo de conhaque a sua mulher, sr. Beresford. Isso tudo deve ter deixado ela bastante abalada.

— Verdureiros — comentou Tuppence baixinho, enquanto a porta se fechava por trás do imperturbável inspetor —, açougueiros, pescadores, detetives. Eu estava certa, não estava? Ele sabia.

Tommy, que estivera ocupado junto ao aparador, chegou perto dela oferecendo uma taça bojuda.

— Beba isto.

— O que é isso? Conhaque?

— Não, é um coquetel dos grandes... Digno de um McCarty triunfante. Sim, Marriot tem toda a razão. Foi assim mesmo. Uma *finesse* ousada, para levar o *game* e o *rubber*.*

Tuppence concordou com a cabeça.

— Mas ele fez a *finesse* ao contrário.

— E então — concluiu Tommy — sai de cena o rei.

---

* Na modalidade de bridge chamada de "bridge rodado" (*rubber bridge*, em inglês), quatro jogadores em duas duplas disputam uma melhor de três rodadas. Cada rodada é conquistada pelo par que completa cem pontos, e *rubber* é a vitória obtida pelo par após três rodadas. (N.T.)

7

O CASO DA DAMA DESAPARECIDA

A campainha da escrivaninha do sr. Blunt — Agência de Detetives Internacional, gerente Theodore Blunt — soou o sinal de alerta. Tommy e Tuppence voaram para seus respectivos buracos secretos de vigia que lhes permitiam espreitar a antessala. Naquele local, a função de Albert era retardar a entrada do cliente em potencial por meio de vários expedientes criativos.

— Vou verificar, senhor — ele estava dizendo. — Mas temo que o sr. Blunt esteja muito ocupado neste exato momento. Está ao telefone, numa ligação com a Scotland Yard.

— Eu aguardo — decidiu o visitante. — Não tenho nenhum cartão comigo, mas meu nome é Gabriel Stavansson.

O cliente era um magnífico exemplar do sexo masculino e tinha pelo menos 1 metro e 85 de altura. Seu rosto era bronzeado e curtido pelo tempo, e o azul extraordinário de seus olhos contrastava de modo quase surpreendente com a pele morena.

Tommy rapidamente tomou uma decisão. Vestiu seu chapéu, apanhou um par de luvas e abriu a porta. Parou no limiar.

— Este cavalheiro está esperando para vê-lo, sr. Blunt — informou Albert.

Tommy franziu levemente a testa. Ele apanhou o relógio.

— Tenho que estar na residência do duque às quinze para as onze — anunciou ele. Depois olhou intensamente para o visitante: — Posso lhe dar alguns minutos se o senhor me acompanhar por aqui.

O homem seguiu-o, obediente, até o escritório principal, onde Tuppence estava sentada e segurava o bloco e o lápis com ar circunspecto.

— Minha secretária particular, srta. Robinson — Tommy apresentou. — Bem, senhor, talvez queira expor seu assunto. Além do fato de que é urgente, de que o senhor veio de táxi e de que, recentemente, o senhor esteve no Ártico ou, talvez, na Antártida, não sei mais nada.

O visitante encarou Tommy, admirado.

— Mas isto é maravilhoso! — exclamou. — Eu achava que os detetives só fizessem tais coisas nos livros! Seu contínuo nem mesmo lhe deu meu nome!

Tommy suspirou, desaprovador.

— Ora, ora, chegar a todas essas conclusões foi muito fácil — explicou. — Os raios do sol da meia-noite dentro da área do Círculo Polar Ártico agem de maneira peculiar sobre a pele... Os raios actínicos possuem certas propriedades... Pretendo escrever uma pequena monografia sobre esse tema em breve. Mas tudo isso está muito longe do nosso assunto. O que foi que o trouxe até mim num estado de tamanha aflição?

— Para começar, sr. Blunt, meu nome é Gabriel Stavansson...

— Ah, claro — respondeu Tommy —, o famoso explorador. O senhor acaba de retornar da região do Polo Norte, não é?

— Desembarquei na Inglaterra há três dias. Um amigo que fazia um cruzeiro pelas águas do norte me trouxe de volta em seu iate. Caso contrário, não teria retornado antes de uns quinze dias. Bem, devo lhe informar, sr. Blunt, que, ao partir para esta última expedição, há dois anos, tive a imensa sorte de ficar noivo da sra. Maurice Leigh Gordon...

Tommy interrompeu:

— A sra. Leigh Gordon era, antes do casamento...?

— A *honourable* Hermione Crane, segunda filha de lorde Lanchester — desfiou Tuppence prontamente.

Tommy lançou-lhe um olhar de admiração.

— Seu primeiro marido morreu na guerra — acrescentou Tuppence.

Gabriel Stavansson fez que sim com a cabeça.

— É bem isso. Como dizia, Hermione e eu ficamos noivos. Eu até propus, claro, desistir desta expedição, mas ela, que Deus a proteja, nem quis ouvir falar de tal coisa. Ela é o tipo certo de mulher para ser esposa de um explorador. Bem, meu primeiro pensamento, ao chegar à terra, foi ver Hermione. Mandei-lhe um telegrama de Southampton e vim para a cidade no primeiro trem. Eu sabia que ela estava morando por enquanto com uma tia, lady Susan Clonray, na Pont Street, e fui direto para lá. Fiquei muito frustrado ao descobrir que Hermy estava visitando amigos em Northumberland. Lady Susan foi muito gentil comigo, depois que se recuperou da surpresa em me ver. Como lhe disse, ninguém me esperava antes de uma quinzena. Ela disse que Hermy voltaria dali a alguns dias. Então, pedi-lhe o endereço dela, mas a velha senhora gaguejou hesitante e disse que Hermy ia ficar hospedada em dois ou três lugares diferentes e ela não tinha muita certeza de qual deles ela estaria visitando. Posso também lhe acrescentar, sr. Blunt, que lady Susan e eu nunca nos demos muito bem. Ela é uma daquelas mulheres gordas de queixo duplo. Eu abomino mulheres gordas, sempre abominei... Para mim, mulheres gordas e cachorros gordos são uma abominação perante o Senhor... E infelizmente eles tão seguidamente andam juntos! É uma idiossincrasia minha... Bem sei, mas é assim mesmo, não consigo me dar bem com uma mulher gorda.

— A moda concorda com o senhor, sr. Stavansson — comentou Tommy secamente. — E todo mundo tem sua própria aversão de estimação... A do finado lorde Roberts eram os gatos.

— Veja só, não estou dizendo que lady Susan não seja uma mulher perfeitamente encantadora... Pode ser que seja, mas jamais cheguei a me afeiçoar por ela. Sempre senti, no fundo, que ela desaprovava o nosso noivado e tenho certeza de que tentaria influenciar Hermy contra mim se fosse possível. Estou lhe contando isso sem saber ao certo se lhe será útil. Pode considerar um preconceito, se quiser. Bem, continuando a minha história, sou o tipo de bruto obstinado que gosta das coisas do seu próprio jeito. Não saí da Pont Street até que arrancasse dela os nomes e endereços das pessoas com quem provavelmente Hermy estaria hospedada. Então, peguei o trem postal rumo ao norte.

— O senhor é, pelo que percebo, um homem de ação, sr. Stavansson — afirmou Tommy, sorridente.

— Esta coisa caiu sobre mim como uma bomba, sr. Blunt. Nenhuma destas pessoas vira nem sinal de Hermy. Das três casas, apenas uma estivera esperando sua visita... Lady Susan deve ter feito uma bruta confusão quanto às outras duas... E ela havia cancelado a visita no último momento, por telegrama. Retornei com toda pressa a Londres, claro, e fui direto até lady Susan.

Tenho que lhe fazer justiça e admitir que ela parecia preocupada. Ela admitiu que não tinha a menor ideia de onde Hermy poderia estar. Mesmo assim, refutou veementemente qualquer sugestão de irmos à polícia. Argumentou que Hermy não era uma jovem e tola menininha, mas uma mulher independente que sempre tivera o hábito de fazer seus próprios planos, e que ela provavelmente estava apenas levando adiante alguma ideia que ela mesma tivera.

"Achei bastante provável que Hermy não quisesse relatar todos os seus passos a lady Susan. Mas eu seguia preocupado. Eu estava com aquela estranha sensação que se tem quando alguma coisa está errada. Eu já estava de saída quando trouxeram um telegrama para Lady Susan. Ela o leu com uma expressão de alívio e o entregou a mim. O telegrama dizia o seguinte: 'Mudança de planos. Parto para Monte Carlo por uma semana. Hermy'".

Tommy estendeu a mão.

— O senhor tem o telegrama consigo?

— Não, não tenho. Mas foi transmitido de Maldon, Surrey. Aquilo me chamou a atenção quando o recebemos, pois me pareceu estranho. O que Hermy poderia estar fazendo em Maldon? Jamais ouvira falar que ela tivesse quaisquer amigos por lá.

— Não pensou em sair correndo rumo a Monte Carlo, assim como saíra em direção ao norte?

— Pensei nisso, é claro. Mas decidi não fazer. Veja só, sr. Blunt, enquanto lady Susan parecia bastante satisfeita com aquele telegrama, eu não estava. Me pareceu estranho que ela enviasse um telegrama em vez de escrever. Uma ou duas linhas escritas pela própria mão dela teriam me livrado de todos os meus temores. Mas qualquer um pode assinar um telegrama como Hermy. Quanto mais pensava naquilo, mais inquieto eu ficava. No final, fui até Maldon. Isso foi ontem à tarde. É um lugar com uma boa estrutura, com bons campos de golfe e tudo mais, dois hotéis. Perguntei em todo lugar que me ocorreu, mas não havia nem sinal de que Hermy tivesse estado lá. Quando voltava no trem, li seu anúncio e pensei em trazer o caso até vocês. Se Hermy partiu mesmo para Monte Carlo, não quero colocar a polícia no seu rastro e fazer um escândalo, mas eu mesmo não vou me deixar levar e partir numa busca inútil. Fico aqui em Londres, na hipótese de que... Na hipótese de que alguma coisa mais grave tenha acontecido com ela.

Tommy concordou com a cabeça, pensativo.

— De que, exatamente, o senhor suspeita?

— Não sei. Mas sinto que há alguma coisa errada.

Com um movimento rápido, Stavansson tirou um estojo do bolso e o abriu diante deles.

— Essa é Hermione — informou. — Vou deixar o retrato com vocês.

A fotografia reproduzia uma mulher alta, esbelta e graciosa que já não era tão jovem, mas tinha um sorriso franco e encantador e olhos adoráveis.

— Bem, sr. Stavansson — continuou Tommy —, não há nada que tenha deixado de me contar?

— Absolutamente nada.

— Nenhum detalhe, por mais insignificante que seja?

— Acho que não.

Tommy deu um suspiro.

— Isso torna a tarefa mais difícil — observou. — O senhor deve ter notado muitas vezes, sr. Stavansson, ao ler sobre crimes, como um pequeno detalhe é tudo de que um grande detetive precisa para encontrar o rastro. Posso afirmar que este caso apresenta alguns aspectos estranhos. Já o resolvi parcialmente, creio eu, mas o tempo dirá.

Tommy apanhou o violino que estava sobre a mesa e arranhou o arco uma ou duas vezes sobre as cordas. Tuppence rangeu os dentes e até o explorador esquivou-se. O artista recolocou o instrumento sobre a mesa.

— Alguns acordes de Mosgovskensky — murmurou. — Deixe-me seu endereço, sr. Stavansson, e eu o manterei a par de nosso progresso.

Enquanto o visitante deixava o escritório, Tuppence agarrou o violino e, colocando-o dentro do armário, passou a chave na fechadura.

— Se é para ser Sherlock Holmes — sugeriu ela —, eu lhe consigo uma seringa bem bonitinha e uma garrafa de cocaína, mas, pelo amor de Deus, fique longe desse violino. Se esse gentil explorador não fosse puro como uma criança, ele teria descoberto sua farsa. Vai continuar com esse quê de Sherlock Holmes?

— Gosto de acreditar que conduzi o papel muito bem até agora — afirmou Tommy com certa complacência. — As deduções foram boas, não foram? Tive que arriscar o táxi. Afinal de contas, é a único método sensato de vir até este lugar.

— Por sorte eu tinha acabado de ler uma notinha sobre o noivado dele na edição matutina do *Daily Mirror* — observou Tuppence.

— É, deu uma boa impressão quanto à eficiência dos Detetives Brilhantes de Blunt. Este é, decididamente, um caso de Sherlock Holmes. Mesmo você não pode ter deixado de notar a semelhança entre este caso e o desaparecimento de lady Frances Carfax.*

— Você espera encontrar o corpo da sra. Leigh Gordon dentro de um caixão?

— Logicamente, a história deveria se repetir. Na verdade... O que você acha?

— Bem — disse Tuppence —, a explicação mais óbvia parece indicar que, por algum motivo ou outro, Hermy, como ele a chama, teme encontrar com seu noivo, e a tal lady Susan a está apoiando. Na verdade, falando abertamente, ela se meteu em alguma enrascada e ficou apavorada.

— Isso também me ocorreu — concordou Tommy. — Mas pensei que seria melhor termos certeza absoluta antes de sugerirmos uma explicação desse tipo para um homem como Stavansson. Que tal uma ida até Maldon, minha velhinha? E não seria nada mal levarmos alguns tacos de golfe conosco.

Com a concordância de Tuppence, a Agência de Detetives Internacional ficou sob a responsabilidade de Albert.

Embora fosse uma zona residencial bem conhecida, Maldon não se estendia por uma área muito grande. Tommy e Tuppence fizeram todas as investigações possíveis de ocorrer a uma mente perspicaz. Porém, não chegaram a lugar algum. Foi só quando já retornavam a Londres que uma ideia brilhante ocorreu a Tuppence:

---

* Tema do conto "O desaparecimento de lady Frances Carfax", de sir Arthur Conan Doyle, uma aventura de Sherlock Holmes e dr. Watson. (N.T.)

— Tommy, por que colocaram "Maldon, Surrey" no telegrama?

— Porque Maldon é em Surrey, idiota.

— Idiota é você... Não é isso que eu quero dizer. Se você recebe um telegrama de... Hastings, digamos, ou Torquay, eles não colocam o nome do condado. Mas de Richmond eles realmente põem "Richmond, Surrey". Fazem isso porque há duas Richmonds.

Tommy, que estava na direção, diminuiu a velocidade do carro.

— Tuppence — declarou ele, carinhoso —, sua ideia não é tão boba assim. Vamos investigar naquela agência de correios ali em frente.

Estacionaram na frente de um pequeno edifício em meio a uma rua que cortava o povoado. Poucos minutos foram suficientes para obter a informação de que havia duas Maldons. Maldon, Surrey e Maldon, Sussex; sendo que a última era um minúsculo vilarejo, mas contava com um posto de telégrafo.

— É isso — exclamou Tuppence, animada. — Stavansson sabia que Maldon era em Surrey; então, mal olhou a palavra que começava com S depois de Maldon.

— Amanhã — anunciou Tommy — daremos uma olhada em Maldon, Sussex.

Maldon, Sussex, era um lugar muito diferente de seu homônimo de Surrey. Ficava a sete quilômetros da estação ferroviária, tinha dois pubs, duas pequenas lojas, uma agência dos correios e telégrafos junto a uma lojinha de doces e cartões-postais e uns sete chalés pequenos. Tuppence encarregou-se das lojas enquanto Tommy dirigiu-se ao Cock and Sparrow. Encontraram-se meia hora depois.

— E então? — quis saber Tuppence.

— A cerveja é bem boa — respondeu Tommy —, mas não consegui informações.

— É melhor você tentar o King's Head — sugeriu Tuppence.

— Vou voltar à agência de correios. Há uma velha meio azeda por lá, mas ouvi chamarem por ela dizendo que o jantar estava pronto.

Ela retornou ao correio e começou a examinar os cartões-postais. Uma garota de aparência saudável, ainda mastigando, saiu da sala dos fundos.

— Vou levar estes, por favor — anunciou Tuppence. — E você se importaria de esperar só enquanto dou uma olhada nestes cartões-postais cômicos?

Ela pegou um punhado para escolher e, enquanto isso, continuou falando:

— Estou tão frustrada por você não poder me dizer o endereço de minha irmã. Está hospedada perto daqui e perdi sua carta. Leigh Gordon, esse é o seu nome.

A garota balançou a cabeça.

— Não me lembro desse nome. E também não recebemos muitas cartas por aqui, então eu provavelmente me lembraria se tivesse visto esse nome numa carta. Tirando The Grange, não há muitas casas grandes por aqui.

— O que é The Grange? — perguntou Tuppence. — A quem pertence?

— Dr. Horriston é o proprietário. Ela virou uma clínica de repouso agora. Casos de nervos em sua maioria, creio eu. Senhoras que vêm para fazer sonoterapia, e todo esse tipo de coisa. Bem, esse lugar é bem quieto, mesmo, só Deus sabe — ela deu uma risadinha.

Tuppence apressou-se em escolher um punhado de cartões e pagar por eles.

— Lá vem o carro do dr. Horriston, vindo bem nessa direção! — exclamou a garota.

Tuppence correu para a porta da lojinha. Um carro pequeno de dois lugares passava em frente. Ao volante, ia um homem alto e moreno, de barba preta bem-aparada e um rosto intenso e desagradável. O carro seguia adiante descendo a rua. Tuppence viu Tommy atravessar a rua em direção a ela.

— Tommy, acho que descobri. A clínica de repouso do dr. Horriston.

— Ouvi falar dela no King's Head e achei que pudesse dar alguma coisa. Mas, se ela teve um esgotamento nervoso ou algo desse tipo, a tia e os amigos dela saberiam do ocorrido, certamente.

— Sim. Não foi isso que eu quis dizer. Tommy, você reparou naquele homem no carro de dois lugares?

— Um bruto de aparência desagradável, sim.

— Aquele era o dr. Horriston.

Tommy deu um assobio.

— Um tipinho com cara de vigarista. O que você me diz, Tuppence? Vamos dar uma olhada em The Grange?

Finalmente encontraram o lugar: uma casa grande e esparramada, rodeada de terrenos baldios, com um veloz regato de calha de azenha correndo nos fundos.

— Que lugar lúgubre — comentou Tommy. — Me dá arrepios, Tuppence. Sabe, tenho um pressentimento de que essa história vai acabar sendo um caso bem mais sério do que originalmente pensamos.

— Ah, não diga isso. Se pelo menos tivermos chegado a tempo... Essa mulher está correndo grave perigo. Sinto isso no fundo da minha alma.

— Não se deixe levar por sua imaginação.

— Não posso evitar. Eu desconfio daquele homem. O que faremos? Acho que seria um bom plano se eu fosse na frente, sozinha, tocasse a campainha e descaradamente perguntasse pela sra. Leigh Gordon só para ver que resposta eles me dão. Porque, afinal de contas, pode ser tudo perfeitamente legítimo e feito às claras.

Tuppence pôs seu plano em prática. A porta foi aberta quase que imediatamente por um criado de rosto impassível.

— Gostaria de ver a sra. Leigh Gordon, se ela estiver suficientemente bem para receber minha visita.

Ela ficou com a impressão de ter visto um ligeiro franzir de sobrancelhas, mas o homem respondeu prontamente:

— Não há ninguém aqui com esse nome, minha senhora.

— Oh, certamente que sim. Este é o local mantido pelo dr. Horriston, The Grange, não é?

— Sim, senhora, mas não temos ninguém aqui com o nome de Leigh Gordon.

Sem saber o que fazer, Tuppence se viu forçada a bater em retirada e voltar a consultar Tommy do lado de fora do portão.

— Talvez ele estivesse falando a verdade. Afinal de contas, nós não *sabemos*.

— Não estava, não. Estava mentindo. Tenho certeza.

— Espere até o doutor voltar — Tommy sugeriu. — Então, me farei passar por um jornalista ansioso por discutir com ele seu novo método de cura através da sonoterapia. Isso me dará oportunidade de entrar na clínica e estudar a geografia do lugar.

O dr. Horriston retornou cerca de meia hora mais tarde. Tommy esperou cerca de cinco minutos e então foi a vez dele de se dirigir até a porta de entrada. Mas ele também saiu frustrado de lá.

— O médico estava ocupado e não podia ser interrompido. E ele nunca recebe jornalistas. Tuppence, você tem razão. Há algo de muito suspeito nesse lugar. A localização ideal: fica longe de tudo. Seja lá o que fosse, poderia estar acontecendo por aqui e ninguém jamais suspeitaria.

— Vamos lá — exclamou Tuppence, determinada.

— O que você vai fazer?

— Vou escalar o muro e ver se consigo chegar até a casa em silêncio e sem ser vista.

— Certo. Vou com você.

O jardim estava bem coberto pela vegetação e oferecia muitos locais de esconderijo. Tommy e Tuppence conseguiram chegar até os fundos da casa sem serem notados.

Ali, havia um largo terraço junto a uns poucos degraus caindo aos pedaços. No meio, havia algumas portas envidraçadas que davam para o terraço, mas eles não ousaram sair e se expor à vista de qualquer um, e as janelas próximas às quais eles estavam escondidos eram altas demais para que espiassem para dentro. Parecia mesmo que sua missão de reconhecimento não teria muito resultado quando, de repente, Tuppence apertou bem forte o braço de Tommy, que ela já segurava.

Alguém estava falando na sala mais próxima ao local onde se encontravam. A janela estava aberta e um trecho da conversa lhes chegou claramente aos ouvidos.

— Entre, entre e feche a porta — disse uma voz masculina num tom irritado. — Você disse que uma senhora veio aqui há cerca de uma hora e perguntou pela sra. Leigh Gordon?

Tuppence reconheceu a voz que respondia como sendo a do criado impassível.

— Sim, senhor.

— Você disse que ela não estava aqui, não é?

— Claro, senhor.

— E agora esse tal de jornalista — esbravejou o outro.

O dono da voz masculina irritada foi de repente até a janela de guilhotina e a levantou rapidamente, e os dois lá fora, que acompanhavam tudo sob a proteção de arbustos, reconheceram o dr. Horriston.

— A mulher é quem mais me preocupa — continuou o médico. — Como ela era?

— Jovem, bonita e vestida com muita elegância, senhor.

Tommy cutucou Tuppence na altura das costelas.

— Exatamente — disse o médico entre dentes — como eu temia. Alguma amiga dessa Leigh Gordon. Está ficando muito difícil. Terei de tomar providências...

Ele não concluiu a frase. Tommy e Tuppence ouviram a porta se fechar. Ficou tudo silencioso.

O cauteloso Tommy comandou a retirada. Quando chegaram a uma pequena clareira não muito longe, mas o suficiente para não serem mais ouvidos a partir da casa, ele falou:

— Tuppence, minha velhinha, isso está ficando sério. Eles estão muito mal-intencionados. Acho que deveríamos voltar a Londres imediatamente e procurar Stavansson.

Para sua surpresa, Tuppence balançou a cabeça.

— Precisamos ficar aqui mesmo. Você não ouviu ele dizer que ia tomar providências... Isso pode querer dizer qualquer coisa.

— O pior de tudo é que não temos elementos o bastante com os quais poderíamos procurar a polícia.

— Escute, Tommy, por que não vai até o vilarejo e liga para Stavansson? Eu fico por aqui.

— Talvez este seja o melhor plano — concordou o marido. — Mas eu lhe digo... Tuppence...

— Sim?

— Tome cuidado, está bem?

— É claro que sim, seu bobo. Vá de uma vez.

Haviam passado cerca de duas horas quando Tommy voltou. Encontrou Tuppence esperando por ele perto do portão.

— E então?

— Não consegui contatar Stavansson. Então, tentei lady Susan. Ela também não estava. Depois me lembrei de ligar para o velho Brady. Pedi para ele procurar por Horriston no catálogo médico, ou seja lá o que for.

— Bem, o que foi que o dr. Brady disse?

— Ah, ele reconheceu o nome imediatamente. Horriston já foi um médico muito respeitável, mas se meteu em alguma enrascada. Brady o chamou de grande charlatão inescrupuloso e disse que, pessoalmente, nada mais o surpreenderia. A pergunta é a seguinte: o que devemos fazer agora?

— Temos de ficar aqui — disse Tuppence prontamente. — Tenho um pressentimento de que a intenção deles é que alguma coisa aconteça hoje à noite. Falando nisso, um jardineiro andou aparando a hera ao redor da casa. *Tommy, eu vi onde ele deixou a escada.*

— Parabéns, Tuppence — elogiou o marido. — Então, hoje à noite...

— Assim que escurecer...

— Veremos...

— Aquilo que veremos.

Tommy assumiu a vigia da casa enquanto Tuppence foi até o vilarejo comer alguma coisa.

Mais tarde, Tuppence retornou, e os dois ficaram vigiando a casa juntos. Às nove horas da noite, decidiram que já estava suficientemente escuro para começar suas manobras. Agora já era possível circularem ao redor da casa com toda a liberdade. De repente, Tuppence agarrou Tommy pelo braço.

— Ouça.

O som que ela ouvira se repetiu tênue, trazido pelo ar da noite. Era o gemido de dor de uma mulher. Tuppence apontou para cima, na direção de uma janela do primeiro andar.

— Veio daquele quarto — sussurrou ela.

Mais uma vez, o mesmo gemido baixo rompeu o silêncio da noite.

Os dois ouvintes decidiram colocar seu plano inicial em ação. Tuppence conduziu o marido até onde ela vira o jardineiro deixar a escada. Juntos, eles a levaram até o lado da casa de onde tinham ouvido os gemidos. Todas as persianas do andar térreo estavam fechadas, mas aquela janela no andar de cima em particular estava sem qualquer anteparo.

Tommy pôs a escada contra a parede da casa o mais silenciosamente possível.

— Subo eu — sussurrou Tuppence. — Você fica aqui embaixo. Não me importo de subir em escadas, e você pode segurá-la firme bem melhor do que eu. E caso o médico apareça por aqui, você tem condições de lidar com ele, e eu não teria.

    Tuppence subiu ágil pela escada e, com cuidado, esticou o pescoço para olhar para dentro da janela. Depois, abaixou-se apressada. Porém, após um ou dois minutos, tornou a erguer a cabeça bem devagar. Ficou lá no alto por uns cinco minutos. Então, tornou a descer.

    — É ela — disse Tuppence ainda sem fôlego. — Mas... Oh, Tommy, é horrível. Ela está deitada lá, na cama, gemendo e se virando de um lado para o outro... E assim que cheguei lá em cima entrou uma mulher vestida de enfermeira. Ela inclinou-se sobre a outra, injetou alguma coisa no braço dela e depois foi embora. O que faremos?

    — Ela está consciente?

    —Acho que sim. Tenho quase certeza de que está. Imagino que possa estar amarrada na cama. Vou subir outra vez e, se puder, dou um jeito de entrar naquele quarto.

    — Mas, Tuppence...

    — Se eu estiver correndo qualquer tipo de perigo, eu grito por você. Até daqui a pouco.

    Evitando maiores discussões, Tuppence subiu correndo pela escada de novo. Tommy viu quando ela tentou abrir a janela e depois quando, sem o menor barulho, empurrou e abriu o vidro da janela de guilhotina. Um segundo mais tarde, Tuppence já tinha desaparecido lá para dentro.

    E agora Tommy enfrentava um período angustiante. Ele não conseguia ouvir nada, a princípio. Tuppence e a sra. Leigh Gordon deviam estar falando muito baixo, se é que conversavam.

Em seguida, ele ouviu um murmúrio bem baixinho e respirou aliviado. De repente, as vozes cessaram. Silêncio absoluto.

Tommy aguçou os ouvidos. Nada. O que elas poderiam estar fazendo?

De repente, uma mão caiu-lhe sobre o ombro.

— Vamos lá — soou a voz de Tuppence no meio da escuridão.

— Tuppence! Como você conseguiu chegar até aqui?
— Pela porta da frente. Vamos cair fora daqui.
— Cair fora daqui?
— Foi o que eu disse.
— Mas... E a sra. Leigh Gordon?

Tuppence respondeu num tom mordaz indescritível:

— Emagrecendo!

Tommy olhou para ela, suspeitando ironia.

— Como assim?
— Foi o que eu disse. Magreza. Redução de peso. Você não ouviu Stavansson dizer que detestava mulheres gordas? Nos dois anos em que ele esteve fora, sua Hermy ganhou peso. Ela entrou em pânico quando soube que ele estava voltando e correu para fazer esse novo tratamento do dr. Horriston. São injeções de algum tipo, e ele faz o maior segredo, além de cobrar os olhos da cara. Ouso dizer que ele *é* um charlatão... Mas um charlatão de sucesso! Stavansson volta para casa quinze dias antes do combinado, quando ela apenas tinha começado o tratamento. E lady Susan teve de jurar que guardava segredo e está fazendo a parte dela. E nós, que viemos até aqui, fizemos papel de completos idiotas!

Tommy respirou profundamente.

— Creio, Watson — concluiu ele em tom solene —, que há um excelente concerto no Queen's Hall amanhã. Teremos tempo de sobra para comparecer. E você me fará o grande obséquio de não incluir este caso nos seus registros. Ele não envolve *absolutamente nenhum* aspecto digno de nota.

8
CABRA-CEGA

— Certo... — disse Tommy e colocou o telefone de volta no gancho.

Então, ele se virou para Tuppence.

— Era o chefe. Parece estar muito preocupado conosco. Há indícios de que os grupos que queremos pegar ficaram sabendo que eu não sou o verdadeiro sr. Theodore Blunt. Devemos esperar emoções a qualquer momento. O chefe pede-lhe o favor de ir para casa, ficar por lá e não se meter mais nisso. Tenho a impressão de que o ninho de marimbondos em que mexemos é maior do que qualquer um poderia ter imaginado.

— Esse negócio de eu ir para casa é tolice — afirmou Tuppence, decidida. — Quem vai cuidar de você se eu for para casa? Além disso, gosto de emoções fortes. O movimento tem sido tão fraco ultimamente.

— Bem, não se pode ter assassinatos e roubos todos os dias — concluiu Tommy. — Seja razoável. Olhe, minha ideia é a seguinte: como os negócios estão parados, deveríamos fazer um mínimo de exercícios diariamente.

— Deitar de costas e balançar as pernas no ar? Esse tipo de coisa?

— Não me tome de maneira tão literal. Quando digo exercícios, quero dizer exercícios na arte da investigação. Reproduzir os grandes mestres. Por exemplo...

De dentro da gaveta ao lado, Tommy apanhou uma enorme venda verde-escura e cobriu os próprios olhos. Ele ajustou-a com muito cuidado. Depois, tirou um relógio do bolso.

— Quebrei o vidro hoje de manhã — observou ele. — Isso preparou o caminho para que ele se tornasse o relógio sem vidro que meus dedos sensíveis tocam bem de leve.

— Tenha cuidado — alertou Tuppence. — Você quase arrancou o ponteiro dos segundos.

— Dê-me sua mão — pediu Tommy. Ele a segurou, um dos dedos tomando-lhe o pulso. — Ah! O teclado do silêncio. Esta mulher *não* sofre do coração.

— Suponho — sugeriu Tuppence — que você seja Thornley Colton?*

— Isso mesmo — disse Tommy. — O problemista cego. E você é aquele outro, o secretário de cabelos negros e maçãs do rosto rosadas...

— A trouxa de roupas de bebê recolhida às margens do rio — completou Tuppence.

— E Albert é Fee, codinome Camarão.

— Temos que ensiná-lo a dizer "Poxa!" — lembrou Tuppence. — E a voz dele não é estridente. É rouca até demais.

---

* Thornley Colton é um detetive cego de nascença criado pelo autor americano Clinton H. Stagg (1890-1916). Sempre acompanhado de seu secretário Sydney Thames, Colton é um homem de sociedade famoso por seu talento musical, ouvidos extremamente aguçados e pontas dos dedos ultrassensíveis. Thames recebeu esse nome porque foi encontrado, ainda bebê, às margens do rio Tâmisa (*Thames*, em inglês). (N.T.)

— Contra a parede, junto à porta — informou Tommy —, você encontrará a bengala oca e fina que, quando seguro em minha mão sensível, me revela tantas coisas.

Ele ficou em pé e deu uma violenta topada contra uma cadeira.

— Droga! — exclamou Tommy. — Esqueci que essa cadeira estava aqui.

— Deve ser horrível ser cego — concluiu Tuppence, sinceramente comovida.

— Deveras — concordou plenamente Tommy. — Sinto mais pena de todos aqueles pobres coitados que perderam a visão na guerra do que de quaisquer outros. Mas dizem que, quando se vive às escuras, realmente se desenvolvem habilidades especiais. É isso o que quero tentar descobrir se é possível ou não. Seria muitíssimo útil treinar para ter alguma utilidade quando se está no escuro. Agora, Tuppence, seja um bom Sydney Thames. Quantos passos daqui até a bengala?

Tuppence fez uma estimativa sem pensar muito:

— Três para frente e cinco para a esquerda — arriscou.

Tommy mediu os passos de modo hesitante, e Tuppence o interrompeu com um grito de alerta quando percebeu que o quarto passo à esquerda o levaria direto contra a parede.

— É uma arte complicada — disse Tuppence. — Você não tem ideia de como é difícil estimar quantos passos são necessários.

— É realmente muito interessante. Chame Albert. Vou apertar a mão de vocês dois e ver se eu sei dizer quem é quem.

— Certo — concordou Tuppence —, mas antes Albert precisa lavar as mãos. Com certeza estão pegajosas daquelas pastilhas ácidas horríveis que ele vive chupando.

Albert, depois de apresentado ao jogo, ficou todo interessado. Tommy, tendo apertado ambas as mãos, sorriu, complacente.

— O teclado do silêncio não pode mentir — murmurou. — O primeiro foi Albert, e a segunda, você, Tuppence.

— Errado! — Tuppence deu um grito estridente. — Belo teclado do silêncio! Você foi atrás do meu anel. Mas eu o coloquei no dedo de Albert.

Fizeram várias outras experiências, com pouco sucesso.

— Mas está melhorando — Tommy declarou. — Não se pode esperar que se seja infalível desde o começo. Quer saber de uma coisa? Está bem na hora do almoço. Você e eu vamos ao Blitz, Tuppence. O cego e sua guia. Há umas dicas imperdíveis que posso aprender por lá.

— Minha opinião, Tommy, é que vamos nos meter em encrenca.

— Não, que nada. Eu me comportarei como um perfeito cavalheiro. Mas aposto que até o final do almoço eu deixarei você boquiaberta.

Com todos os protestos devidamente reprimidos desse jeito, quinze minutos mais tarde Tommy e Tuppence se refestelavam confortavelmente numa mesa de canto do Salão de Ouro do Blitz.

Tommy correu os dedos levemente por sobre o menu.

— *Pilaff de homard* e frango grelhado para mim — murmurou ele.

Tuppence também escolheu e o garçom se afastou.

— Até aqui, tudo bem — resumiu Tommy. — Agora, vamos tentar uma jogada mais ambiciosa. Que pernas lindas as dessa moça de saia curta, essa que acabou de entrar.

— Como é que você conseguiu acertar essa, Thorn?

— Pernas bonitas emitem uma vibração específica que vai até o chão e minha bengala oca consegue captá-la. Ou, para ser honesto, em um restaurante grande quase sempre há uma moça de pernas bonitas de pé junto à porta, procurando por amigos e, com a popularidade das saias curtas, ela não ia deixar de tirar o máximo proveito delas.

A refeição continuou.

— Aquele homem que está duas mesas depois da nossa é um especulador muito rico, imagino — afirmou Tommy em tom despreocupado. — Ele é judeu, não é?

— Muito bom — elogiou Tuppence. — Mas não consegui entender como.

— Não vou lhe contar como se faz a cada vez. Estraga o meu número. O *maître* está servindo champanha a três mesas da nossa, à direita. Uma senhora gorda de preto está prestes a passar por nossa mesa.

— Tommy, como você consegue...

— A-ha! Você está começando a ver o que sou capaz de fazer. Uma moça bonita vestida de marrom está se levantando da mesa bem atrás de você.

— Não, não! É um rapaz de cinza.

— Oh! — exclamou Tommy, momentaneamente desconcertado.

E, naquele instante, dois homens de uma mesa próxima, que estiveram observando o casal com vivo interesse, levantaram-se e aproximaram-se da mesa de canto.

— Com licença — disse o mais velho deles, um homem alto, bem-vestido, de monóculo e com um pequeno bigode grisalho.

— Acabaram de me apontar o senhor como sendo o sr. Theodore Blunt. Posso lhe perguntar se isso é mesmo verdade?

Tommy hesitou um pouco, sentindo-se em posição um tanto quanto desvantajosa. Após um instante, ele inclinou a cabeça.

— É isso mesmo. Eu sou o sr. Blunt.

— Que sorte mais inesperada! Sr. Blunt, eu ia procurá-lo em seu escritório logo após o almoço. Estou com problemas, problemas muito sérios. Mas, perdoe-me por perguntar: aconteceu algum acidente com seus olhos?

— Meu caro senhor — esclareceu Tommy em tom melancólico —, eu sou cego, totalmente cego.

— O quê?

— Está surpreso. Mas com certeza o senhor já ouviu falar em detetives cegos?

— Na ficção. Na vida real, nunca. E com certeza jamais ouvi falar que o senhor era cego.

— Muitas pessoas não estão cientes do fato — murmurou Tommy. — Estou usando uma viseira hoje para proteger meus globos oculares da luz forte. Porém, sem ela, um número considerável de pessoas jamais suspeitou de minha enfermidade, se decidir chamá-la assim. Veja só, meus olhos não podem me iludir. Mas chega desta conversa. Gostaria de ir imediatamente até meu escritório ou prefere me contar os fatos de seu caso aqui mesmo? Acho que a última ideia seria melhor.

Um garçom trouxe mais duas cadeiras e os dois homens se sentaram. O segundo, que ainda não falara, era mais baixo, moreno, e tinha compleição robusta.

— É um assunto muito delicado — explicou o mais velho baixando a voz e assumindo um tom confidencial. Ele encarou

Tuppence sem muita certeza. O sr. Blunt pareceu sentir o olhar dele.

— Deixe-me apresentar minha secretária particular — anunciou o detetive. — A srta. Ganges. Encontrada às margens do rio da Índia. Uma mera trouxa de roupas de bebê. Uma história muito triste. A srta. Ganges é minha visão. Ela me acompanha em todos os lugares.

O estranho retribuiu à apresentação com um mero inclinar de cabeça.

— Então posso falar abertamente. Sr. Blunt, minha filha, uma menina de dezesseis anos, foi sequestrada sob circunstâncias um tanto quanto peculiares. Descobri o ocorrido há meia hora. As circunstâncias do caso eram tais que não ousei chamar a polícia. Em vez disso, liguei para seu escritório. Me informaram que o senhor saíra para almoçar, mas que estaria de voltaria às duas e meia. Vim até aqui com meu amigo, o capitão Harker...

O baixinho sacudiu a cabeça de forma abrupta e resmungou alguma coisa.

— Minha grande sorte é que, por acaso, o senhor também estava almoçando aqui. Não devemos perder tempo. O senhor precisa retornar comigo até a minha casa imediatamente.

Tommy objetou, cauteloso.

— Posso encontrá-lo dentro de meia hora. Antes disso, preciso passar no meu escritório.

O capitão Harker, virando-se para dar uma olhada em Tuppence, talvez tenha se surpreendido ao ver se formar, por um breve momento, um meio sorriso nos cantos da boca da jovem.

— Não, não, isso não serve. O senhor tem que voltar comigo.

O homem grisalho tirou um cartão do bolso e o entregou por sobre a mesa.

— Este é o meu nome.

Tommy passou os dedos por sobre o cartão.

— Meus dedos não são sensíveis o suficiente para isso — comentou ele com um sorriso antes de passar o cartão para Tuppence, que o leu em voz baixa:

— "Duque de Blairgowrie".

Ela olhou com grande interesse para seu cliente. O duque de Blairgowrie era bastante conhecido por ser um nobre muitíssimo arrogante e inacessível que tomara como esposa a filha de um açougueiro de porcos de Chicago muitos anos mais nova do que ele e dotada de um temperamento forte, o que prenunciava um futuro funesto para o casal. Nos últimos tempos, havia rumores de divergências.

— O senhor virá agora, sr. Blunt? — perguntou o duque com um toque de acidez na voz.

Tommy rendeu-se ao inevitável.

— A srta. Ganges e eu iremos com o senhor — ele respondeu, tranquilo. — O senhor me permite, apenas, aguardar e beber uma xícara grande de café preto? Eles já vão servir. Tenho terríveis dores de cabeça em consequência de meu problema nos olhos e o café me acalma os nervos.

Ele chamou o garçom e fez o pedido. Então, falou com Tuppence:

— Srta. Ganges, vou almoçar aqui amanhã com o chefe de polícia de Paris. Simplesmente anote o almoço e entregue ao *maître* com a recomendação de reservar minha mesa de sempre. Estou ajudando a polícia francesa num caso importante. *Os honorários* — ele fez uma pausa — são consideráveis. Está pronta, srta. Ganges?

— Estou, sim — confirmou Tuppence, de caneta-tinteiro na mão.

— Começaremos com aquela salada de camarão especial que servem aqui. Então, na sequência, deixe-me ver, na sequência, uma omelete Blitz e talvez... Um par de *tournedos à l'Étranger*.

Tommy parou por um momento e murmurou em tom de desculpa:

— Espero que me perdoem. Ah! Sim, *souffle en surprise*. Para concluir a refeição. Um homem interessantíssimo, o chefe de polícia. Talvez o senhor o conheça, não?

O outro respondeu negativamente enquanto Tuppence se levantava e ia falar com o *maître*. Logo em seguida, ela retornou bem no momento em que era servido o café.

Tommy tomou uma xícara grande, sorvendo os goles lentamente e depois levantou.

— Minha bengala, srta. Ganges? Obrigado. Direções, por favor!

Foi um momento de agonia para Tuppence.

— Um para a direita, dezoito em frente. Por volta do quinto passo, há um garçom servindo uma mesa à sua esquerda.

Balançando sua bengala lepidamente, Tommy começou a sair. Tuppence manteve-se bem ao lado dele e empenhou-se em guiá-lo da maneira mais comedida possível. Tudo foi muito bem até o momento em que estavam cruzando a porta de entrada. Um homem entrou meio apressado e, antes que Tuppence pudesse alertar o cego sr. Blunt, este já tinha dado um encontrão no recém-chegado. Seguiram-se várias explicações e pedidos de desculpa.

À porta do Blitz, um elegante carro de capota traseira conversível os aguardava. O próprio duque ajudou o sr. Blunt a subir.

— Seu carro está aqui, Harker? — o duque perguntou por sobre o ombro.

— Sim. É só virar a esquina.

— Leve a srta. Ganges com você, está bem?

Antes que se pronunciasse qualquer outra palavra, o duque já havia pulado para dentro do carro e sentado ao lado de Tommy e o carro tinha saído suavemente.

— Um assunto muito delicado — murmurou o duque. — Em seguida posso lhe dar todos os detalhes.

Tommy levou a mão até a cabeça.

— Agora já posso tirar minha viseira — observou, satisfeito.

— Era apenas o brilho forte das luzes artificiais do restaurante que me obrigava a usá-la.

Mas seu braço foi puxado para baixo com toda a força. Ao mesmo tempo, Tommy sentiu algo duro e redondo cutucar-lhe as costelas.

— Não, meu caro sr. Blunt — disse a voz do duque, mas era uma voz que parecia ter mudado de repente. — O senhor não vai tirar essa viseira. Vai ficar sentado bem quietinho e sem se mexer. Compreende? Eu não quero que esta minha pistola dispare. Acontece que eu não sou o duque de Blairgowrie. Tomei o nome dele emprestado para esta ocasião, pois sabia que o senhor não se recusaria a acompanhar um cliente tão renomado. Sou algo bem mais prosaico: um comerciante de presuntos que perdeu a esposa.

Ele sentiu que o outro estremeceu.

— Isso faz algum sentido para você — ele riu. — Meu caro jovem, você foi incrivelmente idiota. Lamento... Lamento muitíssimo... Suas atividades serão bastante limitadas daqui para frente.

O homem proferiu essas últimas palavras com um prazer sinistro.

Tommy permaneceu sentado e sem se mexer. Nem respondeu aos insultos do outro.

Em seguida, o carro diminuiu a velocidade e parou.

— Só um minuto — pediu o duque de araque. Com habilidade, ele torceu um lenço, enfiou-o na boca de Tommy e o cobriu com seu próprio lenço de pescoço. — Na hipótese de você ser o suficientemente tolo e pensar em gritar por socorro — ele explicou num tom delicado.

A porta do carro se abriu e o motorista ficou a postos. Juntos, ele e seu chefe levaram Tommy e o forçaram a subir rapidamente alguns degraus e a entrar em uma casa.

A porta se fechou atrás deles. Havia no ar um forte aroma oriental. Os pés de Tommy se afundaram nos pelos aveludados de um tapete. Como fizeram anteriormente, eles o forçaram a subir um lance de escadas e a entrar numa peça que lhe pareceu ser nos fundos da casa. Lá dentro, os dois homens lhe amarraram as mãos. O motorista saiu de novo e o outro lhe tirou a mordaça.

— Pode falar livremente, agora — anunciou o outro com satisfação. — O que você tem a dizer em seu próprio favor, meu jovem?

Tommy limpou a garganta e massageou os cantos doloridos da boca.

— Espero que não tenham perdido minha bengala oca — afirmou em tom conciliatório. — Foi bem caro mandar fazê-la.

— Você tem coragem — comentou o outro após uma pausa curta. — Ou então é muito cabeça oca. Você ainda não percebe que você é meu... Que tenho você bem na palma de minha mão?

Que você está completamente sob meu controle? Que ninguém que o conhece provavelmente jamais tornará a vê-lo?

— Não pode cortar o melodrama? — pediu Tommy, queixoso. — Será que eu tenho que dizer: "Seu patife, ainda hei de derrotá-lo"? Esse tipo de coisa está muito fora de moda.

— E a garota? — quis saber o outro, de olho nele. — Nem mesmo isso o toca?

— Enquanto colocava minhas ideias no lugar durante meu silêncio forçado de agora há pouco — disse Tommy —, cheguei à inevitável conclusão de que aquele rapaz falador, Harker, é outro dos autores de ações alucinadas e que, portanto, minha infeliz secretária em breve se juntará a nós para esse chazinho festivo.

— Certo em um ponto, errado no outro. A sra. Beresford... Sabe, sei tudo a seu respeito... A sra. Beresford não será trazida para cá. Foi uma pequena precaução que tomei. Me ocorreu que, muito provavelmente, seus amigos influentes poderiam estar vigiando-os de perto. Sendo assim, ao dividirmos a missão, vocês não poderiam ser ambos seguidos. Estou esperando agora...

Ele parou de falar enquanto a porta se abria. O motorista anunciou:

— Não fomos seguidos, senhor. Está tudo limpo.

— Muito bom. Pode ir agora, Gregory.

A porta tornou a fechar.

— Até agora, tudo bem — comentou o "duque". — E agora, o que devemos fazer com você, sr. Beresford Blunt?

— Eu gostaria que me tirasse esta maldita viseira — pediu Tommy.

— Acho que não. Com ela, você fica realmente cego; sem ela, você veria tão bem quanto eu... E isso não conviria a meu pequeno plano. Porque eu tenho um plano. Você adora ficção exagerada, sr. Blunt. Esse joguinho que você e sua mulher estavam jogando hoje é prova disso. Agora, eu também preparei um joguinho... Algo bastante engenhoso, como, tenho certeza, você há de concordar comigo quando eu o explicar.

"Veja só: este piso onde você se encontra é feito de metal e há pequenas saliências espalhadas aqui e ali por toda sua superfície. Se eu toco um interruptor... Assim. — Ouviu-se um clique agudo. — Agora a corrente elétrica fica ligada. Pisar numa dessas pequenas protuberâncias agora quer dizer... Morte! Compreende? Se você pudesse ver... Mas não pode. Você está às escuras. Esse é o jogo: cabra-cega com a morte. Se conseguir chegar até a porta em segurança... Liberdade! Mas acho que, muito antes de alcançá-la, você já terá pisado num desses pontos perigosos. E isso será muito divertido... Para mim!"

Ele chegou perto de Tommy e desamarrou-lhe as mãos. Então, entregou-lhe sua bengala com um irônico gesto de reverência.

— O problemista cego. Vamos ver se resolverá este problema. Ficarei parado aqui com minha pistola preparada. Se você levar as mãos à cabeça para remover essa venda, eu atiro. Está claro?

— Perfeitamente claro — respondeu Tommy. Ele estava meio pálido, mas determinado. — Não tenho a menor chance, não é mesmo?

— Ah! Isso... — o outro deu de ombros.

— Você é mesmo um danado muito do engenhoso, não é? — disse Tommy. — Mas se esqueceu de uma coisa. Posso acender um cigarro, por falar nisso? Estou com palpitações no meu pobre coraçãozinho.

— Você pode acender um cigarro... Mas... nada de truques. Estou de olho em você, não se esqueça, com a pistola preparada.

— Não sou um cão amestrado — retrucou Tommy. — Não faço truques. — Ele apanhou um cigarro da cigarreira e depois apalpou os bolsos atrás de uma caixa de fósforos. — Tudo bem. Não estou procurando um revólver. Mas você sabe muito bem que eu não estou armado. Mesmo assim, como já disse antes, você se esqueceu de uma coisa.

— Do quê?

Tommy apanhou um palito de fósforo da caixa e o segurou, pronto para riscá-lo.

— Eu sou cego e você pode ver. Admita-se isso. A vantagem é toda sua. Mas suponhamos que ambos estivéssemos no escuro... Hein? Onde ficaria sua vantagem?

Ele riscou o fósforo.

O "duque" riu, desdenhoso.

— Está pensando em atirar o fósforo no interruptor de luz? Mergulhar a sala na escuridão? Não dá para fazer isso.

— Isso mesmo — anuiu Tommy. — Não posso lhe dar a escuridão. Mas os extremos se tocam, você sabe. Que tal a *luz*?

Enquanto falava, Tommy encostou o fósforo em alguma coisa que tinha na mão e a jogou em cima da mesa.

Um brilho ofuscante tomou conta da sala.

Só por um minuto, cego pela luz branca intensa, o "duque" piscou e caiu para trás com a mão que segurava a pistola abaixada.

Quando abriu os olhos de novo, sentiu alguma coisa pontuda que lhe espetava o peito.

— Largue essa pistola — ordenou Tommy. — Largue-a de uma vez. Concordo com você que uma bengala oca é um negócio bem ordinário. Por isso não arranjei uma dessas. Porém, uma boa *bengala de estoque* é uma arma muito útil. Você não acha? Quase tão útil quanto um fio de magnésio. *Largue essa pistola.*

Forçado a obedecer por aquela ponta afiada, o homem largou a arma. Então, com uma risada, ele deu um salto para trás.

— Mas eu ainda levo uma vantagem — zombou ele. — Eu posso ver, e você, não.

— Aí é que você se engana — discordou Tommy. — Eu posso ver perfeitamente. Esta viseira é falsa. Eu ia pregar uma peça em Tuppence. Cometeria alguns erros crassos logo no início e então faria coisas sensacionais mais para o final do almoço. Porque, meu caro, eu poderia ter ido até essa porta e desviado de todas as protuberâncias tranquilamente. Mas não confiei que você jogaria limpo. Nunca me deixaria sair dessa vivo. Calminha, aí...

Com o rosto transfigurado pela raiva, o "duque" deu um salto para frente, esquecendo-se, em sua fúria, de ver onde pisava.

Houve um faiscar repentino de uma chama azul, o "duque" balançou por um minuto e depois caiu como uma pedra. Um leve odor de carne chamuscada encheu a sala, misturando-se a um cheiro mais forte, de ozônio.

— Ufa! — assobiou Tommy.

Ele enxugou o rosto.

Então, andando com muita cautela e tomando todas as precauções, Tommy alcançou a parede e tocou no interruptor que vira o outro acionar.

Ele atravessou a sala até chegar à porta, abriu-a com cuidado e espiou. Não havia ninguém por ali. Tommy desceu as escadas e saiu pela porta da frente.

A salvo na rua, olhou bem para a casa com um arrepio e tomou nota do número. Em seguida, correu para a cabine telefônica mais próxima.

Houve um momento de tortura ansiosa e ele então ouviu uma voz familiar.

— Tuppence, graças a Deus!

— Sim, estou bem. Entendi todos os pormenores. Os honorários*, Camarão, venha ao Blitz e siga os dois estranhos. Albert chegou lá a tempo e, quando nos colocaram em carros separados, ele me seguiu num táxi, viu para onde me levaram e chamou a polícia.

— Albert é um bom rapaz — disse Tommy. — E cavalheiro. Tinha quase que certeza de que ele decidiria seguir você. Mas fiquei preocupado, mesmo assim. Tenho um montão de coisas para lhe contar. Estou voltando direto para casa. E a primeira coisa que vou fazer quando chegar aí é preencher um cheque bem gordo para St. Dunstan's.** Meu Deus, deve ser horrível não conseguir enxergar...

---

* Em inglês, *fee*, que é também o nome do ajudante de Thornley Colton, de codinome "Camarão". (N.T.)
** Entidade beneficente inglesa de apoio a ex-combatentes e outros militares reformados deficientes visuais e suas famílias. (N.T.)

9

O HOMEM COBERTO DE NÉVOA

I

Tommy não estava satisfeito com a vida. Os Detetives Brilhantes de Blunt haviam sofrido um revés, o que feria mais o orgulho do que o bolso. Convocados em caráter profissional para esclarecer o mistério de um colar de pérolas roubado em Adlington Hall, Adlington, os Detetives Brilhantes de Blunt não conseguiram lograr êxito. Enquanto Tommy, firme na pista de uma condessa viciada no jogo, a seguia disfarçado de padre católico, e Tuppence "se aventurava" com o sobrinho da casa nos campos de golfe, o inspetor de polícia local já tinha friamente prendido um criado, que, conforme se acabou descobrindo, era um ladrão bastante conhecido da polícia e que não hesitou em confessar tudo.

Tommy e Tuppence, portanto, haviam se retirado do caso com toda a dignidade que ainda conseguiram reunir e, nesse exato momento, buscavam consolo com os coquetéis do Grand Adlington Hotel. Tommy ainda vestia seu disfarce de padre.

— Esse ficou bem longe do toque típico do padre Brown* —

---

* Famosa criação do escritor inglês G. K. Chesterton (1874-1936), Brown é um padre católico e detetive distraído e desapegado das coisas terrenas que permanece imperturbável por mais grotesco ou mórbido que seja o crime a ser investigado. Tem como suas marcas registradas seu colarinho clerical e seu guarda-chuva em péssimo estado. (N.T.)

observou ele, desanimado. — E, no entanto, consegui um guarda-chuva bem como eu precisava.

— Não era um caso do padre Brown — argumentou Tuppence. — É necessário que haja uma atmosfera própria desde o início. A pessoa precisa estar fazendo algo bem banal e, de repente, coisas estranhas simplesmente começam a acontecer. É assim.

— É uma pena — informou Tommy — temos que voltar à cidade. Talvez alguma coisa estranha aconteça a caminho da estação.

Tommy levou o copo que segurava aos lábios, mas o líquido dentro dele foi derramado de súbito quando uma mão pesada lhe deu um forte tapa no ombro e uma voz igualmente poderosa os saudou como um trovão:

— Poderia jurar que é, sim! O velho Tommy! E a sra. Tommy, também. Que bons ventos os trazem aqui? Não os vejo nem tenho notícias de vocês há anos.

— Ora, é o Bulger! — exclamou Tommy, pousando sobre a mesa o que restava do coquetel e virando-se para olhar o intruso: um homem grande, de ombros largos, com seus trinta anos, um rosto redondo e vermelho, sorridente, vestindo trajes de golfe. — O bom e velho Bulger!

— Escute, meu velho camarada — disse Bulger (cujo nome verdadeiro, a propósito, era Marvyn Estcourt) —, nunca soube que você tivesse se ordenado padre. Imagine só, você... Um raio de um vigário.

Tuppence caiu na gargalhada e Tommy parecia sem jeito. E então eles, de repente, perceberam a presença de uma quarta pessoa.

Uma criatura alta e esbelta, de cabelos muito dourados, olhos azuis muito redondos e uma beleza quase inacreditável causava um efeito e tanto em seu vestido negro caríssimo, debruado com belos arminhos, e com seus enormes brincos de pérolas. Ela sorria, e seu sorriso dizia muitas coisas. Declarava, por exemplo, que ela sabia perfeitamente bem que ela mesma era o que havia de melhor para se olhar, certamente, na Inglaterra e, talvez, no mundo inteiro. Mas não tinha a menor vaidade quanto a isso. Apenas sabia, com certeza e confiança, que era assim mesmo.

Tommy e Tuppence reconheceram-na imediatamente. Já a tinham visto três vezes em O *segredo do coração* e igual número de vezes naquele outro grande sucesso, *Colunas de fogo*, além de em inúmeras outras peças. Talvez não houvesse outra atriz na Inglaterra que causasse tamanho arrebatamento no público inglês quanto a srta. Gilda Glen. Dizia-se que ela era a mais linda mulher do país. Também havia rumores de que era a mais burra.

— São velhos amigos meus, srta. Glen — informou Estcourt com um leve toque de desculpa na voz por ter ousado, mesmo que por um momento, esquecer uma criatura tão radiante. — Tommy e sra. Tommy, permitam-me apresentá-los à srta. Gilda Glen.

O tom de orgulho em sua voz era nítido. Simplesmente por se deixar ver ao seu lado, a srta. Glen lhe havia conferido uma grande glória.

A atriz encarava Tommy com interesse genuíno.

— O senhor é mesmo um padre? — indagou ela. — Quero dizer, um padre da Igreja Católica? Porque pensei que eles não tivessem esposas.

Estcourt caiu na gargalhada de novo.

— Essa é boa — exclamou. — Tommy, seu cão matreiro. Fico satisfeito em ver que ele não renunciou à senhora, sra. Tommy, junto com todas as outras pompas e vaidades do mundo.

Gilda Glen não lhe deu a mínima atenção. Continuava analisando Tommy com um olhar perplexo.

— O senhor é padre? — ela quis saber mais uma vez.

— Poucos de nós somos aquilo que parecemos ser — respondeu Tommy em tom gentil. — Minha profissão não é muito diferente daquela exercida por um padre. Eu não dou absolvição... Mas ouço confissões... Eu...

— Não ligue para ele — interrompeu Estcourt. — Ele está se divertindo às suas custas.

— Se não é um sacerdote, não compreendo por que você está vestido como um — comentou, intrigada. — Quer dizer, a não ser que...

— Não sou um criminoso foragido da justiça — declarou Tommy. — Pense em outra coisa.

— Oh! — exclamou ela, franzindo as sobrancelhas e encarando-o com olhos lindos e confusos.

"Será que ela vai chegar a compreender isso...", Tommy pensou consigo mesmo. "Não, a não ser que eu explique tudo com palavras bem simples."

Em voz alta, ele declarou:

— Sabe alguma coisa sobre os trens para Londres, Bulger? Está na nossa hora de voltar para casa. A que distância fica a estação?

— Se forem a pé, leva uns dez minutos. Mas não há pressa. O próximo trem é o das 18h05 e são apenas 17h40. Vocês acabaram de perder um trem.

— Para que lado fica a estação, saindo daqui?

— Vire à esquerda assim que sair do hotel. Depois... Deixe-me ver... O melhor seria descer a Morgan's Avenue, não seria?

— A Morgan's Avenue? — A srta. Glen teve um violento sobressalto e o encarou com um olhar assustado.

— Já sei no que você está pensando — disse Estcourt, rindo. — No fantasma. Ao longo de um lado da Morgan's Avenue fica o cemitério e, reza a lenda, um policial que morreu de forma violenta ergue-se toda noite e faz sua antiga ronda para cima e para baixo na Morgan's Avenue. Um policial fantasma! Já viram uma coisa assim? Mas muitas pessoas juram que já o viram.

— Um policial? — perguntou a srta. Glen. Ela teve um leve arrepio. — Mas não há nenhum fantasma, não é mesmo? Quer dizer... Esse tipo de coisa não existe, não é?

Ela ficou em pé e embrulhou-se ainda mais na própria manta.

— Adeus — despediu-se em tom vago.

A atriz ignorara Tuppence completamente do início ao fim da conversa e agora não olhara nem mesmo de relance na direção dela. Mas, por sobre o ombro, lançou um olhar perplexo e cheio de dúvidas para Tommy.

Assim que chegou à porta, ela se deparou com um homem alto, grisalho e de rosto inchado, que emitiu uma exclamação de surpresa. Pondo a mão sobre o braço da atriz, o cavalheiro a conduziu porta afora, conversando animadamente com ela.

— Lindíssima criatura, não é? — comentou Estcourt. — Com uma cabeça de coelho. Segundo os boatos, ela vai se casar com lorde Leconbury. Era ele junto à porta de saída.

— Não me parece ser o tipo de homem ideal para se casar — observou Tuppence.

Estcourt deu de ombros.

— Um título de nobreza ainda conserva algum tipo de charme, creio eu — explicou ele. — E Leconbury não é um nobre falido, de jeito nenhum. Ela vai viver no luxo. Ninguém sabe de onde ela veio. Pertinho da sarjeta, eu arriscaria dizer. E há alguma coisa pra lá de misteriosa no fato de ela estar por aqui. Não está hospedada no hotel. E, quando tentei descobrir onde ela estava, ela me esnobou... Me esnobou sem disfarce, como só ela sabe fazer. Não faço a menor ideia do que pode estar acontecendo.

Ele deu uma olhada no relógio e soltou uma exclamação.

— Está na minha hora. Foi um grande prazer encontrar com vocês dois mais uma vez. Temos de sair para uma noitada em Londres qualquer hora dessas. Até a vista.

Saiu apressado e, enquanto isso, um mensageiro se aproximou do casal com um bilhete numa bandeja. O bilhete não tinha destinatário.

— Mas é para o senhor, cavalheiro — o rapaz informou a Tommy. — Da parte da srta. Gilda Glen.

Tommy rasgou o envelope e leu o bilhete com alguma curiosidade. Dentro do envelope havia umas poucas linhas escritas com letra incerta e irregular.

Não tenho certeza, mas acho que pode me ajudar.
E vai seguir aquele caminho até a estação. Será que poderia estar na Casa Branca, na Morgan's Avenue, às 18h10?

Atenciosamente,
Gilda Glen.

Tommy assentiu com a cabeça para o mensageiro, que os deixou, e a seguir entregou o bilhete para Tuppence.

— Extraordinário! — exclamou Tuppence. — Será que é porque ela ainda acredita que você seja padre?

— Não — discordou Tommy, pensativo. — Diria que é porque ela finalmente assimilou a ideia de que eu não sou padre. Ei! O que é isso?

"Isso" era um jovem de cabelos ruivos flamejantes, queixo decidido e roupas em péssimo estado. Ele entrara sala adentro e agora andava para cima e para baixo resmungando consigo mesmo:

— Mas que diabo! — exclamou o ruivo, alto e forte. — É isso mesmo: que diabo!

Ele se jogou numa cadeira próxima ao jovem casal e os encarou, mal-humorado.

— Que se danem todas as mulheres, é isso mesmo — disparou ele olhando para Tuppence, furioso. — Ah, tudo bem, podem comprar uma briga se quiserem. Mandem me expulsar do hotel. Não será a primeira vez. Por que não deveríamos dizer o que pensamos? Por que temos que seguir reprimindo sentimentos, dando sorrisinhos idiotas e dizendo as coisas exatamente do mesmo jeito que os outros? Não estou com a menor vontade de ser agradável ou gentil. Tenho vontade é de agarrar alguém pela garganta e ir apertando pouco a pouco até que ele morra esganado.

Ele parou de falar.

— Alguma pessoa em particular? — perguntou Tuppence. — Ou pode ser qualquer um?

— Uma pessoa em particular — definiu o jovem em tom implacável.

— Isso é muito interessante — anunciou Tuppence. — Não quer nos contar mais?

— Meu nome é Reilly — apresentou-se o ruivo. — James Reilly. Talvez já tenham ouvido falar. Escrevi um pequeno volume de poemas pacifistas... São de primeira, embora eu seja suspeito para falar.

— *Poemas pacifistas*? — surpreendeu-se Tuppence.

— Sim... Por que não? — questionou o sr. Reilly em tom beligerante.

— Ah! Por nada — Tuppence apressou-se em responder.

— Sou pela paz em todos os casos — ele informou em tom ameaçador. — Que a guerra vá para o diabo. Junto com as mulheres! Mulheres! Você viu aquela criatura que estava desfilando por aqui agora há pouco? Gilda Glen, é como ela se chama. Gilda Glen! Deus do céu! Como eu já adorei essa mulher. E digo mais... Se é que ela tem um coração, tem uma quedinha por mim. Ela já gostou de mim uma vez, e eu poderia fazê-la gostar de novo. E se ela se vender para aquele monte de estrume, Leconbury... Bem, que Deus a proteja. Assim que acontecesse eu a mataria com minhas próprias mãos.

E, terminando de dizer isso, o jovem se levantou de repente e saiu apressado da sala.

Tommy ergueu as sobrancelhas.

— Um cavalheiro um tanto quanto irritadiço — murmurou ele. — Bem, Tuppence, já podemos ir?

Uma fina névoa estava se formando quando saíram do hotel e penetraram no ar frio do lado de fora. Obedecendo às instruções de Estcourt, eles viraram à esquerda e, em poucos minutos, chegaram a um cruzamento onde uma placa indicava a Morgan's Avenue.

A névoa aumentara. Era macia, branca e passava correndo por eles, girando em pequenos redemoinhos. À esquerda deles estava a alta parede do cemitério; à direita, uma fileira de pequenas casas. Um pouco mais adiante, as casas terminavam e em seu lugar erguia-se uma cerca viva bem alta.

— Tommy — disse Tuppence —, estou começando a ficar nervosa. O nevoeiro... E o silêncio. Como se estivéssemos a quilômetros de distância de qualquer lugar que seja.

— É bem como a gente se sente — concordou Tommy. — Completamente sozinho no mundo. É o efeito do nevoeiro e da impossibilidade de se ver um palmo adiante do nariz.

Tuppence concordou com a cabeça.

— Apenas os nossos passos ecoando na calçada. O que foi isso?

— O que foi o quê?

— Achei que tinha ouvido outros passos atrás de nós.

— Você vai ver o fantasma, daqui a pouco, se continuar se autossugestionando desse jeito — alertou Tommy em tom gentil. — Seja menos nervosa. Está com medo de que o policial fantasma venha pôr a mão no seu ombro?

Tuppence soltou um grito agudo de pavor.

— Por favor, não, Tommy! Pronto, agora já fiquei com a imagem na minha cabeça.

Ela esticou o pescoço e virou a cabeça por sobre o ombro numa tentativa de vislumbrar alguma coisa através do véu branco que os envolvia por todos os lados.

— Lá vêm eles, de novo — sussurrou ela. — Não, agora já estão na nossa frente. Oh, Tommy, não me diga que você não os ouve?

— Eu realmente estou ouvindo alguma coisa. Sim, são passos atrás de nós. Alguma outra pessoa seguindo por esse caminho para pegar o trem. O que gostaria de saber...

Ele parou de repente, ficou imóvel, e Tuppence respirou fundo, esbaforida.

Porque a cortina de névoa diante deles de repente se abriu do modo mais artificial possível e ali, a menos de 120 metros de distância, um policial gigantesco apareceu de súbito, como se tivesse se materializado a partir da própria neblina. Num minuto ele não estava ali; no próximo, já estava — ou assim pareceu às mentes já bastante excitadas daqueles dois observadores. Então, quando a névoa se dissipou ainda mais, eles puderam vislumbrar uma pequena cena, que parecia ter sido montada em um palco.

O policial grandão vestido de azul, uma caixa de correio vermelha e, do lado direito da rua, os contornos de uma casa branca.

— Vermelho, branco e azul — disse Tommy. — É bastante pictórico. Vamos lá, Tuppence, não há nada a temer.

Pois, como Tommy já o tinha percebido, o policial era real. E, além do mais, nem era tão gigantesco como parecera a princípio, quando surgira do meio da névoa.

Mas, quando começaram a seguir em frente, passos foram ouvidos atrás deles. Um homem passou por eles, apressado. Ele virou à direita na altura do portão da casa branca, subiu os degraus e bateu à porta com a aldrava de maneira ensurdecedora. Abriram-lhe a porta bem no momento em que o casal chegara onde o policial, parado de pé, os observava.

— Aquele cavalheiro parece estar com muita pressa — comentou o policial.

Ele falou de modo lento, refletido, como se fosse alguém cujos pensamentos levassem um tempo até amadurecer.

— Ele é o tipo de cavalheiro que sempre estaria com pressa — observou Tommy.

O policial se virou e, lentamente e com um ar meio desconfiado, seu olhar acabou por se fixar no rosto de Tommy.

— Amigo seu? — ele quis saber, sendo que seu tom agora já revelava uma clara suspeita.

— Não — respondeu Tommy. — Ele não é meu amigo, mas por acaso eu sei de quem se trata. O nome é Reilly.

— Ah! — fez o policial. — Bem, é melhor eu ir andando.

— O senhor poderia me informar onde fica a Casa Branca? — Tommy perguntou.

O policial indicou a casa com um gesto lateral de cabeça.

— É essa aí. A casa da sra. Honeycott. — Ele fez uma pausa e depois acrescentou, claramente com a intenção de lhes dar uma informação valiosa: — Um tipo nervoso, ela. Sempre suspeita de que há um arrombador rondando a casa. Sempre me pede para dar uma checada aqui pelos arredores. As mulheres de meia-idade ficam com essas manias.

— Então ela é de meia-idade, hein? — indagou Tommy. — Por acaso você sabe se há uma jovem senhora hospedada com ela?

— Uma jovem senhora — repetiu o policial, pensativo. — Uma jovem senhora. Não, não poderia lhe dizer que sei de alguém assim ali.

— Pode ser que não esteja hospedada aqui, Tommy — sugeriu Tuppence. — E, de qualquer modo, pode ser que não tenha chegado ainda. Ela deve ter saído um pouquinho antes de nós.

— Ah! — exclamou o policial de repente. — Agora que pensei no assunto, uma jovem senhora de fato entrou portão adentro. Eu a avistei enquanto eu subia nessa direção. Deve ter sido há uns três ou quatro minutos, talvez.

— Com peles de arminho nos ombros? — perguntou Tuppence, ansiosa.

— Ela usava uma espécie de coelho branco ao redor do pescoço — admitiu o policial.

Tuppence sorriu. O policial seguiu na direção de onde eles haviam vindo, e eles se prepararam para adentrar o portão da Casa Branca.

De repente, um grito débil e abafado soou, vindo de dentro da casa, e, quase que logo depois, a porta da frente se abriu e James Reilly desceu os degraus correndo. Seu rosto estava branco e contraído, e seus olhos, vidrados, fixavam-se adiante sem ver nada. Ele cambaleava feito um bêbado.

O jovem passou por Tommy e Tuppence como se não os tivesse visto e resmungava repetidamente para si mesmo uma ladainha em tom horripilante:

— Meu Deus! Meu Deus! Oh, meu Deus!

Ele agarrou com força o pilar do portão, como se quisesse se equilibrar, e então, como que animado por um pânico repentino, desceu correndo a rua em direção oposta à que o policial tomara.

II

Tommy e Tuppence se entreolharam em estado de espanto.

— Bem — disse Tommy —, alguma coisa aconteceu naquela casa que assustou muito o nosso amigo Reilly.

Tuppence distraidamente passou o dedo pelo pilar do portão.

— Em algum lugar ele deve ter posto a mão em tinta fresca vermelha — ela falou, sem razão aparente.

— Hum — fez Tommy. — Acho que seria melhor entrarmos de uma vez. Não consigo entender o que está acontecendo.

Junto à entrada da casa, uma empregada de touca branca estava em pé, quase sem fala, tamanha era sua indignação.

— Já viu algo assim antes, padre? — ela explodiu enquanto Tommy subia os degraus. — Aquele camarada chega aqui, pergunta pela jovem senhora, corre escada acima sem dar explicação nem pedir licença. Ela solta um grito como um gato selvagem... Também, pobrezinha... E, sem demora, ele desce correndo outra vez, com o rosto branco como o de quem viu um fantasma. Como se explica tudo isso?

— Com quem você está conversando aí na porta da frente, Ellen? — quis saber uma voz cortante que vinha do interior do vestíbulo.

— É minha patroa — esclareceu Ellen sem que fosse muito necessário.

Ela se afastou um pouco, e Tommy se viu diante de uma mulher de meia-idade e de cabelos grisalhos, uma figura magra num vestido preto com bordado de canutilhos, cujos olhos azuis pouco amigáveis ficavam apenas parcialmente escondidos por trás de um pincenê.

— A senhora é a sra. Honeycott? — perguntou Tommy. — Vim aqui para me encontrar com a srta. Glen.

A sra. Honeycott lançou-lhe um olhar penetrante. Virou-se então para Tuppence e reparou bem em todos os detalhes de sua aparência.

— Ah, veio, não foi? Bem, é melhor que entre.

Ela seguiu na frente e os conduziu primeiro até o vestíbulo, depois ao longo do corredor até chegarem a um cômodo nos fundos da casa, com vista para o jardim. Era uma peça bastante espaçosa, mas parecia menor do que era porque estava abarrotada de mesas e cadeiras. Bastante fogo ardia na lareira, que ficava ao lado de um sofá coberto de chintz. O papel de parede tinha pequenas listras cinza encimadas por um festão de rosas, e as paredes eram todas apinhadas de gravuras e de pinturas a óleo.

Seria difícil que se associasse uma sala assim com uma figura apreciadora de itens caros como era Gilda Glen.

— Sentem-se — convidou a sra. Honeycott. — Antes de mais nada, desculpe-me se lhe informo que eu desaprovo a religião católica romana. Jamais pensei em ver um padre católico romano em minha casa. Mas se Gilda se bandeou para a Mulher Escarlate*, é só o que se pode esperar de quem leva uma vida como a dela... E ouso sugerir que poderia ser pior. Eu teria os católicos romanos em melhor conta se seus padres fossem casados... Eu sempre falo o que penso. E aqueles conventos, então... Montanhas de mulheres jovens e bonitas trancadas lá dentro e ninguém fica sabendo o que acontece com elas... Bem, nem vale a pena pensar.

---

* No original, *the Scarlet Woman*, epíteto ofensivo às vezes dirigido por protestantes radicais à Igreja Católica. O termo alude à prostituta da visão do *Apocalipse* de São João, Ap 17:4, "vestida de púrpura, de escarlate, adornada de ouro, de pedras preciosas e de pérolas". (N.T.)

A sra. Honeycott fez uma boa pausa e respirou profundamente.

Sem entrar numa defesa do celibato clerical ou em outros pontos controversos mencionados por ela, Tommy foi diretamente ao assunto.

— Pelo que sei, sra. Honeycott, a srta. Glen está aqui agora.

— Está, sim. Mas, veja bem, eu não aprovo. Um casamento é um casamento, e o marido da gente é o marido da gente. Quem bem faz a cama, bem nela se deita.

— Não entendo bem... — Tommy começou a falar, perplexo.

— Foi o que pensei. Foi por isso que os trouxe até aqui. Vocês podem subir e falar com Gilda depois que eu lhes disser tudo o que penso. Ela me procurou... Depois de todos esses anos, imaginem!... E me pediu que eu a ajudasse. Queria que eu fosse ver esse homem e que o persuadisse a concordar com o divórcio. Eu disse para ela de uma vez que não me envolveria de modo algum com aquilo. O divórcio é um pecado. Mas não podia recusar à minha própria irmã abrigo em minha casa, podia?

— Sua irmã? — exclamou Tommy.

— Sim, Gilda é minha irmã. Ela não lhe contou?

Tommy olhou para ela, boquiaberto. A ideia parecia fantástica, impossível. Então, ele se lembrou de que a beleza angelical de Gilda Glen já estava em evidência por muitos anos. Ele mesmo tinha sido levado para vê-la atuar pela primeira quando era ainda garoto. Sim, afinal de contas, era possível. Mas que contraste fascinante! Então, fora desse ambiente respeitável de classe média baixa que Gilda emergira. Como guardara bem esse segredo!

— Acho que ainda não entendi muito bem — disse ele. — Sua irmã é casada?

— Fugiu para se casar quando tinha dezessete anos — a sra. Honeycott esclareceu de modo sucinto. — Com um camarada comum, bem abaixo da condição social dela. E nosso pai era pastor. Foi uma vergonha. Aí, ela deixou o marido e foi para o palco. Teatro! Jamais entrei num teatro em toda a minha vida. Eu quero distância da perdição. Agora, depois de todos esses anos, ela quer se divorciar do sujeito. A intenção dela é se casar com algum maioral. Mas o marido permanece firme... Imune à pressão e ao suborno... Eu o admiro por causa disso.

— Qual é o nome dele? — perguntou Tommy, de repente.

— Isso é mesmo extraordinário, mas sabe que não consigo me lembrar! Já faz quase vinte anos que não ouço o nome dele. Meu pai proibiu que fosse mencionado. E eu me recusei a discutir o assunto com Gilda. Ela sabe o que penso e isso lhe basta.

— Não seria Reilly, seria?

— Pode ser que sim. Realmente não posso afirmar. Apagou-se completamente de minha memória.

— O homem a que me refiro acabou de sair daqui.

— Aquele homem! Achei que fosse um louco saído do hospício. Eu estava na cozinha dando ordens a Ellen. Tinha acabado de entrar nesta sala e estava pensando se Gilda já tinha voltado... Ela tem a chave... Quando eu a ouvi. Ela hesitou por um minuto ou dois no vestíbulo e depois subiu direto para o quarto. Uns três minutos depois disso começou toda aquela enorme barulhada. Fui até o vestíbulo e pude ver um homem correndo escada acima. Depois, ouvi algo que parecia um grito vindo lá de cima e, em seguida, lá veio o homem descendo as escadas e saindo em disparada feito um louco. Uma coisa muito estranha.

— Sra. Honeycott, permita-nos subir de uma vez. Temo que...
— O quê?
— Temo que a senhora não tenha nenhuma tinta fresca vermelha em sua casa.

A sra. Honeycott olhou bem para ele.

— Claro que não.

— Era o que eu pensava — afirmou Tommy, sério. — Por favor, vamos até o quarto de sua irmã de uma vez.

Temporariamente muda, a sra. Honeycott seguiu à frente deles. Eles avistaram Ellen no vestíbulo entrando de costas apressadamente em uma das salas.

A sra. Honeycott abriu a primeira porta depois da escada. Tommy e Tuppence entraram logo atrás dela.

De repente, ela resfolegou e caiu para trás.

Uma figura imóvel de preto e peles de arminho estava deitada sobre o sofá. O rosto era o mesmo, belo e distante como o de uma criança mais velha dormindo. A ferida ficava do lado da cabeça: um golpe pesado com algum instrumento cego esmagara-lhe o crânio. O sangue pingava devagar no chão, mas a própria ferida já parara de sangrar há algum tempo...

Tommy, muito pálido, examinou a figura prostrada.

— Então — ele finalmente falou —, ele não a estrangulou, afinal.

— Como assim? Quem? — gritou a sra. Honeycott. — Ela está morta?

— Sim, sra. Honeycott, está morta. Assassinada. A pergunta é: quem fez isso? Não que haja muita dúvida. Engraçado, mesmo com todo aquele tom bombástico, não pensei que o sujeito tivesse coragem.

Ele ficou quieto por um minuto e depois se virou para Tuppence, decidido.

— Você poderia sair e buscar um policial, ou ligar para a delegacia de polícia de algum lugar?

Tuppence concordou com a cabeça. Ela também estava muito pálida. Tommy conduziu a sra. Honeycott para baixo outra vez.

— Não quero que haja o menor engano quanto a isso — declarou. — Sabe exatamente que horas eram quando sua irmã entrou em casa?

— Sim, sei — respondeu a sra. Honeycott. — Porque eu estava ajustando o relógio em cinco minutos, como preciso fazer toda noite. Ele atrasa cinco minutos por dia. Eram exatamente 18h08 pelo meu próprio relógio, que nunca atrasa nem adianta um segundo.

Tommy fez que sim com a cabeça. Isso fechava exatamente com o relato do policial. Ele havia visto a mulher vestida com peles brancas entrar pelo portão e provavelmente uns três minutos se passaram até que ele e Tuppence tivessem alcançado o mesmo lugar. Tommy consultara seu próprio relógio naquele momento e observara que estava atrasado apenas um minuto para o encontro que haviam marcado.

Havia uma pequena possibilidade de que alguém estivesse esperando por Gilda Glen lá em cima, no quarto. Mas, se assim fosse, o assassino ainda teria de estar escondido na casa. Ninguém mais além de James Reilly tinha deixado o local.

Tommy correu para o primeiro andar e fez uma busca rápida, porém eficiente, da casa toda. Mas não havia ninguém escondido em lugar algum.

Depois, falou com Ellen. Após lhe dar a notícia e esperar que suas primeiras lamúrias e invocações aos santos se esgotassem sozinhas, ele lhe fez umas poucas perguntas.

Mais alguém viera até a casa naquela tarde e perguntara pela srta. Glen? Absolutamente ninguém. E a própria Ellen chegara a ir lá em cima alguma vez após o anoitecer? Sim, subira às seis horas, como sempre, para fechar as cortinas... Ou talvez já passasse alguns minutos das seis. De qualquer maneira, fora um pouquinho antes de o rapaz transtornado chegar e quase botar a porta abaixo batendo com a aldrava daquele jeito. Ela tinha corrido escada abaixo para atender a porta. E ele o tempo todo não passava de um assassino perverso.

Tommy não disse mais nada. Mas ainda sentia uma curiosa pena de Reilly e recusava-se a crer no pior do jovem. E, todavia, não havia mais ninguém que poderia ter assassinado Gilda Glen. A sra. Honeycott e Ellen eram as duas únicas pessoas que estavam na casa.

Tommy ouviu vozes no vestíbulo e foi até o lado de fora da casa, onde encontrou Tuppence e o policial da ronda. Este último trazia um caderninho e um lápis mal-apontado, que ele molhava sorrateiramente com a boca. O policial foi até o primeiro andar e inspecionou a vítima sem se deixar perturbar, limitando-se a declarar que, caso tocasse em alguma coisa, o inspetor lhe daria um carão. Ele escutou a todos os acessos histéricos e explicações confusas da sra. Honeycott e, ocasionalmente, anotava alguma coisa. A presença dele era calmante e reconfortadora.

Tommy finalmente conseguiu ficar a sós com ele por um minuto ou dois junto aos degraus de acesso à casa, antes que saísse para telefonar para a delegacia.

— Veja só — disse Tommy —, você diz que viu a morta entrar pelo portão. Tem certeza de que estava sozinha?

— Ah! Estava sozinha, com toda certeza. Não havia ninguém com ela.

— E entre aquele momento e quando você se encontrou conosco, ninguém saiu pelo portão?

— Nem vivalma.

— Teria visto se alguém tivesse saído?

— Claro que teria. Ninguém saiu até que aquele sujeito fora de si saiu.

A soberania da lei desceu solenemente os degraus e parou junto ao pilar branco do portão, onde podia ser vista a marca vermelha de uma mão.

— Deve ter sido mesmo um amador — disse em tom pesaroso — para deixar algo assim.

Então, ele saiu rua afora.

III

Era o dia seguinte ao crime. Tommy e Tuppence ainda estavam no Grand Hotel, mas Tommy achara mais prudente abandonar seu disfarce sacerdotal.

James Reilly fora preso e continuava sob custódia. O advogado dele, sr. Marvell, acabara de concluir uma longa conversa com Tommy sobre o crime.

— Jamais teria pensado algo assim a respeito de James Reilly — limitou-se a dizer. — Ele sempre foi um homem de linguagem violenta, mas não passava disso.

Tommy concordou com um gesto de cabeça.

— Quando se gasta muita energia ao falar, não sobra muita para agir. E me dou conta de que serei uma das principais testemunhas contra ele. Aquela conversa que teve comigo imediatamente antes do crime foi particularmente comprometedora. E, apesar de tudo, gosto dele. Se houvesse qualquer outra pessoa para se suspeitar, acreditaria que ele é inocente. Qual é a versão dele?

O advogado fez um bico com os lábios.

— Ele afirma que a encontrou caída e morta. Mas isso é impossível, claro. Está dizendo a primeira mentira que lhe vem à cabeça.

— Porque, se fosse o caso de ele estar dizendo a verdade, isso significaria que a muito falante sra. Honeycott cometeu o crime, e isso é fantástico. Sim, deve ter sido ele.

— Lembre que a empregada a ouviu gritar.

— A empregada... Sim...

Tommy calou-se por um momento. Depois comentou, pensativo:

— Realmente, como somos uns seres crédulos. Acreditamos em testemunhos como se fossem verdades absolutas. E o que são, na realidade? Apenas impressões levadas à nossa mente pelos sentidos, e suponhamos que sejam impressões erradas?

O advogado deu de ombros.

— Ora, todos nós sabemos que há testemunhas pouco confiáveis, testemunhas que continuam se lembrando de mais e mais coisas com o passar do tempo, mesmo sem qualquer intenção real de engodo.

— Não me refiro só a isso. Eu me refiro a nós todos. Nós dizemos coisas que não correspondem aos fatos sem jamais desconfiar de que o fizemos. Por exemplo, tanto eu quanto você, sem dúvida, já dissemos uma vez ou outra: "É o carteiro", quando, na verdade, o que deveríamos ter dito era que tínhamos ouvido alguém bater duas vezes e um barulho na caixa de correspondência. Em nove entre dez ocasiões, estaríamos certos, já que era mesmo o carteiro; porém, pelo menos possivelmente, na décima vez poderia ser apenas algum moleque fazendo alguma brincadeira conosco. Entende o que eu quero dizer?

— En-ten-do — respondeu o sr. Marvell lentamente. — Mas não entendo aonde você quer chegar.

— Não? Eu mesmo não tenho tanta certeza. Mas acho que começo a entender. É como o graveto, Tuppence. Você se lembra? Uma extremidade apontava para um lado, mas a outra sempre aponta para o lado contrário. Depende de você o segurar pelo lado certo. As portas abrem... Mas também fecham. As pessoas sobem as escadas, mas também descem. As caixas ficam fechadas, mas também ficam abertas.

— O que você *quer dizer* com isso? — quis saber Tuppence.

— É realmente tão simples que chega a ser ridículo — explicou Tommy. — Mesmo assim, foi só agora que me ocorreu. Como sabemos que uma pessoa entrou em casa. Ouve-se a porta abrir e bater e, caso esteja esperando alguém chegar, terá quase certeza de que foi essa pessoa que chegou. Mas, de modo igualmente simples, poderia ser alguém *saindo*.

— Mas a srta. Glen não saiu, saiu?

— Não, sei que *ela* não saiu. Mas outra pessoa, sim... O assassino.

— Mas como ela entrou, então?

— Ela entrou enquanto a sra. Honeycott estava na cozinha conversando com Ellen. Elas não a ouviram. A sra. Honeycott voltou para a sala e, enquanto perguntava-se a si mesma se a irmã teria retornado, começou a acertar o relógio. E então, foi o que pensou, ela ouviu a irmã entrar em casa e subir as escadas.

— Bem, e como se explica isso? O barulho de passos a subir as escadas?

— Era Ellen, que subia para fechar as cortinas. Você se lembra de que a sra. Honeycott informou que a irmã parou por um momento antes de subir. Este momento foi bem o tempo necessário para que Ellen saísse da cozinha em direção ao vestíbulo. Por muito pouco ela deixou de ver o assassino.

— Mas, Tommy — gritou Tuppence —, e o grito que ela deu?

— Era James Reilly. Você não reparou na voz esganiçada que ele tem? Muitas vezes, em momentos de emoção forte, os homens dão gritos agudos bem como uma mulher.

— Mas e o assassino? Nós o teríamos visto?

— Nós o *vimos*. Até mesmo ficamos parados conversando com ele. Você se lembra da maneira repentina como aquele policial surgiu? Isso foi porque saiu pelo portão assim que a névoa se dissipou no meio da rua. Nós até demos um pulo, você não se recorda? Afinal de contas, embora nunca pensemos neles desse jeito, os policiais são iguais a quaisquer outros homens. Eles amam e odeiam. Eles se casam...

"Acho que Gilda Glen viu o marido de repente, do lado de fora do portão, e o fez entrar junto com ela para resolverem a questão de uma vez. Lembre-se de que ele não tinha o recurso de Reilly, que se aliviava com o uso de *palavras* violentas. Ele se enfureceu... E seu cassetete estava à mão..."

10

O ESTALADOR

I

— Tuppence — anunciou Tommy —, teremos que nos mudar para um escritório bem maior.

— Que bobagem! — exclamou Tuppence. — Você não pode ficar todo cheio de si e achar que é um milionário só porque resolveu dois ou três casinhos baratos com o auxílio de uma sorte extraordinária.

— Aquilo que alguns chamam de sorte, outros chamam de perícia.

— Claro... Se você realmente acha que é Sherlock Holmes, Thorndyke, McCarty e os irmãos Okewood reunidos todos numa só pessoa, não há mais nada a se dizer. Pessoalmente, eu preferiria ter ao meu lado toda a sorte do mundo do que toda a perícia do mundo.

— Talvez você tenha razão — reconheceu Tommy. — Mesmo assim, Tuppence, precisamos mesmo de um escritório maior.

— Por quê?

— Os clássicos — esclareceu Tommy. — Precisamos de muitas centenas de metros de espaço extra em nossas estantes se for para Edgar Wallace* ser adequadamente representado.

---

* Prolífico autor de histórias policiais e de suspense, dramaturgo, roteirista e jornalista inglês. (N.T.)

— Não tivemos nenhum caso de Edgar Wallace até agora.

— Temo que jamais venhamos a ter — disse Tommy. — Se você observar, ele nunca dá muita chance ao detetive amador. É sempre assunto estritamente da alçada da Scotland Yard... As coisas como são, sem quaisquer imitações baratas.

Albert, o contínuo, apareceu à porta.

— O inspetor Marriot está aí para vê-lo — anunciou ele.

— O homem misterioso da Scotland Yard* — murmurou Tommy.

— O mais ocupado dos tiras — disse Tuppence. — Ou será que são alcaguetes? Sempre confundo tiras e alcaguetes.

O inspetor aproximou-se deles com um brilhante sorriso de boas-vindas.

— Então, como vão as coisas? — perguntou, animado. — Resistiram bem à nossa pequena aventura do outro dia?

— Não foi nada, mesmo — respondeu Tuppence. — Foi absolutamente maravilhoso, não foi?

— Bem, não sei se eu descreveria o ocorrido exatamente do mesmo modo — disse Marriot, cauteloso.

— O que o traz aqui hoje, Marriot? — perguntou Tommy. — Não foi só zelo com nosso sistema nervoso, foi?

— Não — respondeu o inspetor. — É um trabalho para o brilhante sr. Blunt.

---

* Embora Tommy e Tuppence nunca mencionem o personagem de Edgar Wallace pelo nome, o herói cujo papel Tommy assume nessa aventura é o misterioso J. G. Reeder, criação de Wallace da década de 1920. Reeder é um homem de meia-idade que trabalha como investigador do gabinete da Promotoria Pública em Londres e muitas vezes presta assistência à Scotland Yard. (N.T.)

— Ah! — exclamou Tommy. — Deixe-me assumir minha expressão brilhante.

— Vim para lhe fazer uma proposta, sr. Beresford. O que me diria de apanhar uma quadrilha realmente grande?

— Como assim? Isso existe mesmo?

— O que você que dizer com "Isso existe mesmo?" Sempre pensei que quadrilhas só existissem na ficção, como grandes vigaristas e supercriminosos.

— O grande vigarista não é muito comum — concordou o inspetor. — Mas, Deus nos proteja, há muitas quadrilhas que estão atuando por aí.

— Não sei se conseguiria dar o melhor de mim ao lidar com uma quadrilha — admitiu Tommy. — O crime amador, o crime que irrompe na pacata vida familiar... É nesse que eu ouso dizer que consigo brilhar. O drama de forte interesse doméstico. É esse o meu forte... Com Tuppence à mão para fornecer todos aqueles pequenos detalhes femininos que são tão importantes e tão passíveis de serem ignorados pelo homem em sua falta de sutileza.

Sua eloquência foi bruscamente interrompida por Tuppence, que lhe jogou uma almofada e lhe pediu que não falasse tanta bobagem.

— Sem jamais abrir mão de se divertir um pouco, não é mesmo, sr. Beresford? — comentou o inspetor enquanto dava um sorriso paternal para o casal. — Espero que não se ofendam comigo, mas para mim é um prazer ver dois jovens que desfrutam da vida tanto quanto vocês.

— Nós desfrutamos da vida? — indagou Tuppence, arregalando bem os olhos. — Suponho que sim. Nunca tinha pensado nisso antes.

— Voltando à quadrilha de que você falava — disse Tommy. — Apesar de minha vasta experiência... Duquesas, milionários e todas as melhores faxineiras... Eu poderia, talvez, consentir em dar uma olhada no caso para o senhor. Não gosto de ver a Scotland Yard perder o rumo. O senhor terá o *Daily Mail* atrás de si antes mesmo que saiba onde se encontra.

— Como eu disse antes, vocês não abrem mão de se divertir um pouco. Bem, a situação é a seguinte. — Ele voltou a deslocar a cadeira para frente. — Há um grande número de notas falsas circulando neste momento... Centenas delas! A quantidade de cédulas do Tesouro falsificadas em circulação os deixaria espantados. E é um produto de grande qualidade técnica. Aqui está uma delas.

Ele tirou uma nota de uma libra do bolso e a entregou a Tommy.

— Parece verdadeira, não é?

Tommy examinou a cédula com grande interesse.

— Por Deus, jamais perceberia que havia algum problema com essa nota.

— E a maioria das pessoas também não. Agora, aqui está uma nota legítima. Vou lhes mostrar as diferenças... São muito sutis, mas logo aprenderão a distingui-las. Pegue esta lupa.

Após cinco minutos de treinamento, tanto Tommy quanto Tuppence já estavam bem preparados.

— O que o senhor quer que façamos, inspetor Marriot? — perguntou Tuppence. — Apenas que fiquemos de olhos abertos, cuidando essas coisas?

— Bem mais do que isso, sra. Beresford. Estou depositando toda a minha confiança em vocês para irem a fundo dessa questão.

Veja só, descobrimos que as notas estão entrando em circulação a partir do West End. E é alguém bem alto na escala social que está por trás da distribuição. Também as estão passando do outro lado do Canal. Bem, há uma pessoa que está nos interessando muito. Um tal de major Laidlaw... Talvez vocês já tenham ouvido falar nele.

— Acho que já — respondeu Tommy. — Ligado a corridas, não é?

— Sim. O major Laidlaw é bastante conhecido graças à sua associação com o turfe. Não há nada de concreto contra ele, mas a impressão geral é de que ele foi um tanto quanto esperto demais em relação a uma ou duas transações meio duvidosas. Homens bem-informados fazem uma cara estranha quando se menciona o nome dele. Ninguém sabe muita coisa sobre o seu passado, nem de onde veio. Ele é casado com uma francesa muito atraente e, onde quer que vá, ela sempre aparece com uma fila de admiradores. Os Laidlaws devem gastar muito e eu gostaria de saber de onde eles tiram esse dinheiro.

— Provavelmente da fila de admiradores — sugeriu Tommy.

— É o que se imagina. Mas não tenho tanta certeza. Pode ser só coincidência, mas várias notas falsas têm entrado em circulação a partir de um pequeno e muito elegante clube de jogo que é muito frequentado pelos Laidlaws e por seu seleto grupo de amigos. Esse grupo seleto de apostadores em corridas e jogadores de cartas se desfaz de quantias muito altas e sempre em dinheiro vivo. Não há maneira melhor de fazer as notas falsas entrarem em circulação.

— E qual é o nosso papel nisso tudo?

— Pois bem: o jovem St. Vincent e a esposa são amigos de vocês, pelo que sei. Eles são bastante íntimos do grupo seleto dos

Laidlaws... Embora não tão íntimos quanto antes. Através deles, será fácil vocês terem acesso ao mesmo grupo seleto de um modo que nenhum de nossos homens poderia nem ao menos tentar. Terão uma oportunidade ideal.

— O que exatamente temos que descobrir?

— De onde vem o dinheiro falso, e se o estão passando adiante.

— Exatamente — concordou Tommy. — O major Laidlaw sai com uma mala vazia. Quando volta, ela está abarrotada, quase até explodir, de notas do Tesouro. Como é que ele faz isso? Eu o investigo e descubro. É essa a sua ideia?

— Mais ou menos. Mas não se esqueça da senhora nem do pai dela, monsieur Heroulade. Lembre-se de que as notas estão sendo passadas em ambos os lados do Canal.

— Meu querido Marriot — observou Tommy em tom reprovador —, os Detetives Brilhantes de Blunt não conhecem a palavra esquecer.

O inspetor se levantou.

— Bem, boa sorte para vocês — desejou ele antes de partir.

— É uma fria — disse Tuppence cheia de entusiasmo.

— O quê? — perguntou Tommy, perplexo.

— Dinheiro falso — explicou Tuppence. — É sempre chamado de dinheiro frio. Sei que estou certa. Oh, Tommy, temos um caso de Edgar Wallace. Finalmente, somos tiras.

— Somos, sim. E estamos no encalço do Estalador e vamos pegá-lo de jeito.

— Você disse Escalador ou Estalador?

— Estalador.

— E o que é um Estalador?

— Uma palavra nova que acabei de criar — esclareceu Tommy. — Serve para descrever aquele que faz circular notas falsas. As notas quando saem do banco estalam de novas; portanto, ele é chamado de Estalador. É tudo muito simples.

— É uma ideia bem boa — concordou Tuppence. — Faz com que a coisa toda pareça mais real. Mas eu prefiro Farfalhador. Muito mais descritiva e sinistra.

— Não — discordou Tommy —, eu o apelidei de Estalador primeiro e vou ficar com esse nome mesmo.

— Vou curtir muito este caso — previu Tuppence. — Cheio de clubes noturnos e coquetéis. Amanhã mesmo eu vou comprar cílios postiços pretos.

— Seus cílios já são pretos — objetou o marido.

— Eu poderia torná-los ainda mais escuros — insistiu Tuppence. — E um batom cereja também seria muito útil. Daquele tipo ultrabrilhante.

— Tuppence — definiu Tommy —, no fundo, você é uma legítima farrista. Que bom que está casada com um homem sóbrio, estável e de meia-idade como eu.

— Espere um pouco — observou Tuppence. — Após frequentar o Python Club por um tempinho, você já não será tão sóbrio.

Tommy tirou várias garrafas, dois copos e uma coqueteleira de dentro de um armário.

— Vamos começar já — anunciou ele. — Estamos atrás de você, Estalador, e vamos pegá-lo.

II

Vir a conhecer os Laidlaws acabou provando ser algo bem simples. Jovens, bem-vestidos, cheios de vida e com toda a aparência de estarem nadando em dinheiro, em pouco tempo Tommy e Tuppence circulavam à vontade em meio àquele restrito círculo social frequentado por eles.

O major Laidlaw era um homem alto, louro, de aparência tipicamente inglesa e um modo de ser cordial e esportivo que não combinava nem com as profundas rugas que tinha ao redor dos olhos, nem com os ocasionais olhares de soslaio que dava, os quais destoavam muito daquela que aparentemente seria sua disposição rotineira. Ele era um jogador de cartas muito hábil, e Tommy percebeu que o major raramente saía derrotado da mesa quando o risco envolvido era alto.

Marguerite Laidlaw era completamente diferente. Era uma criatura cheia de charme, esbelta como uma dríade e seu rosto parecia ter sido tirado de um quadro de Greuze. Seu inglês rudimentar e afetado era fascinante, e a sensação de Tommy era de que não seria de se admirar que a maioria dos homens estivesse aos seus pés. Desde a primeira vez, a francesa parecia ter gostado imensamente de Tommy e ele, cumprindo seu papel, acedeu e uniu-se ao séquito de admiradores de Marguerite.

— Meu Tommee — ela costumava dizer. — Mas, *définitivement non* pos passarr sem meu Tommee. O seu cabele... Ele tem *la* coulorr do *crépuscule, non*?

O pai dela era uma figura sinistra. Corretíssimo, empertigadíssimo, com sua barbicha preta e seus olhos observadores.

Tuppence foi a primeira a apresentar algum progresso. Veio até Tommy com dez notas de uma libra.

— Dê uma olhada nestas cédulas. São falsas, não são?

Tommy examinou-as e confirmou o diagnóstico de Tuppence.

— Onde você as conseguiu?

— Aquele menino, Jimmy Faulkener. Marguerite Laidlaw as deu para ele, para que jogasse num cavalo por ela. Eu disse que precisava de notas pequenas e as troquei por uma de dez.

— Todas com cheiro de tinta e estalando de novas — disse Tommy pensativo. — Não podem ter passado por muitas mãos. Imagino que o jovem Faulkener seja confiável.

— Jimmy? Ah! Ele é uma gracinha. Estamos nos tornando grandes amigos.

— Foi o que percebi — respondeu Tommy friamente. — Você acha que é realmente necessário?

— Ah, não são os negócios — esclareceu Tuppence, divertida. — É o prazer. Ele é um menino tão bom. Fico contente de tirá-lo das garras daquela mulher. Você não tem ideia da fortuna que ele já gastou com ela.

— Me pareceu que ele está ficando meio apaixonado por você, Tuppence.

— Eu mesma já pensei nisso algumas vezes. É legal descobrir que ainda se é jovem e atraente, não acha?

— Seu nível de moralidade, Tuppence, está deploravelmente baixo. Você encara essas coisas pelo ângulo errado.

— Há anos que não me divertia tanto — declarou Tuppence francamente. — E, mesmo assim, o que se pode dizer de você? Quando é que eu o vejo? Nesses últimos dias, você não se mudou em definitivo para uma posição aos pés de Marguerite Laidlaw?

— Negócios — retrucou Tommy em tom animado.

— Mas ela é atraente, não é?

— Não faz o meu tipo — desconversou Tommy. — Eu não a admiro.

— Mentiroso — disparou Tuppence com uma gargalhada. — Mas eu mesma sempre achei que iria preferir como marido um mentiroso a um tolo.

— Suponho — sugeriu Tommy — que não seja absolutamente necessário que um marido seja uma coisa ou outra.

Mas Tuppence limitou-se a lhe lançar um olhar cheio de pena e sair.

No rol de admiradores da sra. Laidlaw havia um cavalheiro simples mas extremamente rico que se chamava Hank Ryder.

O sr. Ryder viera do Alabama e, desde que os conhecera, ele estivera disposto a se tornar amigo e confidente de Tommy.

— Ela é uma mulher maravilhosa — decretou o sr. Ryder enquanto seguia a adorável Marguerite com os olhos cheios de reverência. — Extremamente culta. Nada pode superar *la gaie France*, não é mesmo? Quando estou perto dela, me sinto como se fosse uma das primeiras tentativas do Todo-Poderoso. Acho que Ele teve que praticar muito antes de se dedicar a criar algo tão adorável e perfeito quanto essa mulher.

Uma vez que Tommy concordara educadamente com suas opiniões, o sr. Ryder se abriu ainda mais.

— Me parece lamentável que uma criatura adorável como essa tenha preocupações com dinheiro.

— Ela as tem? — inquiriu Tommy.

— Pode apostar que sim. Sujeitinho esquisito, esse Laidlaw. Ela morre de medo dele. Ela me contou. Não tem nem coragem de falar para ele sobre suas continhas.

— São mesmo *continhas*? — perguntou Tommy.

— Bem... Eu digo continhas... Afinal, uma mulher tem de vestir roupas bonitas e, que eu saiba, quanto menos pano, mais aumenta o preço. E uma mulher bonita daquelas não gosta de andar por aí vestida com saldos da outra temporada. As cartas, também. A pobrezinha tem tido muito azar no jogo ultimamente. Olha só, ela perdeu cinquenta libras para mim ontem à noite.

— Ela ganhou duzentas de Jimmy Faulkener na noite anterior — informou Tommy secamente.

— Ganhou mesmo? Isso já me alivia o espírito um pouco. Falando nisso, parece que há muitas notas fajutas circulando por seu país agorinha mesmo. Fui depositar um dinheiro no meu banco hoje pela manhã e 25 das minhas notas não valiam nada, segundo me disse o gentil cavalheiro por detrás do balcão.

— É um número bem considerável. Pareciam ser cédulas novas?

— Estalando de novas como as da Casa da Moeda. Pois bem, acho que eram aquelas com que a sra. Laidlaw me pagou. De onde será que ela as tirou? Muito provavelmente de um daqueles tipos valentões que frequentam corridas de cavalo.

— Sim — concordou Tommy. — Provavelmente foi isso.

— Sabe, sr. Beresford, este tipo de vida na alta roda é coisa nova pra mim. Todas essas damas alinhadas e tudo o mais. Fiz minha fortuna faz pouco. Vim direto até a Europa para ver a vida.

Tommy anuiu. Ele pensou consigo mesmo que com a ajuda de Marguerite Laidlaw o sr. Ryder com certeza veria bastante da vida, mas o preço seria bem caro.

Enquanto isso, pela segunda vez, Tommy acabara de receber bons indícios de que as notas falsificadas estavam sendo distribuídas pertinho dali e de que, muito provavelmente, Marguerite Laidlaw fazia parte dessa distribuição.

Na noite seguinte, o próprio Tommy teve uma prova clara. Foi naquele lugar de encontros pequeno e seleto que o inspetor Marriot mencionara. Havia dança no local, mas a verdadeira atração ficava por conta do que ocorria atrás de duas imponentes portas duplas. Havia duas salas de jogo com mesas cobertas de baeta verde onde, todas as noites, grandes somas de dinheiro trocavam de mão.

Marguerite Laidlaw, finalmente levantando-se para ir embora, colocou um punhado de notas de pequeno valor nas mãos de Tommy.

— Elas son ton volumosas, Tommee... Você vai trocarr parra mim, *d'accord*? Porr uma nota *grand*. Olhe parra minha bolsinha, ton bonitiiinha. Fica ton *grand* que *elle* se desconcentrra.

Tommy trouxe-lhe a nota de cem libras que ela pedira. Então, em um canto discreto, ele examinou as notas que ela lhe dera. Pelo menos um quarto delas era falsificado.

Mas a partir de onde ela conseguia seus suprimentos? Para isso Tommy ainda não tinha resposta. Graças à cooperação de Albert, estava quase certo de que Laidlaw não era o homem que procuravam. Todos os seus movimentos haviam sido vigiados de perto, mas sem qualquer resultado.

Tommy suspeitava do pai dela, o casmurro monsieur Heroulade. Ele ia e vinha da França com alguma frequência. Nada seria mais simples do que voltar trazendo as notas com ele. Um fundo falso numa mala grande... Ou algo do gênero.

Absorto nesses pensamentos, Tommy deixou o clube lentamente, mas acabou sendo chamado de forma brusca de volta às necessidades imediatas. Lá fora, no meio da rua, ele encontrou o sr. Hank P. Ryder. Logo ficou evidente que ele não estava exatamente sóbrio. Naquele exato momento, ele tentava pendurar seu chapéu no radiador de um carro, mas acabava errando sempre por questão de centímetros.

— Eche diabo deche porta-chapéus, eche diabo deche porta-chapéus — reclamava o sr. Ryder com voz pastosa e em tom melancólico. — Não é achim lá nos Estados Unidos. Lá o homem pode pendurar o chapéu todas as noites... Todas as noites, cavalheiro. O chenhor echtá usando dois chapéus, meu caro. Nunca vi um homem usando dois chapéus antes. Deve cher um efeito... O clima.

— Talvez eu tenha duas cabeças — retrucou Tommy, sério.

— Icho mechmo, tem — concordou o sr. Ryder. — Que echtranho. Trata-che de um fato notá... Vamos tomar um coquetel. A Lei Checa... A Lei Checa foi que me fez. Acho que echtou bêbado... Conchtituchionalmente bêbado. Coquetéis... Michturei... Beijo de Anjo, echta é a Marguerite... Criatura adorável... E gochta de mim, também... Pechcooço de Cavalo, dois martínis, três Rumo às Ruínas... Não, Rumo *à* Ruína..., misturei eles todos... Numa caneca grande de cherveja... Podia jurar que não ia... Eu diche... Que diabo... Eu diche...

Tommy o interrompeu.

— Tudo bem — disse num tom suave. — Agora, que tal voltarmos para casa?

— Não tenho casa para ir — declarou o sr. Ryder num tom triste e começou a chorar.

— Em que hotel está hospedado? — perguntou Tommy.

— Não pocho ir para casa — informou o sr. Ryder. — Caça ao Tesouro. Que beleza fazer icho. Mas ela fez. Whitechapel...

Corachões brancos, cabechas brancas, trichtesa até o pé da cova...

Mas o sr. Ryder de repente assumiu um ar digno. Conseguiu ficar ereto e assumiu um repentino e milagroso controle da própria fala.

— Meu jovem, estou lhe dizendo. Margee me levou. No carro dela. Caça ao Tesouro. Os membros da aristocracia inglesa todos fazem isso. Sob as pedras de pavimentação da rua. Quinhentas libras. Um penchamento cholene, *é* um penchamento cholene. Estou-lhe *dizendo*, meu jovem. O senhor foi gentil comigo. O seu bem-estar é minha preocupação, cavalheiro, minha preocupação. Nós, os americanos...

Tommy o interrompeu novamente, dessa vez com ainda menos cerimônia.

— O que você está dizendo? A sra. Laidlaw o levou num carro?

O americano fez que sim com a cabeça com um ar solene feito o de uma coruja.

— Até Whitechapel?

Outro aceno de cabeça com um ar solene feito o de uma coruja.

— E vocês encontraram quinhentas libras lá?

O sr. Ryder lutou para encontrar as palavras.

— E-ela en-encontrou — ele corrigiu seu interlocutor. — Me deixou do lado de fora. Do lado de fora da porta. Sempre me deixam de fora. É meio triste. De fora... Sempre do lado de fora.

— Saberia o caminho até lá?

— Acho que sim. Hank Ryder nunca perde seu senso de orientação...

Tommy o arrastou consigo sem a menor cerimônia. Encontrou o próprio carro onde o deixara e em seguida estavam seguindo rumo ao leste. O ar fresco reavivou o sr. Ryder. Depois de ter ficado um tempo caído sobre o ombro de Tommy, como que entorpecido, ele acordou com as ideias claras e sentindo-se renovado.

— Diga, garoto, onde é que estamos? — ele quis saber.

— Whitechapel — respondeu Tommy em tom animado. — Foi aqui que o senhor veio com a sra. Laidlaw hoje à noite?

— Me parece meio familiar — admitiu o sr. Ryder enquanto olhava à sua volta. — Minha impressão é que viramos à esquerda em algum lugar por esse caminho. Isso mesmo... Naquela rua ali.

Tommy dobrou, obediente. O sr. Ryder dava as coordenadas.

— Isso mesmo. Claro. E agora viramos à direita. Que cheiro horrível! Sim, depois daquele bar na próxima esquina... Vire diretamente para o outro lado e pode parar na entrada daquele pequeno beco. Mas qual sua intenção? Deixe que eu assuma o controle. Deixaram alguma mufunfa pra trás? Vamos aprontar com eles?

— Exatamente isso — revelou Tommy. — Vamos aprontar com eles. Até parece piada, não é?

— E das boas — concordou o sr. Ryder. — Embora eu ainda esteja um pouco confuso com tudo isso — finalizou ele, melancólico.

Tommy saiu do carro e ajudou o sr. Ryder a fazer o mesmo. Eles se dirigiram para dentro do beco. À esquerda deles ficavam os fundos de uma fileira de casas arruinadas, a maioria das quais com portas que davam para o beco. O sr. Ryder parou bem em frente a uma dessas portas.

— Foi aqui que ela entrou — ele anunciou. — A porta era esta. Tenho certeza absoluta.

— São todas muito parecidas — disse Tommy. — Isto me lembra a história do soldado e da princesa. Você se lembra? Eles desenharam uma cruz para indicar qual era a porta certa. Será que devemos fazer o mesmo?

Rindo, Tommy tirou um pedaço de giz branco do bolso e desenhou uma cruz malfeita na parte debaixo da porta. Depois olhou para cima, encarando os vários vultos indistintos que passavam por cima dos muros do beco, um dos quais estava miando de um jeito que deixaria qualquer um arrepiado.

— Muitos gatos por todo o lado — observou Tommy, divertindo-se.

— Como quer agir? — indagou o sr. Ryder. — Entramos ou não?

— Tomando as devidas precauções, entramos — sugeriu Tommy.

Ele deu uma boa olhada para os dois lados e então, com toda a gentileza, experimentou a porta. Ela cedeu. Tommy abriu-a com um empurrão e tentou olhar para dentro de um pátio muito mal iluminado.

Tommy entrou sem fazer barulho, e o sr. Ryder o seguiu bem de perto.

— Ei — avisou esse último —, há alguém lá no beco vindo nesta direção.

Ele saiu para a rua de novo. Tommy ficou parado por um minuto e então, como não ouviu coisa alguma, continuou. Apanhou uma lanterna que levava no bolso e acendeu a luz por um breve segundo. Esse clarão passageiro lhe possibilitou ver qual caminho seguir. Avançou mais um pouco e experimentou uma porta fechada à sua frente, que também cedeu. Ele a empurrou com toda gentileza e entrou.

Após parar em pé por um segundo e tentar ouvir alguma coisa, Tommy voltou a acender a lanterna e, como se fosse um sinal combinado, o lugar pareceu ganhar vida e crescer diante de seus olhos. Dois homens estavam à sua frente, e dois estavam atrás. Eles chegaram junto dele e o derrubaram no chão.

— Luzes — rosnou uma voz.

Um lampião a gás foi aceso. À luz do mesmo, Tommy conseguiu ver um círculo de rostos nada agradáveis. Seus olhos vagaram pela sala e puderam observar alguns dos objetos do lugar.

— Ah! — exclamou, satisfeito. — O quartel-general da indústria de falsificação, se não estou enganado.

— Pode tratar de ir calando a boca — ordenou um dos homens.

A porta se abriu e se fechou atrás de Tommy, e uma voz jovial e muito familiar soou em seus ouvidos:

— Pegamos ele, rapazes. Muito bem. Agora, sr. tira, deixe-me dizer que chegou a sua vez.

— Essa boa e velha expressão — vibrou Tommy. — Fico até emocionado. Sim. Sou o homem misterioso da Scotland Yard. Olha só, é o sr. Hank Ryder. Isso é *realmente* uma surpresa.

— Acho que é mesmo. Já ri muito por dentro, louco para explodir a noite toda... Conduzindo você até aqui como se fosse uma criancinha. E você tão satisfeito com sua esperteza. Bem, queridinho, estava de olho em você desde o começo. Você simplesmente estava deslocado no meio daquela turma. Deixei você brincar por um tempo e, quando ficou realmente desconfiado da adorável Marguerite, eu disse para mim mesmo: "Agora chegou a vez de fazê-lo cair na armadilha". Tenho a impressão de que seus amigos ficarão sem notícias suas por algum tempo.

— Vai dar cabo de mim? Acho que essa é a expressão que se usa, não é? Você já passou dos limites.

— Você é bem atrevido, mesmo. Não, não usaremos métodos violentos. Vamos apenas, digamos, mantê-lo sob controle.

— Temo que esteja apostando todas suas fichas no cavalo errado — desafiou Tommy. — Não tenho a menor intenção de ser "mantido sob controle", como você diz.

O sr. Ryder deu um sorriso jovial. Lá fora, um gato deu um miado melancólico para a lua.

— Você conta com aquela cruz que pôs na porta, hein, queridinho? — o sr. Ryder o provocou. — Se fosse você, não faria isso. Porque eu conheço aquela história que você mencionou antes. Eu a ouvi quando era garotinho. Eu voltei no beco para fazer o papel do cão cujos olhos eram grandes como rodas de carroça. Caso pudesse voltar àquele beco agora, veria que todas as portas estão marcadas com uma cruz igual à sua.

Tommy baixou a cabeça, desolado.

— Pensou que fosse muito esperto, não? — provocou Ryder.

Assim que terminou a frase, ouviu-se uma pancada seca na porta.

— O que foi isso? — perguntou, fazendo uma careta de espanto.

Naquele mesmo momento, um ataque começava na parte da frente da casa. A porta dos fundos não ofereceu resistência. Num piscar de olhos, a fechadura cedeu e o inspetor Marriot apareceu junto ao limiar da porta.

— Parabéns, Marriot — cumprimentou Tommy. — Você não se enganou quanto ao distrito. Gostaria de lhe apresentar o sr. Hank Ryder, um conhecedor de todos os melhores contos de fada.

— Viu só, sr. Ryder? — acrescentou em tom educado. — Eu já estava suspeitando de você. Albert... Aquele menino de aparência imponente e orelhas grandes é Albert... Albert fora instruído para nos seguir em sua motocicleta a qualquer momento, caso você e eu saíssemos para um passeio. E enquanto eu fazia uma cruz na porta de maneira ostensiva para distrair sua atenção, também esvaziava uma pequena garrafa de valeriana no chão. Um cheiro horroroso, mas os gatos a adoram. Todos os gatos da vizinhança se aglomeraram lá fora, marcando a casa certa quando Albert chegou com a polícia.

Ele encarou sorridente um sr. Ryder que parecia perplexo e depois ficou em pé.

— Disse que ia pegá-lo, Estalador. E peguei de jeito — afirmou.

— Do que diabos você está falando? — perguntou o sr. Ryder. — Como assim... Estalador?

— Você encontrará o termo no glossário do próximo dicionário penal — deliciou-se Tommy. — Palavra de origem duvidosa.

Tommy olhou ao seu redor com um grande sorriso nos lábios.

— E tudo isso sem recurso a um alcaguete — murmurou, orgulhoso. — Boa noite, Marriot. Agora tenho que ir para o local onde o final feliz dessa história me espera. Não há recompensa melhor do que o amor de uma boa mulher... E o amor de uma boa mulher está esperando por mim lá em casa... Quer dizer, espero que sim, mas nunca se sabe hoje em dia. Essa foi uma missão muito perigosa, Marriot. Conhece o capitão Jimmy Faulkener? Ele simplesmente dança bem demais e tem excelente gosto para escolher coquetéis! Sim, Marriot, foi uma missão muito perigosa.

11
O MISTÉRIO DE SUNNINGDALE

I

— Você sabe onde vamos almoçar hoje, Tuppence?

A sra. Beresford considerou a pergunta.

— No Ritz? — sugeriu, toda esperançosa.

— Pense outra vez.

— Naquele lugarzinho simpático no Soho?

— Não. — Tommy assumiu um tom bem solene. — Numa pequena casa de chá. Na verdade, esta aqui.

Ele a conduziu com destreza para dentro do estabelecimento indicado e a levou até uma mesa de canto com tampo de mármore.

— Perfeito — Tommy afirmou, satisfeito, enquanto se sentava. — Não podia ser melhor.

— Por que é que essa obsessão pela vida simples tomou conta de você? — quis saber Tuppence.

— *Você vê as coisas, Watson, mas não as observa.* Agora, o que eu gostaria mesmo de saber é se alguma dessas donzelas arrogantes faria a gentileza de nos ver. Esplêndido, ela flutua em nossa direção. É verdade que parece pensar noutra coisa, mas, com toda certeza, seu subconsciente segue trabalhando e se ocupando de temas tais como presunto com ovos e bules de chá. Uma costeleta com batatas fritas, por favor, senhorita, um café bem grande, um pãozinho com manteiga e um prato de língua para a senhora.

A garçonete repetiu o pedido em tom de desprezo, mas Tuppence inclinou-se para frente e interrompeu a jovem.

— Não, costeleta com batatas fritas, não. O cavalheiro vai querer um cheesecake e um copo de leite.

— Um cheesecake e um leite — disse a garçonete em um tom de desprezo ainda maior, se é que era possível. Ainda concentrada em outras coisas, a garçonete se afastou.

— Isso foi inoportuno — afirmou Tommy com frieza.

— Mas estou certa, não estou? Você é o Velho Ali no Canto? Cadê seu pedaço de cordão?*

Tommy tirou um cordão longo e emaranhado do bolso e em seguida deu nele um ou dois nós.

— Completo até os mínimos detalhes — murmurou ele.

— Mas você cometeu um pequeno deslize ao fazer seu pedido.

— As mulheres são sempre tão literais — queixou-se Tommy.
— Se há uma coisa que detesto é tomar leite, e cheesecakes são sempre tão amarelos e parecem que estão cheios de bile.

— Seja um artista — desafiou Tuppence. — Assista o modo como eu ataco meu prato de língua fria. Uma delícia, língua fria.

---

* "O Velho Ali no Canto" (*The Old Man in The Corner*) é Bill Owen, personagem criado em 1901 pela baronesa Emma Orczy, romancista e autora de teatro inglesa nascida na Hungria. Bill Owen se baseia nos detalhes de relatos sensacionalistas de jornais para resolver crimes até então insolúveis enquanto dá nós complicados em um longo pedaço de cordão. (N.T.)

E então, estou pronta para ser a srta. Polly Burton.* Faça um nó grande e comece.

— Antes de mais nada — disse Tommy —, falando em caráter estritamente extraoficial, deixe-me salientar uma coisa. Os negócios não vão muito bem nos últimos tempos. Se os clientes não vêm até nós, temos de ir até eles. Empregar nossas mentes em algum dos grandes mistérios públicos do momento. Isso me traz ao ponto principal: o Mistério de Sunningdale.

— Ah! — exclamou Tuppence, demonstrando profundo interesse. — O Mistério de Sunningdale!

Tommy tirou do bolso um recorte de jornal todo amassado e o abriu sobre a mesa.

— Este é o retrato mais recente do capitão Sessle, conforme publicado no *Daily Leader*.

— Pois é — disse Tuppence. — Não entendo como é que alguém não processa esses jornais, às vezes. Dá para ver que é um homem, e só isso.

— Quando eu disse o Mistério de Sunningdale, deveria ter dito o assim chamado Mistério de Sunningdale — Tommy continuou rapidamente. — Um mistério para a polícia, talvez, mas não para uma mente inteligente.

— Faça outro nó — pediu Tuppence.

— Não sei o quanto você se recorda das circunstâncias do caso — continuou Tommy tranquilamente.

— Lembro-me de tudo — afirmou Tuppence —, mas não deixe que eu estrague o seu estilo.

---

* Originalmente sem nome conhecido, Polly Burton é uma jornalista jovem e atraente, ao mesmo tempo ouvinte, pupila e assistente do Velho nas histórias da baronesa Emma Orczy. (N.T.)

— Foi há pouco mais de três semanas — contou Tommy — que se fez a horripilante descoberta nos famosos campos de golfe. Dois sócios do clube, os quais estavam aproveitando a manhã para uma rodada de golfe, ficaram horrorizados ao descobrir o corpo de um homem de bruços no sétimo *tee*.* Antes mesmo de virarem o corpo, já desconfiaram de que se tratava do capitão Sessle, figura muito conhecida no campo de golfe e que sempre usava um casaco de golfe de cor azul particularmente brilhante.

"O capitão Sessle era seguidamente visto, de manhã bem cedo, nos campos de golfe, treinando, daí ter-se inicialmente aventado que tivesse sido vítima repentina de algum tipo de distúrbio cardíaco. Mas um exame médico revelou o fato sinistro de que fora apunhalado no coração com um objeto bem significativo: um alfinete de chapéu feminino. Também ficou estabelecido que já estava morto há pelo menos doze horas.

"Isso deu um caráter inteiramente novo à questão e, logo em seguida, alguns fatos interessantes vieram à tona. Tendo sido a última pessoa a ter visto o capitão Sessle vivo, o sr. Hollaby, da Companhia de Seguros Porco-Espinho, que era sócio e amigo da vítima, relatou o seguinte:

"Sessle e ele tinham jogado uma rodada de golfe mais cedo. Após o chá, o capitão sugeriu que deveriam jogar mais alguns buracos antes que ficasse impossível de se enxergar no escuro. Hollaby concordou. Sessle parecia estar de bom humor e estava em ótima forma física. Há uma trilha aberta ao público que cruza o campo de golfe e, bem quando estavam jogando até completarem

---

* No jogo de golfe, pino que pode ser usado sob a bola apenas na tacada inicial ou em condições extraordinárias de jogo. (N.T.)

o sexto *green*, Hollaby percebeu que uma mulher se aproximava. Ela era muito alta e estava toda de marrom, mas Hollaby não chegou a observá-la em detalhes. Quanto a Sessle, a impressão de Hollaby é que ele nem se dera conta da presença da mulher.

"A trilha referida corta o campo de golfe na altura do sétimo *tee* — Tommy continuou. — A mulher atravessara o campo e ficara de pé do lado oposto, como se estivesse esperando por alguém. O capitão Sessle foi o primeiro a chegar ao *tee*, enquanto Hollaby recolocava o marco com a bandeirinha junto ao buraco anterior. Quando se aproximou do sétimo *tee*, ficou muito surpreso de ver Sessle e a mulher juntos, conversando. Quando chegou mais perto deles, ambos se viraram de forma abrupta, e Sessle anunciou por sobre o ombro: 'Não demoro'.

"Os dois se afastaram dali lado a lado, ainda absortos pela conversa séria. A trilha segue daquele ponto para fora do campo de golfe e, espremida entre duas fileiras de cercas vivas dos jardins vizinhos, conduz até a estrada que leva ao povoado de Windlesham.

"O capitão Sessle cumpriu a palavra. Reapareceu dali a um ou dois minutos, para a satisfação de Hollaby, uma vez que dois outros jogadores vinham logo atrás deles e a luz se despedia rapidamente. Eles seguiram adiante, e Hollaby notou de imediato que algo acontecera e deixara seu companheiro chateado. O capitão Sessle não apenas perdera a tacada, mas mantinha uma expressão preocupada e a testa franzida. Ele mal respondia ao que o outro dizia, e seu jogo de golfe claramente deteriorara. Era evidente que algo lhe tirara completamente o foco do jogo.

"Jogaram aquele buraco e o oitavo, após o que o capitão Sessle anunciou de forma abrupta que a luz já era fraca demais e que estava indo para casa. Bem naquele ponto havia outro daqueles caminhos estreitos que levam à estrada de Windlesham, e o capitão Sessle saiu por ali, pois era um atalho até sua casa, um pequeno bangalô que ficava na mesma estrada. Os outros dois jogadores foram até ele, um tal major Barnard e um certo sr. Lecky, e Hollaby comentou com os dois a mudança súbita de disposição do capitão Sessle. Eles também o tinham visto conversando com a mulher de marrom, mas não tinham ficado suficientemente perto para lhe ver o rosto. Todos os três estavam intrigados: o que ela poderia ter dito para deixar o amigo deles desconcertado daquele jeito?

"Eles voltaram à sede do clube juntos e, tanto quanto até então se sabia, foram as últimas pessoas a ver o capitão Sessle vivo. Era quarta-feira e, nas quartas-feiras, as passagens para Londres são vendidas com tarifas mais baixas. O casal que cuida do pequeno bangalô de Sessle estava em Londres, como de costume, e não retornou até o último trem. Eles entraram no bangalô como sempre e imaginaram que o patrão estivesse dormindo no quarto. A sra. Sessle, a esposa do capitão, estava fora, fazendo uma visita.

"O assassinato do capitão foi uma sensação, mas não por muito tempo. Ninguém conseguia ao menos sugerir um motivo para o crime. A identidade da mulher alta vestida de marrom foi discutida intensamente, mas sem qualquer resultado. A polícia foi, como sempre, acusada de negligência — de forma injusta, como ficaria claro depois. Uma semana mais tarde, uma garota chamada Doris Evans foi presa e acusada do assassinato do capitão Anthony Sessle.

"A polícia tinha disposto de pouquíssimas evidências com que trabalhar. Um fio de cabelo claro preso entre os dedos do falecido e uns poucos fios de lã vermelha brilhante que se enrolaram em um dos botões de seu casaco azul. Diligentes operações de tomadas de testemunhos na estação de trem e em outros lugares trouxeram à tona os seguintes fatos:

"Uma jovem vestida de saia e num casaco de cor vermelha brilhante chegara de trem naquele final de tarde, mais ou menos às sete horas, e perguntara o caminho até a casa do capitão Sessle. A mesma garota reaparecera mais uma vez na estação, duas horas mais tarde. Seu chapéu estava torto e seu cabelo desgrenhado, e parecia que ela estava muitíssimo agitada. Ela pediu informações sobre trens de volta para Londres e volta e meia olhava por sobre o ombro, como se temesse alguma coisa.

"Nossa força policial é, em muitos aspectos, realmente sensacional. Munidos desses poucos indícios, os homens da polícia conseguiram seguir o rastro da moça, encontrá-la e identificá-la como sendo uma certa Doris Evans. Ela foi formalmente acusada de assassinato e prevenida de que qualquer coisa que dissesse poderia ser usada contra ela; todavia, insistiu em prestar depoimento, no qual repetiu sua versão em detalhes, sem qualquer mudança nos depoimentos seguintes.

"Sua história é a seguinte: ela trabalhava como datilógrafa e fizera amizade, uma noite, num cinema, com um homem bem-vestido, o qual declarou-se encantado com ela. O nome do homem, conforme informação dele mesmo, era Anthony, e ele sugeriu que ela deveria visitá-lo em seu bangalô em Sunningdale. Ela jamais desconfiou então, ou mesmo mais tarde, de que ele era casado. Combinaram que ela iria visitá-lo na quarta-feira seguinte — o dia em que, como você deve lembrar, os criados estariam ausentes, e a esposa, fora de casa. Ele acabara lhe dizendo que seu nome completo era Anthony Sessle e dando-lhe ainda o nome da casa.

"Conforme esperado, ela chegou ao bangalô no final da tarde em questão e foi recebida por Sessle, que acabara de chegar em casa, vindo dos campos de golfe. Embora ele afirmasse que estava muito contente em vê-la, a moça declarou que, desde o primeiro momento, ela o achou meio estranho, diferente. Ela relutou em admitir que sentira um temor meio infundado e desejou ardentemente que não tivesse vindo visitá-lo.

"Depois de uma refeição simples, que fora preparada com antecedência, Sessle sugeriu que saíssem para dar uma volta. Como a moça concordou, Sessle levou-a para a rua, eles saíram pela estrada e seguiram pelo atalho até o campo de golfe. E então, de repente, bem no momento em que atravessavam o sétimo *tee*, pareceu que o homem enlouquecera. Tirando um revólver do bolso, ele o sacudiu no ar, declarando que havia chegado ao limite.

"'Tem que ser o fim de tudo! Estou arruinado... Liquidado. E você vem comigo. Vou atirar em você primeiro... E depois em mim mesmo. Encontrarão nossos corpos aqui amanhã de manhã, lado a lado... Juntos na morte.'

"E assim por diante, pois ele falou muito mais. Agarrou Doris Evans pelo braço e ela, percebendo que lidava com um louco, fez esforços desesperados para se livrar e, em último caso, para tentar tirar-lhe o revólver da mão. Eles lutaram, e, nessa luta, ele deve ter arrancado alguns fios do cabelo dela, e a lã de seu casaco deve ter ficado presa no botão do casaco dele.

"Finalmente, num esforço desesperado, ela conseguiu se livrar e correu, como se disso dependesse a própria vida, campo de golfe afora, esperando, a cada minuto, receber um tiro de revólver.

Ela caiu duas vezes, tropeçando nas urzes, mas conseguiu por fim alcançar outra vez a estrada que levava à estação. Foi quando percebeu que não estava sendo perseguida.

"Essa é a versão de Doris Evans e ela tem se mantido fiel à mesma. Nega veementemente que alguma vez o tenha atacado com um alfinete de chapéu, mesmo em legítima defesa... Seria, porém, algo bem natural de ser feito naquelas circunstâncias... E pode ser que esteja falando a verdade. Corroborando sua versão da história, acharam um revólver entre os arbustos de tojo perto do lugar onde o corpo foi encontrado. Ele não tinha sido disparado.

"Doris Evans foi levada a julgamento, mas o mistério ainda permanece. Se a história dela for considerada verdadeira, quem apunhalou o capitão Sessle? A outra, a mulher alta de marrom cuja aparição tanto o aborreceu? Até agora, ninguém conseguiu explicar qual sua conexão com o caso. Ela aparece do meio do nada, de repente, na trilha que cruza os campos de golfe e então some no meio do atalho, e ninguém nunca mais ouve falar dela. Quem era ela? Uma moradora local? Uma visitante de Londres? Se for isso, ela veio de carro ou de trem? Não há nada excepcional a respeito dela, a não ser a altura; ninguém parece ser capaz de descrevê-la. E não poderia ter sido Doris Evans, porque Doris é baixa e tem cabelo claro e, além do mais, ela recém estava chegando à estação naquela hora."

— A esposa? — sugeriu Tuppence. — O que você me diz da esposa?

— Uma sugestão muito natural. Mas a sra. Sessle também é baixa e, além disso, o sr. Hollaby a conhece muito bem de vista, e parece não haver qualquer dúvida de que ela realmente se encontrava longe de casa. Outro fato foi divulgado há pouco:

a Companhia de Seguros Porco-Espinho pediu falência. Os números da firma revelam um evidente desvio de fundos. As razões para as palavras amargas do capitão Sessle para Doris Evans são agora bastante claras. Há alguns anos ele já devia vir desviando dinheiro de forma sistemática. Nem o sr. Hollaby nem o seu filho tinham a menor ideia do que estava acontecendo. Os dois estão praticamente arruinados.

"O caso está neste pé. O capitão Sessle estava prestes a ser descoberto e arruinado. O suicídio seria uma solução natural, mas o tipo de ferida dele nos força a descartar essa hipótese. Quem o matou? Será que foi Doris Evans? Será que foi a misteriosa mulher de marrom?"

Tommy parou de falar, tomou um gole de leite, fez uma careta de nojo e, com todo o cuidado, deu uma mordida no cheesecake.

II

— Claro — murmurou Tommy —, logo vi qual era a dificuldade deste caso e exatamente onde a polícia estava perdendo o rumo.

— Sim? — quis saber Tuppence, ansiosa.

Tommy balançou a cabeça com tristeza.

— Quem me dera eu soubesse. Tuppence, é fácil demais ser o Velho Ali no Canto, porém só até um certo ponto. Mas a solução para esse caso é demais para mim. Quem assassinou o sujeito? Não sei.

Ele tirou mais alguns recortes de jornal do bolso.

— Outros elementos de prova... O sr. Hollaby, seu filho, a sra. Sessle, Doris Evans.

Tuppence agarrou a foto de Doris com força e a analisou por algum tempo.

— De qualquer maneira, não foi ela quem o assassinou — observou, por fim. — Não com um alfinete de chapéu.

— Por que tanta certeza?

— Um toque de Lady Molly.* Ela usa cabelo curto. Além disso, apenas uma entre vinte mulheres usa alfinetes de chapéu hoje em dia... Quer tenha cabelo curto ou comprido. Os chapéus são apertados, do tipo que se enterra na cabeça... Não é necessário usar tais coisas.

— Mesmo assim, ela podia carregar um com ela.

— Meu menino esperto, nós não os guardamos como relíquias! Com que propósito ela teria trazido um alfinete de chapéu até Sunningdale?

— Então deve ter sido a outra, a mulher de marrom.

— Eu queria que ela não fosse alta. Neste caso, poderia ter sido a esposa. Sempre desconfio das esposas que estão fora na hora do crime e então não poderiam ter nada a ver com ele. Se ela descobriu que o marido estava de caso com aquela moça, seria bastante natural que ela o atacasse com um alfinete.

— Terei de tomar cuidado, pelo que vejo — observou Tommy.

Mas Tuppence estava muito concentrada e se recusou a aceitar a brincadeira.

---

* Molly Robertson-Kirk, conhecida como *Lady Molly of Scotland Yard*, é outra criação da baronesa Emma Orczy. Lady Molly geralmente consegue resolver os casos que investiga por se fixar em pequenas pistas de cunho doméstico que dificilmente chamariam a atenção de um investigador homem. (N.T.)

— Como era o casal Sessle? — indagou, de repente. — Que tipo de informação as pessoas dão sobre eles?

— Pelo que consegui descobrir, eles eram muito benquistos. Ele e a esposa supostamente eram muito apaixonados um pelo outro. É isso que torna o negócio envolvendo a garota tão esquisito. É a última coisa que se esperaria de um homem como Sessle. Sabe, ele era um ex-soldado. Ganhou um bom dinheiro, passou para a reserva remunerada e abriu seu negócio na área de seguros. O último homem, parece, de quem se suspeitaria que fosse um vigarista.

— É absolutamente certo de que era ele o vigarista? Não poderiam ter sido os outros dois que pegaram o dinheiro?

— Os dois Hollaby? Eles afirmam que estão quebrados.

— Ah! Eles afirmam! Talvez eles tenham escondido todo o dinheiro num banco sob outro nome. Eu falo disso de maneira ingênua, mas você entende o que quero dizer. Suponhamos que eles já vinham especulando com o dinheiro há algum tempo, sem que Sessle soubesse, e perderam tudo. Seria bastante conveniente para eles que Sessle morresse bem quando morreu.

Tommy deu umas pancadinhas com a ponta da unha na fotografia do sr. Hollaby, pai:

— Então você acusa esse respeitável cavalheiro de ter assassinado seu amigo e sócio? Você se esquece de que ele deixou Sessle no campo de golfe bem à vista de Barnard e Lecky e passou a noite na Dormy House?* Além disso, há o alfinete de chapéu.

---

* Casa construída próxima aos campos de golfe de Sunningdale em 1898 que oferecia acomodação aos sócios do clube de golfe local. (N.T.)

— Que coisa, esse alfinete — queixou-se Tuppence, impaciente. — Esse alfinete de chapéu, você acha, indica que foi uma mulher que cometeu o crime?

— É claro. Você não concorda?

— Não. Os homens são notoriamente arcaicos. Levam um tempão para se livrarem de ideias preconcebidas. Eles associam alfinetes de chapéu e grampos de cabelo com o sexo feminino, e os chamam de "armas femininas". Pode ser que tenham sido no passado, mas agora as duas coisas estão meio fora de moda. Veja só, eu já não tenho mais alfinetes de chapéu nem grampos de cabelo faz quatro anos.

— Então você acha que...

— Que foi um *homem* quem matou Sessle. O alfinete de chapéu foi usado para fazer com que parecesse um crime cometido por uma mulher.

— Há uma possibilidade de que você esteja certa, Tuppence — Tommy concordou lentamente. — É extraordinário como as coisas ficam muito mais claras quando se discutem todos os detalhes.

Tuppence aquiesceu.

— Tudo tem que ter lógica... Se você encara as coisas de jeito certo. E lembre-se do que Marriot disse uma vez sobre o ponto de vista do amador... Que ele expressa uma *intimidade*. Nós sabemos alguma coisa sobre gente como o capitão Sessle e a esposa. Sabemos o que eles provavelmente fariam... E o que provavelmente não fariam. E cada um de nós tem seu conhecimento, como um especialista.

Tommy sorriu.

— Você quer dizer — provocou — que é uma autoridade naquilo que pessoas de cabelos curtos e bem aparados talvez carreguem consigo e que possui certa intimidade com os sentimentos e as ações das esposas?

— Algo assim.

— E eu? Qual é meu conhecimento de especialista? Se os maridos saem com garotas etc.?

— Não — discordou Tuppence, séria. — Você conhece o campo de golfe... Já esteve lá... Não como detetive à caça de pistas, mas como jogador de golfe. Você entende de golfe e sabe que tipo de coisa provavelmente poderia fazer com que um homem perdesse o foco no jogo.

— Deve ter sido algo bem sério para fazer Sessle perder seu foco no jogo. Seu *handicap* é dois e, a partir do sétimo *tee*, ele parecia uma criança jogando, pelo que dizem.

— "Dizem", quem?

— Barnard e Lecky. Estavam jogando logo atrás dele, conforme você se recorda.

— Isso foi depois de ele se encontrar com a mulher... A mulher alta de marrom. Eles o viram falando com ela, não viram?

— Sim... Pelo menos...

Tommy calou-se. Tuppence olhou para ele e estava perplexa. Tommy encarava o pedaço de cordão em seus dedos, mas com olhos de quem vê algo muito diferente.

— Tommy... O que foi?

— Fique quieta, Tuppence. Estou jogando no sexto buraco de Sunningdale. Sessle e o velho Hollaby estão resistindo firmes no sexto *green* à minha frente. Está caindo a noite, mas posso ver aquele casaco azul brilhante de Sessle com suficiente clareza. E, na trilha à minha esquerda, há uma mulher que se aproxima. Ela não cruzou do campo de golfe feminino, que fica à direita; eu a teria visto se tivesse feito isso. E é estranho não tê-la visto na trilha antes... A partir do quinto *tee*, por exemplo.

Ele pausou.

— Você acabou de dizer que eu conheço aquele campo de golfe, Tuppence. Logo atrás do sexto *tee* há uma pequena cabana ou abrigo feito de turfa. Qualquer um poderia esperar lá dentro até que... O momento certo chegasse. Eles poderiam mudar a aparência lá dentro. Quero dizer... Me diga, Tuppence, é aqui, mais uma vez, que entra seu conhecimento especial... Seria muito difícil para um homem ficar com a aparência de mulher e depois mudar de roupa outra vez e ser um homem de novo? Ele poderia vestir uma saia por cima de seus calções compridos de golfe, por exemplo?

— Certamente que sim. A mulher teria uma aparência meio corpulenta, só isso. Uma saia marrom mais longa, digamos que um suéter marrom desses que tanto homens quanto mulheres usam e um chapéu feminino de feltro com uma série de cachos laterais presos de cada lado. Isso seria o necessário... Estou falando, claro, do que funcionaria à distância, que, eu imagino, seja o que se passa por sua cabeça. Tire a saia, remova o chapéu e os cachos e vista um boné masculino, que se pode levar enrolado na mão, e você estaria pronto... De volta como homem outra vez.

— E quanto tempo seria necessário para a transformação?

— De mulher para homem, no máximo um minuto e meio, possivelmente bem menos. No sentido inverso, levaria mais tempo, você precisaria arrumar um pouco o chapéu e os cachos; a saia também poderia ficar apertada, se usada com os calções por baixo.

— Isso não me preocupa. É o tempo da primeira transformação que interessa. Como lhe digo, estou jogando no sexto buraco.

A mulher de marrom chegou ao sétimo *tee* agora. Ela o atravessa e espera. Vestindo seu casaco azul, Sessle segue na direção dela. Eles ficam juntos por um minuto, e então seguem o caminho ao redor das árvores até sumirem de vista. Hollaby está sozinho no *tee*. Transcorrem dois ou três minutos. Eu, agora, estou no *green*. O homem de casaco azul retorna, dá uma tacada e joga muito mal. A luz piora cada vez mais. Meu parceiro e eu continuamos. À nossa frente estão aqueles dois, Sessle dando golpes enviesados, batendo errado na bola e fazendo tudo o que não deveria. No oitavo *green*, eu o vejo ir embora caminhando e desaparecer ao longe lá pelo meio do atalho. O que aconteceu com ele para que jogasse como se fosse outro homem?

— A mulher de marrom... Ou o homem, se acha que era um homem.

— Exatamente. E bem onde ficaram parados, invisíveis, lembra, para aqueles que vinham atrás deles, há um emaranhado de arbustos de tojo. Alguém poderia atirar um corpo ali e seria quase impossível que fosse descoberto antes da manhã seguinte.

— Tommy! Você acha que foi *nesse momento*... Mas alguém teria ouvido...

— Ouvido o quê? Os médicos concordam que dever ter sido morte instantânea. Eu vi homens sofrerem mortes instantâneas na guerra. Geralmente, eles não gritam... Dão apenas um gorgolejar ou um leve gemido... Talvez um breve suspiro, ou uma tossidinha estranha. Sessle aproxima-se do sétimo *tee* e a mulher vem em sua direção e fala com ele. Ele a reconhece, talvez, como um homem que conhece, disfarçado. Curioso para saber as razões do outro, Sessle se deixa levar trilha afora, até onde não se pode mais vê-los. Uma punhalada com o alfinete mortal enquanto caminham. Sessle cai... Morto. O outro homem arrasta o corpo para os arbustos de tojo, tira-lhe o casaco azul e remove sua própria saia e seu chapéu com os cachos. Ele veste o famoso casaco de Sessle e o boné e retorna com passos largos ao *tee*. Três minutos seriam suficientes. Os outros atrás dele não podem ver seu rosto, só o casaco azul característico que eles conhecem tão bem. Jamais duvidam de que se trata mesmo de Sessle... *Mas ele não joga com o mesmo padrão de jogo de Sessle.* Todos eles afirmam que ele jogava como se fosse outro homem. Claro que sim. *Era* outro homem.

— Mas...

— Questão no 2: A iniciativa de atrair a garota até lá partiu de *outro homem*. Não foi Sessle que encontrou Doris Evans num cinema e a induziu a visitar Sunningdale. Foi um homem que *disse que se chamava* Sessle. Lembre-se de que Doris Evans não foi presa antes de quinze dias após o crime. *Ela nunca viu o corpo.* Se tivesse visto, poderia ter aturdido a todos ao declarar que aquele não era o homem que a levou ao campo de golfe naquela noite e que falou de maneira tão desvairada sobre suicídio. Foi uma armação cuidadosamente bem planejada. A garota foi convidada a visitá-lo na quarta-feira, quando não haveria ninguém na casa de Sessle; além disso, havia o alfinete de chapéu, que indicaria ser a ação de uma mulher. O assassino se encontra com a garota, vai com ela ao bangalô e serve-lhe o jantar; então, ele a leva ao campo de golfe e, quando chega ao local do crime, brande o revólver e dá o maior susto nela. Quando ela já saiu correndo para bem longe, tudo o que ele tem a fazer é arrastar o corpo e deixá-lo lá junto ao *tee*. O revolver, ele joga fora nos arbustos. Então, faz um belo pacote da saia e... Aqui eu admito que esteja conjecturando... Muito provavelmente caminha até

Woking, que fica a apenas a nove ou dez quilômetros dali, e de lá ele retorna a Sunningdale.

— Espere um pouco — disse Tuppence. — Há uma coisa que você não explicou. O que me diz de Hollaby?

— Hollaby?

— Sim. Admito que as pessoas que vinham atrás não poderiam ter visto se era realmente Sessle ou não. Mas não vá me dizer que a pessoa que jogava com ele estava tão hipnotizada pelo casaco azul que nunca olhou para o rosto dele.

— Minha velhinha — disse Tommy. — Esta é exatamente a questão: Hollaby sabia muito bem. Veja bem, estou adotando a sua teoria... De que Hollaby e o filho são os verdadeiros responsáveis pelo desfalque. O assassino tem de ser alguém que conhecia Sessle muito bem... que sabia, por exemplo, que os empregados saíam sempre nas quartas-feiras e que a mulher dele estava fora. E também alguém que conseguisse fazer uma cópia da chave da porta da casa de Sessle. Acho que Hollaby, o filho, poderia preencher todos esses requisitos necessários. Tem mais ou menos a mesma idade e altura de Sessle e ambos não usavam barba. Doris Evans, provavelmente, deve ter visto várias fotos da vítima reproduzidas nos jornais; mas, como você mesma observou... só se pode ver que é um homem e muito pouco além disso.

— Ela nunca viu Hollaby no tribunal?

— O filho nunca apareceu no caso. Por que apareceria? Não tinha nenhum testemunho a dar. Foi o velho Hollaby, com seu álibi inquestionável, que ficou o tempo todo sob os holofotes. Ninguém jamais se preocupou em perguntar o que o filho dele estava fazendo naquele final de tarde em particular.

— Tudo se encaixa perfeitamente — admitiu Tuppence. Ela parou de falar por um minuto e, então, perguntou: — Você vai contar tudo isso à polícia?

— Não sei se escutariam.

— É claro que escutariam — disse uma voz inesperada que vinha de detrás deles.

Tommy virou-se e deparou com o inspetor Marriot. O inspetor estava sentado à mesa ao lado. Diante dele, um ovo *poché*.

— Costumo almoçar aqui — informou o inspetor Marriot. — Como dizia, é claro que escutaremos... Na verdade, eu já estava escutando. Não me importo em admitir a vocês que não ficamos de todo satisfeitos com aqueles números da Porco-Espinho. Vejam bem, nós também suspeitamos daqueles dois Hollaby, mas não tínhamos nenhum indício para seguir. Espertos demais para nós. Então, veio o assassinato, que parecia contrariar todas as nossas ideias. Mas, graças ao senhor e à senhora, faremos uma acareação entre o jovem Hollaby e Doris Evans e veremos se ela o reconhece. Minha impressão é de que reconhecerá, sim. Foi uma ideia muito engenhosa essa sua, sobre o casaco azul. Vou providenciar para que os Detetives Brilhantes de Blunt recebam o devido crédito pela solução do caso.

— O senhor *é realmente* muito gentil, inspetor Marriot — elogiou Tuppence, agradecida.

— Pensamos muito em vocês dois lá na Scotland Yard — respondeu o imperturbável cavalheiro. — Ficariam surpresos se soubessem o quanto. Posso perguntar-lhe qual é o significado desde pedaço de cordão?

— Nada — desconversou Tommy, enfiando tudo no bolso. — Um vício que eu tenho. Já o cheesecake e o leite... Estou de dieta. Dispepsia nervosa. Homens ocupados sempre padecem com ela.

— Ah! — exclamou o detetive. — Pensei que, talvez, vocês tivessem lido... Bem, não importa.

Mas os olhos do inspetor cintilavam.

12

A CASA DA MORTE
À ESPREITA

I

— O que... — começou Tuppence e então se calou.

Ela acabara de entrar no escritório particular do sr. Blunt vinda do escritório ao lado, que ostentava a placa "Funcionários", e ficou surpresa ao ver seu amo e senhor com os olhos cravados no buraco de vigia que dava para a antessala.

— Psiu! — advertiu Tommy. — Não ouviu a campainha? É uma garota... Aliás, bem vistosa... De fato, minha opinião é de que ela é muitíssimo vistosa. Albert está repetindo para ela toda aquela baboseira de que estou ocupado com a Scotland Yard.

— Deixe-me ver — insistiu Tuppence.

Um pouco relutante, Tommy cedeu o lugar. Tuppence, por sua vez, grudou o olho no buraco de vigia.

— Ela não é nada feia — admitiu Tuppence. — E suas roupas são simplesmente a última moda.

— Ela é perfeitamente adorável — empolgou-se Tommy. — Parece com aquelas garotas sobre as quais Mason escreve... Sabe, tremendamente simpática, linda e muito inteligente sem ser atrevida demais. Acho, sim... Tenho quase certeza de... que vou ser o grande Hanaud* hoje de manhã.

— Hum... — fez Tuppence. — Se há um entre todos os detetives que não se parece em nada com você... eu diria que é Hanaud. Você consegue fazer as mudanças de personalidade rápidas como um relâmpago? Pode ser o grande comediante, o menininho da sarjeta, o amigo sério e solidário... Todos eles em cinco minutos?

— Eu sei disso — disse Tommy, batendo rapidamente na escrivaninha. — Sou o capitão do navio... E não se esqueça disso, Tuppence. Vou trazer o navio até o porto.

Ele tocou a campainha da escrivaninha. Albert apareceu, trazendo a cliente.

A garota parou junto à soleira da porta, como que indecisa. Tommy aproximou-se.

— Entre, mademoiselle — ele disse, com toda gentileza —, e sente-se aqui.

Tuppence tentou, em vão, segurar o riso, e Tommy dirigiu-se a ela com uma brusca mudança de tom. Ele soava ameaçador.

— Falou alguma coisa, srta. Robinson? Ah, não. Achei mesmo que não. — Ele voltou a se virar na direção da garota.

— Não será nada sério ou formal — esclareceu. — Você simplesmente irá me contar o que houve e então discutiremos a melhor maneira de ajudá-la.

— O senhor é muito gentil — a garota comentou. — Desculpe-me, mas o senhor é estrangeiro?

---

* Inspetor Gabriel Hanaud, da *Sûreté* (polícia) de Paris, o mais famoso personagem de A. E. W. Mason. O inspetor da polícia francesa desarma as pessoas, engana seus adversários com sua cordialidade excessiva e insiste que os fatos sejam sempre analisados com a imaginação sob controle. (N.T.)

Tuppence quase caiu na gargalhada novamente. Mesmo de soslaio, Tommy olhou firme na direção dela.

— Não exatamente — Tommy respondeu com alguma dificuldade. — Mas, nos últimos anos, tenho trabalhado bastante no exterior. Eu faço uso dos métodos da *Sûreté*.

— Oh! — A garota parecia impressionada.

Ela era, conforme Tommy salientara, uma moça muito charmosa. Jovem e elegante, com um cacho de cabelos dourados aparecendo sob o pequeno chapéu de feltro marrom e olhos grandes e compenetrados.

Que estava nervosa era evidente. Não parava de torcer suas mãozinhas e abrir e fechar sua bolsa de verniz.

— Antes de mais nada, sr. Blunt, devo lhe informar que meu nome é Lois Hargreaves. Moro numa casa grande, ampla e antiquada chamada Thurnly Grange. É bem no meio da zona rural. A aldeia de Thurnly fica perto dali, mas é um lugarejo muito pequeno e insignificante. Há muita caça no inverno, temos o tênis no verão, e jamais me senti solitária lá. Na verdade, prefiro a vida do campo à da cidade.

"Eu lhe digo tudo isso para que possa compreender que, num povoado do interior como o nosso, tudo o que acontece é muitíssimo importante. Há cerca de uma semana, recebi uma caixa de chocolates pelo correio. Não havia nada dentro da caixa que indicasse quem havia mandado os chocolates. Ora, eu mesma nem sou muito fã de chocolates, mas os outros que moram comigo o são, de modo que a caixa circulou entre eles. O resultado disso foi que todos os que comeram pelo menos um chocolate ficaram doentes. Mandamos chamar o médico, e, após várias perguntas sobre o que as pessoas tinham comido, ele levou os chocolates que restavam com ele para análise. Meu caro sr. Blunt, aqueles chocolates tinham arsênico! Não foi o suficiente para matar alguém, mas o bastante para que ficassem mal."

— Extraordinário — comentou Tommy.

— O dr. Burton ficou muito preocupado com o ocorrido. Parece que era a terceira vez que algo assim acontecia na vizinhança. Em cada uma das vezes, uma grande casa fora escolhida, e os moradores ficaram doentes depois de comerem esses chocolates misteriosos. Parece que alguma pessoa do próprio local e que sofre das faculdades mentais estava querendo pregar uma peça particularmente diabólica.

— Isso mesmo, srta. Hargreaves.

— O dr. Burton atribui o ocorrido à ação de agitadores socialistas... Eu achei isso meio absurdo. Mas há um ou dois descontentes em Thurnly e pareceria possível que eles estivessem envolvidos no caso. O dr. Burton insistiu muito que eu colocasse o caso nas mãos da polícia.

— Uma sugestão bastante natural — sugeriu Tommy. — Mas, pelo que imagino, a senhorita não colocou, não é mesmo, srta. Hargreaves?

— Não — admitiu a garota. — Eu odeio a confusão e a publicidade que o caso geraria... E, veja bem, conheço nosso inspetor local. Eu jamais conseguiria imaginar que ele descobrisse qualquer coisa! Eu já vi os anúncios de vocês muitas vezes e falei para o dr. Burton que seria muito melhor contratar um detetive particular.

— Compreendo.

— Em seu anúncio, vocês falam bastante em discrição. Eu entendo que o que vocês querem dizer é que... Que... Bem, que não tornariam nada público sem o meu consentimento.

Tommy a encarou com uma expressão de curiosidade, mas foi Tuppence quem falou:

— Acho — disse calmamente — que seria melhor se a srta. Hargreaves nos contasse *tudo*.

Tuppence deu uma ênfase especial a esta última palavra e Lois Hargreaves ruborizou-se, nervosa.

— Sim — declarou Tommy com rapidez —, a srta. Robinson está certa. A senhorita tem que nos contar tudo.

— Vocês não vão... — hesitou ela.

— Tudo o que disser será considerado estritamente confidencial.

— Obrigada. Sei que deveria ter sido bem franca com vocês. Eu tenho um motivo para não ir à polícia. Meu caro sr. Blunt, aquela caixa de chocolates foi enviada por alguém lá de casa!

— Como sabe disso, mademoiselle?

— Simples. Eu tenho a mania de desenhar uma bobagem... Três peixes enroscados, sempre que pego um lápis na mão. Uma caixa de meias de seda chegou, enviada por uma loja de Londres, há poucos dias. Estávamos à mesa do café da manhã. Eu tinha acabado de sublinhar algo no jornal e, sem pensar muito, comecei a desenhar meus peixinhos na etiqueta da caixa antes de cortar o barbante e abri-la. Nunca mais pensei no assunto. Eu estava examinando o pedaço de papel pardo do pacote onde vieram os chocolates, quando notei o canto da etiqueta original cuja maior parte tinha sido rasgada. O meu desenho bobinho estava lá.

Tommy aproximou sua cadeira.

— Isso é muito sério. Cria, como a própria senhorita o diz, uma presunção muito forte de que o remetente dos chocolates é alguém de sua casa. Mas, a senhorita me perdoe por afirmar que, mesmo assim, eu ainda não vejo o motivo pelo qual esse fato deveria lhe deixar relutante em procurar a polícia.

Lois Hargreaves encarou Tommy de frente.

— Vou-lhe explicar, sr. Blunt. Pode ser que eu deseje abafar a coisa toda.

Habilidoso, Tommy fez uma retirada estratégica:

— Nesse caso — murmurou ele — sabemos qual é nossa situação. Pelo que vejo, srta. Hargreaves, a senhorita não está disposta a me dizer de quem suspeita.

— Não suspeito de ninguém... Mas há possibilidades.

— Perfeitamente. Agora, a senhorita poderia então me descrever todas as pessoas na casa, em detalhes?

— Os criados, com a exceção da copeira, são todos antigos e trabalham para nós há muitos anos. Tenho que lhe explicar, sr. Blunt, que fui criada por minha tia, lady Radclyffe, uma senhora tremendamente rica. O marido dela fez grande fortuna e recebeu o título de cavaleiro. Foi ele que comprou Thurnly Grange, mas morreu dois anos após a mudança e foi então que lady Radclyffe mandou me buscar para viver com ela. Eu era sua única parente viva. O outro residente da casa era Dennis Radclyffe, sobrinho do marido dela. Eu sempre o chamei de primo, mas é claro que ele, na verdade, não é meu parente. Tia Lucy sempre declarou abertamente que ela pretendia deixar todo o dinheiro, salvo uma pequena quantia para mim, para Dennis. Era dinheiro dos Radclyffe, dizia, e deveria ir para um Radclyffe. Porém, quando Dennis tinha vinte e dois anos, ela teve uma briga feia com ele... A respeito de algumas dívidas que ele tinha feito, acho. Quando ela morreu, dali a um ano, fiquei chocada ao descobrir que ela fizera um testamento segundo o qual deixava todo o dinheiro para mim. Sei que foi um golpe duro para Dennis, e eu me senti péssima com aquilo tudo. Eu teria dado o dinheiro para ele, se ele tivesse podido aceitar, mas parece que isso não era possível. Todavia, assim que completei vinte e um anos, fiz um testamento em que deixo tudo para ele. É o mínimo que posso fazer. Portanto, se eu for atropelada por um automóvel, Dennis herdará o que é seu de direito.

— Exatamente — disse Tommy. — E quando fez vinte e um anos, se posso perguntar?

— Há apenas três semanas.

— Ah! — exclamou Tommy. — Agora, a senhorita poderia me dar os pormenores de todos os moradores da casa?

— Os criados... ou... os demais?

— Ambos.

— Os criados, como eu disse, já estão conosco há algum tempo. Há a velha sra. Holloway, a cozinheira, e sua sobrinha Rose, a ajudante de cozinha. Depois, há duas empregadas idosas e Hannah, que foi criada de minha tia e que sempre foi muito dedicada a mim. A copeira se chama Esther Quant e parece ser uma moça quieta e muito gentil. Quanto a nós, há a srta. Logan, que era acompanhante de tia Lucy e dirige a casa para mim; o capitão Radclyffe... Dennis, sabe, sobre quem lhe falei, e uma jovem chamada Mary Chilcott, uma velha amiga minha do tempo da escola que está nos visitando.

Tommy pensou por um momento.

— Tudo me parece bastante claro e fácil de entender, srta. Hargreaves — ele declarou após um ou dois minutos. — Suponho que a senhorita não tenha nenhuma razão especial para desconfiar mais de uma pessoa do que de outra. Apenas teme que se prove que... Bem... Que não tenha sido um empregado, digamos?

— Exatamente, sr. Blunt. Sinceramente, não tenho a mínima ideia de quem usou aquele papel pardo. Sobrescreveram o pacote com letras de forma.

— Parece que só resta uma coisa a ser feita — disse Tommy. — Tenho que visitar o local.

A garota lançou-lhe um olhar titubeante.

Tommy continuou após pensar um pouco.

— Sugiro que a senhorita prepare o caminho para a chegada de... Digamos, o sr. e a srta. Van Dusen... Seus amigos americanos. Conseguirá fazer isso com bastante naturalidade?

— Ah, sim. Sem qualquer dificuldade. Quando virão... Amanhã... Ou depois de amanhã?

—Amanhã, se a senhorita concordar. Não há tempo a perder.

— Então, está combinado.

A garota ficou em pé e estendeu-lhe a mão.

— Mais uma coisa, srta. Hargreaves. Nem uma palavra, veja bem, a ninguém... Absolutamente ninguém, de que não somos o que parecemos ser.

— O que você acha, Tuppence? — perguntou Tommy, ao retornar depois de ter levado a visitante até a porta.

— Não gosto nada disso — declarou Tuppence, decidida.

— Especialmente, não gosto que haja tão pouco arsênico nos chocolates.

— Como *assim*?

— Você não compreende? Todos esses chocolates sendo enviados para outras casas na vizinhança foram uma cortina de fumaça. Só para difundir a ideia da existência de um maníaco local. Então, quando a jovem fosse realmente envenenada, se acharia que se tratava da mesma coisa. Veja só, se não fosse por um lance de sorte, ninguém jamais suspeitaria de que os chocolates tinham sido enviados por alguém da própria casa.

— Foi realmente um lance de sorte. Você tem razão. Acha que é um complô deliberado contra a moça?

— Temo que sim. Eu me lembro de ter lido sobre o testamento da velha lady Radclyffe. Essa menina herdou rios de dinheiro.

— Sim. E alcançou a maioridade e fez seu testamento há três semanas. Isso parece muito ruim... Para Dennis Radclyffe. Ele lucra com a morte dela.

Tuppence concordou com a cabeça.

— O pior de tudo é... que ela também pensa isso! Por isso ela se recusa a chamar a polícia. Ela já desconfia dele. E deve estar muito apaixonada por ele para agir como agiu.

— Nesse caso — afirmou Tommy, pensativo —, por que diabos ele não se casa com ela? Muito mais simples e seguro.

Tuppence encarou-o.

— Você acertou na mosca — observou ela. — Puxa vida, já estou me preparando para ser a srta. Van Dusen, percebe?

— Por que apelar para o crime, quando há um meio legal bem à sua mão?

Tuppence refletiu por um ou dois minutos.

— Já sei! — anunciou ela. — Com certeza ele deve ter se casado com uma garçonete de bar enquanto vivia em Oxford. A origem da briga com a tia. Isso explica tudo.

— Então, por que não mandar os chocolates envenenados para a garçonete? — sugeriu Tommy. — Muito mais prático. Gostaria que não se precipitasse em chegar a essas conclusões absurdas, Tuppence.

— São deduções — afirmou Tuppence com certo grau de solenidade. — Essa é sua primeira tourada, meu amigo, mas quando já estiver por vinte minutos na arena...

Tommy atirou-lhe a almofada do escritório.

II

— Tuppence, olhe, Tuppence, venha até aqui.

Era a hora do café da manhã no dia seguinte. Tuppence saiu correndo do quarto e entrou na sala de jantar. Tommy andava de um lado para o outro, com o jornal aberto nas mãos.

— Qual é o problema?

Tommy virou-se repentinamente e enfiou o jornal nas mãos dela, indicando as manchetes.

CASO DE ENVENENAMENTO MISTERIOSO
MORTES PROVOCADAS POR SANDUÍCHES
DE FIGO

Tuppence continuou a ler. Esse surto misterioso de envenenamento por ptomaína ocorrera em Thurnly Grange. As mortes relatadas até então foram a de Lois Hargreaves, a dona da casa, e a da copeira, Esther Quant. Há informação de que um certo capitão Radclyffe e uma tal de srta. Logan estão seriamente doentes. Supõe-se que a causa dos envenenamentos seja uma pasta de figo usada em sanduíches, já que há relatos de que outra moça, chamada srta. Chilcott, que não consumiu nenhum sanduíche, aparentemente passa bem.

— Precisamos ir logo para lá — decretou Tommy. — Aquela moça! Aquela moça absolutamente formidável! Por que, diabos, não fui logo para lá ontem mesmo?

— Se tivesse ido — sugeriu Tuppence —, provavelmente também teria comido sanduíches de figo no chá e então estaria mortinho. Venha, vamos de uma vez. Vejo que informam que Dennis Radclyffe também está bastante doente.

— Provavelmente fingindo, aquele patife sujo.

Chegaram ao pequeno povoado de Thurnly por volta do meio-dia. Uma senhora idosa com os olhos vermelhos abriu-lhes a porta quando chegaram a Thurnly Grange.

— Veja só — disparou Tommy rapidamente, antes que ela pudesse falar. — Não sou um repórter nem nada do gênero. A srta. Hargreaves foi me procurar ontem e me pediu que viesse até aqui. Há alguém que eu possa ver?

— O dr. Burton está aqui agora, se quiser falar com ele — informou a mulher, hesitante. — Ou a srta. Chilcott. Ela está tomando todas as providências.

Mas Tommy preferiu a primeira sugestão.

— O dr. Burton — disse em tom autoritário. — Gostaria de vê-lo imediatamente, se estiver aqui.

A senhora conduziu-os a uma pequena sala de estar matinal. Cinco minutos depois, a porta se abriu e entrou um homem alto, já idoso, de ombros curvados e fisionomia bondosa, mas preocupada.

— Dr. Burton — cumprimentou Tommy. Ele apresentou-lhe seu cartão de visitas profissional. — A srta. Hargreaves visitou-me ontem por causa daqueles chocolates envenenados. Vim até aqui para investigar o assunto a pedido dela... Infelizmente, tarde demais.

O médico encarou-o de forma intensa.

— O senhor é o próprio sr. Blunt?

— Sim. Esta é minha assistente, a srta. Robinson.

O médico inclinou-se, cumprimentando Tuppence.

— Diante das circunstâncias, não há necessidade de esconder nada. A não ser pelo episódio dos chocolates, eu acreditaria que essas mortes fossem o resultado de uma intoxicação severa por ptomaína... Mas de um tipo incomum, muito mais virulento. Constatei inflamação gastrointestinal e hemorragia. Consequentemente, estou levando a pasta de figo para ser analisada.

— O senhor suspeita de que houve envenenamento por arsênico?

— Não. O veneno, se é que foi usado, é algo muito mais potente e de ação rápida. Parece-me antes alguma toxina vegetal poderosa.

— Compreendo. Gostaria de lhe perguntar, dr. Burton, se o senhor está plenamente convencido de que o capitão Radclyffe está sofrendo do mesmo tipo de envenenamento.

O médico olhou para Tommy.

— Agora o capitão não está sofrendo de qualquer tipo de envenenamento.

— Ah! — exclamou Tommy. — Eu...

— O capitão Radclyffe morreu às cinco horas da manhã de hoje.

Tommy ficou realmente abalado. O médico fez menção de sair.

— E a outra vítima, a srta. Logan? — indagou Tuppence.

— Tenho muitas esperanças de que se recupere, já que sobreviveu até agora. Sendo já uma senhora, o veneno parece ter tido menos efeito sobre ela. Vou lhe mandar o resultado da análise, sr. Blunt. Enquanto isso, a srta. Chilcott lhe dirá, tenho certeza, qualquer coisa que queira saber.

Enquanto o médico falava, a porta se abriu e apareceu uma moça. Ela era alta, tinha o rosto bronzeado e olhos azuis inabaláveis.

O dr. Burton fez as apresentações necessárias.

— Estou contente que tenha vindo, sr. Blunt — declarou Mary Chilcott. — Isso tudo parece horrível demais. Há alguma coisa que eu possa lhe informar?

— De onde veio a pasta de figo?

— É um tipo especial que vem de Londres. Nós comemos seguidamente aqui em casa. Ninguém desconfiou que esse pote em particular fosse diferente de qualquer um dos outros. Pessoalmente, não gosto de figos. Isso explica por que fiquei ilesa. Não consigo entender como Dennis foi afetado, pois saíra na hora do chá. Suponho que deva ter apanhado um sanduíche quando chegou em casa.

Tommy sentiu a mão de Tuppence apertar-lhe o braço muito delicadamente.

— A que horas ele chegou? — ele perguntou.

— Realmente, não sei. Mas poderia averiguar.

— Obrigado, srta. Chilcott. Não tem importância. A senhorita não se opõe, eu espero, a que eu interrogue os empregados?

— Por favor, faça o que quiser, sr. Blunt. Estou quase fora de mim. Diga-me... O senhor não acha que tenha sido um... crime?

Enquanto ela formulava a pergunta, seus olhos transmitiam muita ansiedade.

— Não sei o que pensar. Logo saberemos.

— Sim, imagino que o dr. Burton vai mandar analisar a pasta.

Desculpando-se prontamente, ela saiu pela porta de vidro para falar com um dos jardineiros.

— Você se encarrega das domésticas, Tuppence — sugeriu Tommy —, e eu vou descobrir onde fica a cozinha. Olhe bem, a srta. Chilcott pode estar se sentindo quase fora de si, mas não aparenta nem um pouco.

Tuppence concordou apenas com um gesto de cabeça, sem responder.

Marido e mulher se reencontraram meia hora depois.

— Agora, vamos comparar os resultados — disse Tommy. — Os sanduíches foram feitos para o chá, e a copeira comeu um... Foi assim que ela se deu mal. A cozinheira está convicta de que Dennis Radclyffe não havia retornado quando tiraram a mesa do chá. Pergunta: como ele foi envenenado?

— Ele voltou às quinze para as sete — informou Tuppence. — A empregada o avistou de uma das janelas. Ele tomou um coquetel antes do jantar... Na biblioteca. Só agora ela estava lavando o copo, mas tive sorte de pegá-lo antes que ela o lavasse. Foi depois disso que ele se queixou de que estava se sentindo mal.

— Bom — disse Tommy. — Vou levar o copo para Burton agora mesmo. Mais alguma coisa?

— Gostaria que você visse Hannah, a empregada. Ela é... Ela é estranha.

— Como assim... Estranha?

— Ela me dá a impressão de que está ficando meio maluca.

— Deixe-me vê-la.

Tuppence subiu as escadas à frente de Tommy. Hannah tinha uma pequena sala de estar para ela mesma. A criada sentava-se, ereta, numa cadeira alta. Nos joelhos, uma Bíblia aberta. Não olhou para os estranhos quando entraram. Em vez disso, continuou a ler em voz alta para si mesma:

— *Caiam sobre eles brasas vivas; sejam lançados no fogo, em covas profundas, para que não se tornem a levantar.**

— Posso lhe falar por um minuto? — perguntou Tommy.

Hannah fez um gesto impaciente com a mão.

— Não é a hora. Digo que o tempo se esvai. *Perseguirei os meus inimigos, e apanhá-los-ei, e não voltarei atrás, até que sejam aniquilados.*** Está escrito. A palavra do Senhor veio até mim. Sou o açoite do Senhor.

— Louca de atar — murmurou Tommy.

— Ela fica assim o tempo todo — sussurrou Tuppence.

Tommy apanhou um livro que estava aberto e virado para baixo, sobre a mesa. Deu uma olhada no título e o colocou discretamente no bolso.

De repente, a velha se levantou e voltou-se para eles, ameaçadora.

— *Saiam daqui. A hora se aproxima. Sou o flagelo do Senhor. O vento sopra onde quer...**** É assim que eu destruo. Os ímpios perecerão. Esta é uma casa do mal... Do mal, estou-lhes dizendo. Cuidado com a ira do Senhor cuja criada eu sou.

Ela avançou, feroz, na direção deles. Tommy achou melhor agradar-lhe e se retirou. Enquanto fechava a porta, ele a viu apanhar a Bíblia outra vez.

---

* Salmos, 140:10 (N.T.)
** Salmos, 18:37. (N.T.)
*** João, 3:8. (N.T.)

— Será que ela foi sempre assim? — murmurou Tommy.

Ele retirou do bolso o livro que apanhara de cima da mesa.

— Olhe só para isso. Leitura estranha para uma empregada ignorante.

Tuppence apanhou o livro.

— *Materia Medica** — murmurou. Ela olhou a folha de guarda do livro. — Edward Logan. É um livro antigo. Tommy, será que podíamos ver a srta. Logan? O Dr. Burton disse que ela estava melhor.

— Vamos perguntar à srta. Chilcott?

— Não. Vamos falar com uma empregada e vamos solicitar-lhe que faça o pedido.

Após breve demora, foi-lhes informado que a srta. Logan os receberia. O casal foi conduzido a um quarto amplo com vista para o gramado. Na cama estava uma senhora idosa de cabelos brancos cujo rosto delicado estava marcado pelo sofrimento.

— Estive muito mal — ela esclareceu num sussurro. — E não posso falar muito, mas Ellen me informa que são detetives. Lois os procurou para uma consulta? Ela mencionou que o faria.

— Sim, srta. Logan — respondeu Tommy. — Não queremos cansá-la; mas, talvez, possa nos responder umas poucas perguntas. A criada, Hannah, está bem de cabeça?

A srta. Logan olhou para eles claramente demonstrando surpresa.

— Ah, sim. É muito religiosa... Mas não há nada de errado com ela.

---

* Título latino no original. *Materia medica* é o termo médico latino que tinha uso corrente na Medicina tanto para o conjunto de todas as substâncias aplicáveis às doenças, quanto à parte da medicina que trata dos medicamentos. O termo atualmente utilizado é "farmacologia". (N.T.)

Tommy pegou o livro.

— Esse livro é seu, srta. Logan?

— Sim. Era um dos livros de papai. Era um grande médico e um dos pioneiros da terapêutica de soros.

A voz da velha estava carregada de orgulho.

— Muito bem — disse Tommy. — Bem que o nome me pareceu familiar — ele mentiu. — Quanto a este livro, a senhorita o emprestou a Hannah?

— A Hannah? — A srta. Logan ergueu-se na cama, indignada. — Não, de modo algum. Ela não entenderia nem uma palavra dele. É um livro altamente técnico.

— Sim. Compreendo que sim. Porém, eu o encontrei na sala dela.

— É vergonhoso. — vociferou a srta. Logan. — Não admito que os criados mexam nas minhas coisas.

— Onde ele deveria estar?

— Na estante da minha sala de estar... ou... Espere aí, eu o emprestei a Mary. É uma boa moça, muito interessada em ervas. Ela fez um ou dois experimentos na minha pequena cozinha. Eu tenho um lugarzinho só meu, sabe, onde preparo licores e faço conservas à moda antiga. A querida Lucy, lady Radclyffe, era grande fã do meu chá de tanásia... Um remédio maravilhoso para resfriados de cabeça. A pobre Lucy, ela sofria com os resfriados. Como o Dennis. Um bom menino, o pai dele era meu primo em primeiro grau.

Tommy interrompeu estas reminiscências.

— E quanto à sua cozinha? Alguém mais a usa além da senhorita e da srta. Chilcott?

— É Hannah quem arruma tudo por lá. E ferve a água para o nosso chá de manhã bem cedo.

— Obrigado, srta. Logan — Tommy agradeceu. — Não há mais nada que queira perguntar-lhe no momento. Espero que não a tenhamos cansado demais.

Ele saiu do quarto e desceu as escadas, franzindo as sobrancelhas.

— Há algo aqui, meu caro sr. Ricardo*, que não compreendo.

— Odeio esta casa — disse Tuppence, sentindo um calafrio.

— Vamos dar um bom e longo passeio a pé e tentar organizar nossos pensamentos.

Tommy acedeu e eles saíram. Primeiro, deixaram o copo de coquetel na casa do médico e, então, partiram para uma boa caminhada pelo campo, discutindo o caso enquanto isso.

— De um jeito ou de outro, fica bem mais fácil quando se faz o papel do bobo — disse Tommy. — Todo esse negócio de ser o Hanaud. Imagino que algumas pessoas poderiam pensar que não liguei a mínima. Mas sinto, sinto terrivelmente. Minha impressão é que, de um jeito ou de outro, deveríamos ter evitado esse crime.

— Acho que é bobagem sua — declarou Tuppence. — Não é como se tivéssemos aconselhado Lois Hargreaves a não procurar a Scotland Yard ou algo que o valha. Nada a teria convencido a deixar que a polícia participasse do caso. Se não tivesse nos procurado, ela não teria feito nada.

— E o resultado teria sido o mesmo. Sim, você tem razão, Tuppence. É mórbido alguém ficar se censurando por algo que não

---

* Julius Ricardo é o companheiro inseparável do inspetor Hanaud nas histórias escritas por A. E. W. Mason. (N.T.)

poderia ter evitado. O que eu gostaria de fazer agora é encontrar a solução desse caso.

— E isso não vai ser nada fácil.

— Não, não vai. Há tantas possibilidades; porém, ao mesmo tempo, todas parecem absurdas e improváveis. Vamos supor que Dennis Radclyffe tenha colocado o veneno nos sanduíches. Ele sabia que estaria fora de casa na hora do chá. Parece relativamente tranquilo.

— Sim — concordou Tuppence —, tudo certo até ali. Então, um fator complicador é o fato de que ele também foi envenenado... O que parece deixá-lo livre da suspeita. Há uma pessoa de que não podemos nos esquecer... E é Hannah.

— Hannah?

— As pessoas fazem todo o tipo de coisa estranha quando sofrem de fanatismo religioso.

— Ela está bastante abalada com tudo também. — concluiu Tommy. — Você deveria falar com o dr. Burton sobre isso.

— Deve ter acontecido muito rapidamente — sugeriu Tuppence. — Isso se nos guiarmos por aquilo que a srta. Logan falou.

— Acho que o fanatismo religioso provoca reações súbitas — disse Tommy. — Quer dizer, você passa cantando hinos religiosos com a porta do quarto aberta por anos e então, de repente, você ultrapassa o limite e se torna alguém violento.

— Certamente há mais evidências que apontam para Hannah do que para qualquer outra pessoa — afirmou Tuppence, pensativa. — Mesmo assim, tenho uma ideia... — ela ficou quieta.

— Sim? — encorajou-a Tommy.

— Não é bem uma ideia. Suponho que seja apenas um preconceito.

— Um preconceito contra alguém?

Tuppence assentiu.

— Tommy, você *gostou* de Mary Chilcott?

Tommy refletiu.

— Sim, acho que gostei. Ela me deu a impressão de ser alguém extremamente capaz e prática... Talvez um pouquinho demais... Mas bastante confiável.

— Você não achou estranho que ela não parecesse mais abalada?

— Bem, por um lado, esse é um ponto a favor dela. Quero dizer, se ela tivesse feito alguma coisa, faria questão de parecer abalada... Com demonstrações exageradas de sentimento.

— Suponho que sim — concordou Tuppence. — E, de qualquer maneira, não parece haver qualquer motivo no caso dela. Não vejo que benefício ela teria com toda essa carnificina.

— Acha que nenhum dos empregados está envolvido?

— É pouco provável. Parece um pessoal bom, de confiança. Como será que era Esther Quant, a copeira?

— Você quer dizer que, se fosse jovem e atraente, havia uma probabilidade de que estivesse envolvida de algum modo?

— É isso mesmo. — Tuppence suspirou. — É tudo tão desencorajador!

— Bem, suponho que a polícia vai até o fundo dessa questão, com toda certeza — afirmou Tommy.

— Provavelmente. Gostaria que nós fôssemos. A propósito, você notou uma porção de pontinhos vermelhos no braço da srta. Logan?

— Acho que não. O que há com eles?

— Pareciam causados por seringa hipodérmica — disse Tuppence.

— Talvez o dr. Burton tenha lhe dado algum tipo de injeção subcutânea.

— Oh, é bem provável. Mas não lhe daria umas quarenta picadas.

— O vício da cocaína — sugeriu Tommy de maneira solícita.

— Pensei nisso — disse Tuppence —, mas os olhos dela estavam limpos. Logo se poderia ver se fosse cocaína ou morfina. Além do que, ela não parece ser daquele tipo de senhora de idade.

— É respeitabilíssima e temente a Deus — concordou Tommy.

— É tudo muito difícil — lamentou-se Tuppence. — Falamos e falamos outra vez e não parecemos estar mais perto da solução. Não vamos nos esquecer de dar uma passadinha na casa do médico a caminho de casa.

A porta da casa do dr. Burton foi aberta por um rapaz magricela, de uns quinze anos de idade.

— É o sr. Blunt? — inquiriu ele. — Sim, o doutor saiu, mas deixou-lhe um bilhete caso o senhor viesse até aqui.

Ele entregou-lhes o bilhete referido e Tommy rasgou o envelope.

Caro sr. Blunt,
Há razões para se acreditar que o veneno empregado foi ricina, uma toxalbumose vegetal tremendamente forte. Por favor, guarde esta informação com o senhor, por enquanto.

Tommy deixou o bilhete cair, mas apanhou-o com agilidade.

— Ricina — murmurou. — Sabe alguma coisa sobre isso, Tuppence? Você era muito bem informada sobre essas coisas.

— Ricina — repetiu Tuppence, pensativa. — É extraída do óleo de rícino, creio eu.

— Eu nunca simpatizei nem um pouco com óleo de rícino — disse Tommy. — Agora, então, nem se fala.

— O óleo não tem problema. Extrai-se a ricina das sementes da planta da mamona. Creio que vi algumas mamoneiras no jardim hoje de manhã... Plantas grandes com folhas lustrosas.

— Você quer dizer que alguém extraiu a substância aqui mesmo? Será que Hannah poderia fazer algo assim?

Tuppence balançou a cabeça.

— É pouco provável. Ela não teria o conhecimento suficiente.

De repente, Tommy exclamou:

— Aquele livro. Será que ainda está no meu bolso? Está. — Ele pegou o livro e começou a virar as folhas de maneira decidida. — Foi o que pensei. Eis a página em que o livro estava aberto hoje de manhã. Está vendo, Tuppence? Ricina!

Tuppence pegou o livro dele.

— Faz algum sentido para você? Para mim, não.

— Está bastante claro para mim — respondeu Tuppence. Ela continuou a andar, ocupada na leitura, com uma mão apoiada no braço de Tommy para se guiar. Em seguida, ela fechou o livro com um baque surdo. Eles aproximavam-se novamente da casa.

— Tommy, você deixa esse caso para mim? Pelo menos desta vez, veja só, eu sou o touro que está há mais de vinte minutos na arena.

Tommy concordou com a cabeça.

— Você será o capitão do navio, Tuppence — declarou Tommy, sério. — Temos que ir até o fundo deste caso.

— Em primeiro lugar — anunciou Tuppence, ao entrarem na casa —, tenho mais uma pergunta a fazer à srta. Logan.

Ela correu escada acima. Tommy foi atrás dela. Ela bateu com força na porta do quarto e entrou.

— É você, minha querida? — perguntou a srta. Logan. — Você sabe que é jovem e bonita demais para ser detetive. Descobriu alguma coisa?

— Sim — anunciou Tuppence —, descobri.

A srta. Logan lançou-lhe um olhar inquisitivo.

— Não sei sobre ser bonita — continuou Tuppence —, mas, mesmo sendo jovem, por acaso trabalhei em um hospital durante a guerra. Sei alguma coisa sobre a terapêutica de soros. Por acaso sei que, quando a ricina é injetada em pequenas doses, se produz imunidade, com a formação de antirricina. Este fato abriu caminho para a criação da terapêutica de soros. A senhorita sabia disso, srta. Logan. A senhorita aplicou injeções subcutâneas de ricina por algum tempo em si própria. Então, deixou-se envenenar com o resto. A senhorita ajudou seu pai no trabalho dele e sabia tudo sobre a ricina e como obtê-la e extraí-la das sementes. Escolheu um dia em que Dennis Radclyffe saíra para o chá. Não daria certo se ele fosse envenenado ao mesmo tempo... Ele poderia morrer antes de Lois Hargreaves. Uma vez que ela morreu antes, ele herdou o dinheiro dela e, com a morte dele, a fortuna passa à senhorita, sua parente mais próxima. A senhorita se lembra de que nos contou hoje de manhã que o pai dele era seu primo em primeiro grau?

A velha senhora encarou Tuppence com olhos malignos.

De repente, uma figura desvairada irrompeu quarto adentro vindo do cômodo ao lado. Era Hannah. Na mão ela carregava uma tocha acesa, a qual ela balançava freneticamente.

— A verdade foi dita. Aqui está o ímpio. Eu a vi lendo o livro e sorrindo para si mesma e já sabia. Achei o livro e a página... Mas para mim não dizia nada. Porém a voz do Senhor me falou. Ela odiava minha patroa, sua senhoria. Sempre teve ciúmes e inveja. Odiava a minha doce e querida srta. Lois. Mas os ímpios perecerão e o fogo do Senhor os consumirá.

Agitando a tocha, ela pulou em direção à cama.

A velha senhora soltou um grito.

— Tirem-na daqui... Tirem-na daqui. É verdade... Mas tirem-na daqui!

Tuppence se jogou em direção a Hannah, mas a mulher conseguiu atear fogo no cortinado da cama antes que Tuppence pudesse lhe arrancar a tocha da mão e pisoteá-la até que a apagasse. Tommy, entretanto, entrara correndo no quarto vindo do patamar da escada. Ele arrancou o cortinado da cama e conseguiu abafar o fogo com um pequeno tapete. Então, correu a ajudar Tuppence, e, juntos, conseguiram dominar Hannah. Nesse momento, o dr. Burton entrou apressado no quarto.

Poucas palavras foram suficientes para colocá-lo a par da situação.

Ele correu para junto da cama, levantou a mão da srta. Logan, depois emitiu um suspiro agudo.

— O choque do fogo foi demais para ela. Está morta. Talvez seja o melhor, dadas as circunstâncias.

O médico calou-se por um instante e, então, acrescentou:

— Também havia ricina no copo de coquetel.

— É a melhor coisa que poderia ter acontecido — resumiu Tommy após haverem entregado Hannah aos cuidados do médico e ficarem sozinhos de novo. — Tuppence, você foi simplesmente maravilhosa.

— O caso não teve lá muito de Hanaud — comentou Tuppence.

— Era um caso sério demais para encenações. Ainda não suporto pensar naquela garota. Decidi não pensar nela. Mas, como disse antes, você foi maravilhosa. Os louros do caso são todos seus. Nos termos de uma citação famosa: "É uma grande vantagem ser inteligente sem parecê-lo".*

— Tommy, você é um monstro.

---

* A frase é dita pelo inspetor Hanaud ao jovem *sergent-de-ville* Perrichet no capítulo três do romance *At the Villa Rose* (*Na Villa Rose*, 1910), de A. E. W. Mason, o livro de estreia do personagem Hanaud. (N.T.)

13
O ÁLIBI PERFEITO

Tommy e Tuppence estavam ocupados, organizando a correspondência. Tuppence exclamou alto e passou uma carta a Tommy.

— Um cliente novo — informou ela, cheia de importância.

— Ah! O que deduzimos a partir desta carta, Watson? Nada demais; apenas o fato um tanto óbvio de que o sr... Hum... Montgomery Jones não está entre as maiores autoridades em ortografia do planeta; e isso, consequentemente, prova que ele recebeu uma educação nada barata.

— Montgomery Jones? — repetiu Tuppence. — Bem, o que é que sei sobre um Montgomery Jones? Ah, sim, agora me lembro. Acho que Janet St. Vincent o mencionou. A mãe dele era lady Aileen Montgomery, muito mal-humorada e *High Church**, com cruzes de ouro e todo o resto; e que se casou com um homem chamado Jones, que é tremendamente rico.

— Na verdade, aquela velha história de sempre — resumiu Tommy. — Deixe-me ver, a que horas o sr. M. J. deseja nos visitar? Ah, onze e meia.

---

* Anglicano adepto do grupo ou tradição dentro da Igreja Anglicana que mais se aproxima do Catolicismo Romano, por valorizar os rituais, a autoridade sacerdotal, os sacramentos e a continuidade histórica de acordo com a cristandade católica. (N.T.)

Pontualmente às onze e meia, um jovem muito alto e de feição agradável e sagaz entrou na antessala e se dirigiu a Albert, o contínuo.

— Veja só... Escute, posso ver o sr... Blunt?
— O senhor tem hora marcada? — perguntou Albert.
— Não tenho bem certeza. Sim, acho que tenho. O que quero dizer é que escrevi uma carta...
— Qual o nome, cavalheiro?
— Sr. Montgomery Jones.
— Vou levar seu nome até o escritório do sr. Blunt.

Albert retornou após um breve intervalo.

— Por favor, pode fazer a gentileza de esperar alguns minutos, cavalheiro? Neste exato momento, o sr. Blunt está ocupado numa reunião muito importante.
— Oh... Sim... Certamente — o sr. Montgomery Jones respondeu.

Já havendo, conforme esperava, impressionado o cliente o bastante, Tommy tocou a campainha de sua escrivaninha, e Albert conduziu o sr. Montgomery Jones até o escritório principal.

Tommy levantou-se para cumprimentá-lo e, apertando-lhe a mão calorosamente, indicou a cadeira vazia.

— Pois bem, sr. Montgomery Jones — ele declarou, animado —, o que teremos o prazer de fazer pelo senhor?

O sr. Montgomery Jones olhou como que em dúvida para a terceira pessoa no escritório.

— Minha secretária particular, srta. Robinson — apresentou Tommy. — Pode falar com toda a liberdade na frente dela. Pelo que imagino, trata-se de algum assunto familiar, um pouco delicado, talvez?

— Bem... Não exatamente — afirmou o sr. Montgomery Jones.

— O senhor me surpreende — disse Tommy. — Espero que não esteja em apuros.

— Oh, não. Não estou, não — respondeu o sr. Montgomery Jones.

— Bem — disse Tommy —, talvez o senhor deva... Hum... Dizer do que se trata, simplesmente.

Esta, todavia, parecia ser a única coisa que o sr. Montgomery Jones não tinha condições de fazer.

— É um tipo de coisa muito estranha a que lhe venho pedir — informou, hesitante. — Eu... Eu realmente não sei como colocar as coisas.

— Jamais lidamos com casos de divórcio — esclareceu Tommy.

— Deus meu, não! — exclamou o sr. Montgomery Jones. — Não é isso que tenho em mente. É só, bem... É só uma brincadeira muitíssimo boba. Só isso.

— Alguém lhe pregou alguma peça de natureza misteriosa? — sugeriu Tommy.

Mas, mais uma vez, o sr. Montgomery Jones balançou a cabeça.

— Bem — disse Tommy, fazendo habilidosamente uma retirada estratégica —, não se apresse e pode nos contar tudo com suas próprias palavras.

Houve uma pausa.

— Vejam só — começou o sr. Jones, por fim —, foi no jantar. Sentei-me ao lado de uma moça.

— Sim? — indagou Tommy, em tom encorajador.

— Ela era uma... Ora, bem, realmente não consigo descrevê-la, mas era simplesmente uma das moças com mais espírito esportivo que já conheci. É australiana, está aqui com outra moça e divide um apartamento com ela na Clarges Street. Ela está simplesmente disposta a encarar qualquer coisa. Não há como eu possa lhes descrever o efeito que aquela garota teve sobre mim.

— Podemos bem imaginar, sr. Jones — comentou Tuppence.

Ela viu claramente que, se era para conseguirem extrair os problemas do sr. Montgomery Jones, um solidário toque feminino seria necessário, o que era bem diferente dos métodos práticos adotados pelo sr. Blunt.

— Podemos compreender — continuou Tuppence em tom encorajador.

— Bem, foi um grande choque para mim — confessou o sr. Jones — que uma garota conseguisse, bem... Pôr alguém a nocaute daquele jeito. Já houve outra moça... Na verdade, duas. Uma era muito bem disposta e tudo o mais, só que eu não gostei muito do queixo dela. Mas dançava maravilhosamente e eu a conheço desde sempre, o que deixa o sujeito se sentindo bem mais seguro, sabe. E então teve uma das garotas do Frivolity.* Muito divertida, mas é claro que haveria muitas reações complicadas a nossa relação e, de qualquer maneira, não queria mesmo me casar com nenhuma das duas, mas estava pensando em certas coisas, sabem, quando... De repente, sem mais nem menos... Sentei-me ao lado desta moça e...

— O mundo inteiro mudou — descreveu Tuppence num tom de voz carregado de emoção.

---

* Teatro popular de Londres. A garota seria, muito provavelmente, uma corista ou bailarina de teatro de revista. (N.T.)

Tommy remexeu-se, impaciente, na cadeira. Ele já estava um tanto quanto aborrecido com a ladainha dos casos amorosos do sr. Montgomery Jones.

— A senhorita coloca as coisas divinamente bem — elogiou o sr. Montgomery Jones. — Foi assim mesmo que se deu. Só que, sabe, minha impressão é de que ela não ficou muito interessada em mim. Talvez vocês não desconfiem, mas não sou um cara tremendamente inteligente.

— Oh, o senhor não deve ser tão modesto — advertiu Tuppence.

— Ora, tenho consciência de que não sou o tal... — ele declarou com um sorriso cativante. — Não para uma garota perfeitamente maravilhosa como aquela. É por isso que minha intuição me diz que preciso conquistá-la. É minha única chance. Ela é uma garota com tanto espírito esportivo que jamais voltaria atrás num compromisso assumido.

— Bem, esteja certo de que lhe desejamos toda a sorte do mundo — afirmou Tuppence, amável. — Mas não compreendo exatamente o que o senhor quer que façamos.

— Meu Deus — exclamou o sr. Montgomery Jones —, ainda não expliquei?

— Não — respondeu Tommy —, não explicou.

— Bem, foi assim. Conversávamos sobre histórias de detetives. Una... Esse é o nome dela... Gosta tanto desse tipo de história quanto eu. Começamos a falar sobre uma história em particular. A coisa toda depende de um álibi. Daí, passamos a discutir álibis e como forjá-los. Então eu disse... Não, foi ela quem disse... Espere aí, qual dos dois foi quem disse?

— Não importa qual dos dois disse — interrompeu Tuppence.

— Eu disse que seria uma coisa muito difícil de se fazer. Ela discordou... Disse que só exigia usar um pouco a cabeça. Ficamos muito agitados e animados com aquilo tudo e no final ela falou: "Vou lhe fazer um desafio no mais puro espírito esportivo. Quanto você quer apostar que posso forjar um álibi perfeito, impossível de ser desfeito?" Respondi: "Aposto o que quiser", e acertamos tudo ali mesmo. Ela estava muito confiante a respeito de tudo. "Minhas chances são excelentes", afirmou. "Eu não teria tanta certeza", desafiei. "Suponhamos que você perca e eu lhe peça qualquer coisa que eu quiser." Ela riu e disse que vinha de uma família de grandes jogadores e que eu podia pedir qualquer coisa que quisesses.

— Bem? — Tuppence quis saber após o sr. Jones ficar quieto e lançar-lhe um olhar suplicante.

— Bem, não compreende? Depende de mim. É a única chance que tenho de fazer uma garota como aquela olhar para mim. Você não tem ideia do tamanho do espírito esportivo dessa garota. No último verão, ela estava passeando de barco e alguém apostou com ela que não ela pularia ao mar e não iria nadando até a praia toda vestida, e ela fez isso.

— É uma proposta muito curiosa — comentou Tommy. — Mas não tenho muita certeza se já entendi bem.

— É absolutamente simples — esclareceu o sr. Montgomery Jones. — Vocês devem fazer esse tipo de coisa o tempo todo. Investigar álibis falsos e ver onde está o furo.

— Ah... Hum... Sim, claro. — Tommy respondeu. — Fazemos muito esse tipo de trabalho.

— Alguém precisa fazer isso para mim — explicou Montgomery Jones. — Eu mesmo não teria o menor jeito para esse tipo de coisa. Vocês só precisam apanhá-la com seu álibi forjado e tudo ficará bem. Ouso dizer que parece ser um negócio bastante fútil para vocês, mas significa muito para mim e estou disposto a pagar... Todas e quaisquer despesas, sabem.

— Não haverá qualquer problema — concluiu Tuppence. — Tenho certeza de que o sr. Blunt aceitará este caso que o senhor nos oferece.

— Certamente, certamente — Tommy concordou. — É um caso muitíssimo estimulante, de fato muitíssimo estimulante.

O sr. Montgomery Jones soltou um suspiro de alívio, puxou um punhado de papéis do próprio bolso e escolheu um deles:

— Aqui está — ele informou. — Ela diz: "Estou lhe enviando provas de que estive em dois lugares diferentes exatamente ao mesmo tempo. De acordo com uma versão da história, jantei sozinha no restaurante Bon Temps, no Soho, depois fui ao Duke's Theatre e ceei com um amigo, o sr. Le Marchant, no Savoy... *Mas* também estava hospedada no Hotel Castle, em Torquay, de onde só retornei a Londres na manhã seguinte. Você precisa descobrir qual das duas histórias é a verdadeira e como consegui armar a outra."

— Aí está — declarou o sr. Montgomery Jones. — Agora compreendem o que quero que os senhores façam?

— Um probleminha muito estimulante — concluiu Tommy. — Muito singelo.

— Aqui está uma fotografia de Una — informou o sr. Montgomery Jones. — Vai precisar dela.

— Qual é o nome completo da jovem senhorita? — perguntou Tommy.

— Srta. Una Drake. E seu endereço é Clarges Street, 180.

— Obrigado — disse Tommy. — Bem, investigaremos o assunto para o senhor, sr. Montgomery Jones. Espero que tenhamos boas notícias para lhe dar muito em breve.

— Puxa, sou-lhes eternamente grato — afirmou o sr. Jones, ficando em pé e apertando a mão de Tommy. — Isto me tira um grande peso da consciência.

Após ter levado o cliente à porta, Tommy voltou para seu escritório. Tuppence estava junto ao armário que abrigava a biblioteca dos clássicos.

— Inspetor French* — anunciou Tuppence.

— Hum?

— O inspetor French, claro — Tuppence insistiu. — Ele sempre investiga álibis. Sei qual é o procedimento correto. Temos de listar todos os detalhes e checar cada informação. A princípio, tudo parecerá perfeito, e então, quando examinarmos as coisas mais de perto, encontraremos o furo.

— Não deveria ser muito difícil — concordou Tommy. — Quero dizer, sabermos desde o início que um dos álibis é falso torna a coisa quase impossível de não ser descoberta, diria eu. É isso o que me preocupa.

— Não vejo qualquer motivo para se preocupar.

— Estou preocupado com a moça — confessou Tommy. — Ela provavelmente será levada a se casar com esse jovem, quer queira, quer não.

— Meu querido — aconselhou Tuppence —, não seja tolo. As mulheres jamais são as jogadoras inconsequentes que

---

* Inspetor Joseph French, detetive inglês da Scotland Yard criado pelo irlandês Freeman Will Crofts (1879-1957). (N.T.)

possam aparentar ser. A não ser que aquela garota já estivesse perfeitamente preparada para se casar com esse rapaz agradável, mas um tanto quanto cabeça-oca, ela jamais se comprometeria com uma aposta desse tipo. Mas, Tommy, você pode acreditar, ela vai se casar com ele com muito mais entusiasmo e respeito se ele ganhar esta aposta do que se ela tiver de facilitar as coisas para ele de outro modo.

— Você realmente acha que sabe de tudo — desafiou o marido.

— Sei, sim — Tuppence retorquiu.

— E agora, ao exame de nossos dados — anunciou Tommy, trazendo os papéis para junto de si. — Primeiro, a fotografia... Hum... Uma garota muito atraente... E uma fotografia muito boa, eu diria. Uma foto clara, fácil de reconhecer.

— Precisamos de fotografias de outras moças — sugeriu Tuppence.

— Por quê?

— Sempre fazem assim — Tuppence explicou. — Você mostra quatro ou cinco fotos para os garçons e eles escolhem a fotografia certa.

— Acha que fazem mesmo? — questionou Tommy. — Quero dizer, que escolhem a fotografia certa?

— Bem, fazem assim nos livros — concluiu Tuppence.

— É uma pena que a vida real seja tão diferente da ficção — lamentou-se Tommy. — E agora, o que temos aqui? Sim, este é que se refere a Londres. Jantou no Bon Temps às sete e meia. Foi ao Duke's Theatre e assistiu *Delphiniums Blue*. Canhoto do ingresso em anexo. Ceia no Savoy com o sr. Le Marchant. Suponho que possamos entrevistar o sr. Le Marchant.

— Isso não vai nos dizer nada — argumentou Tuppence —, porque se ele a estiver ajudando com o álibi, naturalmente não vai entregar o jogo. Já podemos descartar tudo o que ele vier a dizer agora.

— Bem, aqui está o lado de Torquay — Tommy continuou.

— O trem das doze em ponto de Paddington, almoço no vagão-restaurante, conta incluída em anexo. Passou a noite no Hotel Castle. Novamente, a conta.

— Acho que todas essas provas são bem fracas — avaliou Tuppence. — Qualquer um pode comprar um ingresso de teatro, e não precisa nem chegar perto dele. A moça apenas foi a Torquay e o álibi de Londres é falso.

— Se for isso, vai ser canja para nós — concluiu Tommy.

— Bem, imagino que podíamos mesmo ter uma conversa com o sr. Le Marchant.

O sr. Le Marchant acabou provando ser um jovem alegre, que não demonstrou a menor surpresa ao vê-los.

— Una está no meio de um de seus joguinhos, não é? — perguntou ele. — Nunca se sabe o que essa menina está aprontando.

— Pelo que entendo, sr. Le Marchant — Tommy quis se certificar —, a srta. Drake ceou com o senhor no Savoy na noite da última terça-feira.

— Isso mesmo — confirmou o sr. Le Marchant. — Sei que era terça-feira porque Una insistiu que eu lembrasse na própria ocasião e, além do mais, me fez anotar a data num bloquinho.

Com algum orgulho, ele mostrou-lhe uma anotação levemente feita a lápis. "Ceando com Una. Savoy. Terça, dia 19."

— Onde é que a srta. Drake tinha estado mais cedo naquela mesma noite? O senhor sabe?

— Tinha ido assistir a um espetáculo ruim chamado *Pink Peonies* ou algo que o valha. Uma verdadeira paulada, foi o que ela me disse.

— Tem mesmo certeza de que a srta. Drake esteve com o senhor naquela noite?

O sr. Le Marchant o encarou.

— Ora, claro. Não foi o que acabei de lhe dizer?

— Talvez ela tenha pedido ao senhor que nos diga isso — sugeriu Tuppence.

— Bem, para falar a verdade, ela de fato disse uma coisa que me pareceu muitíssimo esquisita. Disse... Como é que foi mesmo?... "Você acha que está sentado aqui ceando comigo, Jimmy; mas, na verdade, eu estou ceando a trezentos quilômetros daqui, lá em Devonshire." Olha, foi algo muito esquisito de se dizer, não acha? Parece algo relacionado ao corpo astral. E o engraçado é que um camarada meu, Dicky Rice, achou que a viu lá.

— Quem é esse sr. Rice?

— Ah, apenas um amigo meu. Ele estava em Torquay visitando uma tia. Uma velha criatura que faz horas que está para morrer e não morre nunca. Dicky tinha ido lá fazer o papel de sobrinho zeloso. Ele me disse: "Eu vi aquela jovem australiana um dia desses... Una não sei das quantas. Queria ir até lá e falar com ela, mas minha tia me levou à força para conversar com uma velhota que estava numa cadeira de Bath".* Eu perguntei: "Quando foi isso?" e ele respondeu: "Ah, na terça-feira, mais ou menos na hora do chá". Disse a ele, claro, que ele se enganara,

---

* Pequena carruagem leve inventada na cidade de Bath, Inglaterra, no século XVIII, e usada por deficientes físicos principalmente antes do surgimento da cadeira de rodas. (N.T.)

mas foi esquisito, não foi? Una disse aquilo sobre Devonshire naquela mesma noite!

— Muito esquisito — concordou Tommy. — Diga-me, sr. Le Marchant, alguém que o senhor conhece ceou perto de vocês no Savoy?

— Uns tais de Oglander estavam na mesa vizinha.

— Eles conhecem a srta. Drake?

— Ah, sim, conhecem. Não são amigos próximos ou algo do gênero.

— Bem, se não há mais nada que possa nos contar, sr. Le Marchant, acho que é hora de lhe desejar um ótimo dia.

— Ou esse camarada é um grandessíssimo mentiroso — sugeriu Tommy ao chegarem à rua — ou está falando a verdade.

— Sim — concordou Tuppence. — Mudei de opinião. Agora estou com um tipo de pressentimento de que Una Drake estava no Savoy durante a ceia daquela noite.

— Agora iremos ao Bon Temps — anunciou Tommy. — Um pouco de comida é bastante indicado para detetives famintos. Primeiro, vamos só buscar algumas fotografias de moças.

A tarefa resultou muito mais difícil do que imaginavam. Ao visitarem estúdios de fotógrafos e solicitarem alguns retratos sortidos, foram friamente repelidos.

— Por que todas as coisas que são tão fáceis e simples nos livros são tão difíceis na vida real? — lamentou-se Tuppence. — Viu como nos olharam com aquele terrível ar de suspeita? O que será que pensaram que queríamos com as fotos? É melhor fazermos uma incursão no apartamento de Jane.

A amiga de Tuppence, Jane, confirmou ser muito solícita e permitiu que Tuppence revirasse uma gaveta e escolhesse quatro amostras de fotos de velhas amigas suas que haviam sido enfiadas apressadamente na gaveta de modo a ficarem longe dos olhos e do coração.

Armados com essa constelação de belezas femininas, o casal seguiu até o Bon Temps, onde novas dificuldades e muitos gastos os esperavam. Tommy teve de se dirigir a um garçom por vez, dar uma gorjeta para cada um e depois mostrar a coleção de retratos. O resultado foi insatisfatório. Pelo menos três das moças nas fotografias foram identificadas como sendo aquela que jantara lá na última terça-feira. Então, eles voltaram ao escritório, onde Tuppence mergulhou na leitura de um guia ferroviário.

— Paddington ao meio-dia em ponto. Torquay, 15h35. É esse o trem, e o amigo de Le Marchant, o sr. Sagu, ou Tapioca ou algo assim, a viu por lá mais ou menos à hora do chá.

— Lembre-se de que ainda não confirmamos a declaração dele — informou Tommy. — Se, como você sugeriu inicialmente, Le Marchant é amigo e cúmplice de Una Drake, ele pode ter inventado essa história.

— Bem, vamos à caça do sr. Rice — decidiu Tuppence. — Tenho um palpite de que o sr. Le Marchant estava falando a verdade. Não, onde quero chegar agora é o seguinte: Una Drake sai de Londres no trem do meio-dia, muito provavelmente se hospeda em um hotel e desfaz as malas. Então, toma um trem de volta à cidade, chegando a tempo de ir ao Savoy. Há um trem que sai às 16h40 e chega a Paddington às 21h10.

— E então? — perguntou Tommy.

— E então — repetiu ela, franzindo a testa — fica bem mais difícil. Há um trem à meia-noite de Paddington de volta a Torquay, mas dificilmente ela poderia tomá-lo, pois seria ainda muito cedo.

— Um carro veloz — sugeriu Tommy.

— Hum... — fez Tuppence. — É uma viagem de apenas umas duzentas milhas.

— Os australianos, segundo sempre me disseram, são motoristas bem imprudentes.

— Olha, imagino que possa ser feito. — sugeriu Tuppence. — Ela chegaria lá por volta das sete da noite.

— Você está supondo que ela se enfiou na cama do Hotel Castle sem ser vista? Ou que, lá chegando, explicou que passara a noite toda fora e pediu: "Podem fechar a minha conta, por favor?"

— Tommy — exclamou Tuppence —, nós somos uns idiotas. Ela não tinha a mínima necessidade de retornar a Torquay. Só teria que pedir a uma amiga que fosse até lá, apanhasse sua bagagem e pagasse a conta. Então fica-se com o recibo da nota com a data certa.

— Acho que, de um modo geral, conseguimos desenvolver uma hipótese bastante razoável — afirmou Tommy. — O que temos fazer agora é pegar o trem do meio-dia para Torquay e verificar nossas conclusões brilhantes.

Na manhã seguinte, armados com uma pasta cheia de fotos, Tommy e Tuppence se instalaram confortavelmente num vagão de primeira classe e reservaram lugares para o segundo turno do almoço.

— Provavelmente não serão os mesmos garçons no vagão-restaurante — especulou Tommy. — Seria mais sorte do que se poderia esperar. Imagino que teremos que viajar de lá para cá entre Londres e Torquay até encontrarmos os garçons que procuramos.

— Esse negócio de álibi é muito exaustivo — comentou Tuppence. — Nos livros, cobre-se tudo em dois ou três parágrafos.

O inspetor Fulano tomou o trem para Torquay, questionou os garçons do carro-restaurante e fim da história.

Desta vez, porém, a sorte do jovem casal serviu para alguma coisa. Em resposta à pergunta que fizeram, o garçom que lhes trouxe a conta do almoço acabou sendo o mesmo que estivera trabalhando na terça-feira anterior. Então, entrou em ação aquilo que Tommy chamava de "o toque dos 10 xelins", e Tuppence apresentou a pasta de fotos.

— Gostaria de saber — Tommy questionou o garçom — se qualquer uma dessas jovens senhoritas almoçou neste trem na terça-feira passada.

De maneira recompensadora e digna das melhores histórias de detetives, o homem imediatamente apontou o retrato de Una Drake.

— Sim, senhor, eu me recordo desta jovem e lembro de que era terça-feira, porque a própria jovem chamou atenção para o fato, comentando que era o dia que lhe dava mais sorte.

— Até aqui, tudo bem — concluiu Tuppence quando retornaram à sua cabine. — E, provavelmente, descobriremos que ela de fato se registrou no hotel. Será mais difícil de provar que viajou de volta a Londres, mas talvez um dos carregadores da estação de trem lembre-se dela.

Aqui, entretanto, tiraram um bilhete em branco, e, cruzando na direção da plataforma superior, Tommy interrogou o condutor e inúmeros carregadores. Após a distribuição de meias-coroas como medida preliminar à interrogação, dois dos carregadores escolheram uma das outras fotografias com a vaga lembrança de que alguém parecido viajara a Londres no trem das 16h40 daquela tarde, mas não houve qualquer identificação de Una Drake.

— Mas isso não prova nada — afirmou Tuppence enquanto deixavam a estação. — Ela pode ter viajado naquele trem sem que ninguém a notasse.

— Pode ter viajado a partir da outra estação, a de Torre.

— É bem provável — concordou Tuppence —; porém, podemos checar essa hipótese após passarmos no hotel.

O Hotel Castle era grande e ficava de frente para o mar. Depois de reservarem um quarto para aquela noite e assinarem o livro de hóspedes, Tommy observou em tom agradável:

— Creio que uma de nossas amigas esteve hospedada aqui com vocês na terça passada. A srta. Una Drake.

A jovem recepcionista sorriu exultante para ele.

— Ah, sim, lembro-me muito bem dela. Uma jovem australiana, creio eu.

A um sinal de Tommy, Tuppence mostrou-lhe a foto.

— Esta é uma foto bem bonita dela, não é mesmo? — comentou Tuppence.

— Ah, muito boa, realmente muito boa, cheia de estilo.

— Ela ficou aqui por muito tempo? — perguntou Tommy.

— Apenas aquela mesma noite. Ela tomou o expresso, retornando a Londres na manhã seguinte. Me pareceu uma viagem longa para vir e passar apenas uma noite; mas, claro, os australianos não se importam em viajar muito.

— Ela tem um grande espírito esportivo — informou Tommy —, sempre envolvida em aventuras. Foi aqui mesmo, não foi, que ela saiu para jantar com alguns amigos, depois foi dar uma volta de carro com eles, botou o carro dentro de um valão e só conseguiu chegar em casa de manhã bem cedo?

— Oh, não — retrucou a jovem. — A srta. Drake jantou aqui mesmo no hotel.

— Mesmo? — indagou Tommy. — Tem certeza? Quero dizer... Como que a senhorita sabe?

—Ah, eu a vi.

— Eu perguntei porque eu tinha entendido que ela jantaria com alguns amigos aqui em Torquay — Tommy explicou.

—Ah, não, senhor, ela jantou aqui. — A jovem recepcionista sorriu e ficou um pouco ruborizada. — Lembro-me de que ela estava usando uma gracinha de vestido, um daqueles *chiffons* novos, todo estampado com amores-perfeitos.

— Tuppence, isso acaba com tudo — decretou Tommy após o casal ser conduzido até o andar onde ficava o seu quarto.

— Acaba mesmo — concordou Tuppence. — Claro que aquela mulher pode ter se enganado. Perguntaremos ao garçom no jantar. Não deve haver muitas pessoas aqui nesta época do ano.

Desta vez, foi Tuppence quem desferiu o ataque:

— Poderia me informar se uma amiga minha esteve aqui na última terça-feira? — perguntou ao garçom com um sorriso cativante. — A srta. Drake. Creio que usava um vestido todo estampado com amores-perfeitos. — Ela mostrou a fotografia. — Esta jovem.

O garçom imediatamente derramou-se em sorrisos de reconhecimento.

— Sim, sim, a srta. Drake, lembro-me muito bem dela, muito bem. Ela me contou que tinha vindo da Austrália.

— Ela jantou aqui?

— Sim. Terça passada. Ela me perguntou se havia alguma coisa para se fazer na cidade mais tarde.

— Sim?

— Eu lhe falei do teatro, o Pavilion, mas no final ela decidiu não ir e ficou aqui mesmo, ouvindo a nossa orquestra.

— Que droga! — exclamou Tommy entre dentes.

— Não se lembra a que horas ela jantou? — perguntou Tuppence.

— Ela desceu um pouco tarde. Deve ter sido por volta das oito horas.

— Diabos, raios e maldições! — xingou Tuppence enquanto ambos saíam do restaurante do hotel. — Tommy, está tudo dando muito errado. Parecia tudo tão claro e tranquilo!

— Bem, suponho que deveríamos ter desconfiado de que não seria tudo tão fácil assim.

— Será que não havia algum trem que ela poderia ter tomado após o jantar?

— Nenhum que permitisse chegar a Londres a tempo de ir ao Savoy.

— Bem — refletiu Tuppence —, como último recurso, pretendo conversar com a camareira. Una Drake ficou num quarto no mesmo andar do nosso.

A camareira era uma mulher volúvel e faladeira. Sim, ela se lembrava da jovem senhorita muitíssimo bem. Aquela era uma foto dela, com certeza. Uma moça muito simpática, alegre e falante. Tinha-lhe contado um monte de coisas sobre a Austrália e os cangurus.

A jovem senhorita tocara a campainha por volta de nove e meia e pedira que lhe enchessem a garrafa de água quente e a colocassem em sua cama e também que a chamassem na manhã seguinte às sete e trinta... Com café em vez de chá.

— Você realmente a chamou e ela estava na cama? — indagou Tuppence.

— Isso mesmo, senhora, claro que sim.

— Oh, só fiquei curiosa em saber se ela estava fazendo exercícios, ou algo assim — desconversou Tuppence. — Tanta gente faz, logo de manhã bem cedo.

— Bem, tudo parece suficientemente sólido — concluiu Tommy após a camareira ter-se retirado. — Só há uma conclusão a se tirar disso tudo: É a parte londrina da história que *deve* ser falsa.

— E o sr. Le Marchant deve ser um mentiroso melhor do que supúnhamos. — decidiu Tuppence.

— Há um jeito de checarmos as declarações dele — sugeriu Tommy. — Ele disse que havia um casal sentado à mesa do lado a quem Una conhecia minimamente. Qual era mesmo o nome deles...? Oglander, era esse o nome. Precisamos ir à caça desse casal Oglander. E também deveríamos fazer perguntas no apartamento da srta. Drake, na Clarges Street.

Na manhã seguinte, eles pagaram a conta e foram embora um tanto quanto desanimados.

Localizar os Oglander foi relativamente fácil com o auxílio da lista telefônica. Desta vez, foi Tuppence quem tomou a iniciativa e assumiu o papel de uma representante de um novo jornal ilustrado. Ela fez uma visita à sra. Oglander, pedindo alguns detalhes sobre o grupo "chique" em que eles figuravam que se reunira para cear no Savoy na noite de terça-feira. Era o tipo de detalhe que a sra. Oglander estava mais do que disposta a fornecer. Já na hora de partir, Tuppence acrescentou, fingindo indiferença:

— Deixe-me ver, a srta. Drake não estava sentada à mesa ao lado da sua? É realmente verdade que ela está noiva do duque de Perth? Vocês a conhecem, é claro.

— Eu a conheço de vista — respondeu a sra. Oglander. — Uma jovem muito charmosa. Sim, ela estava sentada à mesa ao lado da nossa com o sr. Le Marchant. Minhas filhas a conhecem melhor do que eu.

A próxima escala de Tuppence foi o apartamento da Clarges Street. No local, ela foi recebida por Marjory Leicester, a amiga com quem a srta. Drake dividia o apartamento.

— Por favor, me diga do que se trata — solicitou a srta. Leicester em tom queixoso. — Una está com uma grande jogada no momento e não sei do que se trata. Claro que ela dormiu aqui na noite de terça.

— A senhorita a viu quando ela entrou em casa?

— Não, eu já tinha me recolhido para dormir. Ela tem sua própria chave, claro. Creio que chegou lá pela uma da manhã.

— E quando que a senhorita a viu?

— Ah, na manhã seguinte, lá pelas nove... Ou, talvez, já fossem quase dez horas.

Quando deixava o apartamento, Tuppence quase esbarrou numa mulher alta e cadavérica que entrava.

— Desculpe-me, senhorita, por obséquio — pediu a mulher cadavérica.

— A senhora trabalha aqui? — perguntou Tuppence.

— Sim, senhorita. Venho todos os dias.

— A que horas a senhora chega?

— Meu horário é às nove em ponto, senhorita.

Tuppence apressou-se em colocar uma meia-coroa na mão da mulher.

— A srta. Drake estava aqui na manhã de terça-feira passada, quando a senhora chegou aqui?

— Ora, sim, senhorita, de fato estava sim. Dormia profundamente e mal tinha acordado quando lhe trouxe o chá.

— Ah, obrigada — agradeceu Tuppence, e seguiu desconsoladamente escada abaixo.

Ela combinara de se encontrar para almoçar com Tommy num pequeno restaurante no Soho, onde compararam impressões.

— Me encontrei com o tal camarada, Rice. É mesmo verdade que avistou Una Drake à distância em Torquay.

— Bem — concluiu Tuppence —, já checamos todos esses álibis. Olhe, me dê uma pedaço de papel e um lápis, Tommy. Vamos fazer uma lista organizada, como fazem todos os detetives.

13h30	Una Drake vista no vagão-restaurante do trem.
16h	Chega ao Hotel Castle.
17h	Vista pelo sr. Rice.
20h	Vista jantando no hotel.
21h30	Solicita uma garrafa de água quente.
23h30	Vista no Savoy com o sr. Le Marchant.
7h30	Acordada pela camareira no Hotel Castle.
9h	Acordada pela arrumadeira no apartamento da Clarges Street.

Os dois se entreolharam.

— Bem, minha impressão é que os Detetives Brilhantes de Blunt foram derrotados — declarou Tommy.

— Ei, não devemos desistir — encorajou-o Tuppence. — Alguém *tem* que estar mentindo.

— O que é esquisito é que minha sensação é de que ninguém estava mentindo. Eles todos pareciam perfeitamente sinceros e objetivos.

— Porém, deve haver um furo. Sabemos que há. Penso em todo o tipo de coisa, como aviões particulares, mas isso realmente não nos leva a lugar nenhum.

— Estou inclinado a acreditar na teoria de uma projeção astral do corpo.

— Bem — decidiu Tuppence —, a única solução é irmos dormir pensando no assunto. O nosso subconsciente trabalha enquanto a gente dorme.

— Hum... Se o seu subconsciente encontrar uma resposta perfeitamente plausível para esse enigma até amanhã de manhã, eu tiro meu chapéu para ele.

Eles falaram pouco a noite toda. Volta e meia, Tuppence voltava a se debruçar diante do papel com os horários. Ela fazia anotações em pequenos pedaços de papel. Murmurava consigo mesma e, perplexa, fazia inúmeras consultas a guias ferroviários. Mas, no final, ambos se levantaram a caminho da cama sem a menor ideia que lançasse uma luz sobre aquele caso.

— Isso é muito desencorajador — lamentou-se Tommy.

— Uma das noites mais miseráveis pela qual já passei — resumiu Tuppence.

— Deveríamos ter ido a alguma sala de espetáculo — sugeriu Tommy. — Umas poucas e boas piadas de sogra e de gêmeos e umas garrafas de cerveja nos teriam feito muito bem.

— Não, você vai ver que toda essa concentração vai dar resultado no final — Tuppence declarou. — Imagine como nossos subconscientes vão ter que trabalhar nas próximas oito horas! — E com esse resto de esperança, foram dormir.

— Bem — indagou Tommy na manhã seguinte —, seu subconsciente trabalhou?

— Tenho uma ideia. — anunciou Tuppence.

— Mesmo? Que tipo de ideia?

— Bem, uma ideia meio engraçada. Completamente diferente de tudo que já li em histórias policiais. Para dizer a verdade, é uma ideia que quem colocou na minha cabeça foi *você*.

— Então, deve ser uma ótima ideia — afirmou Tommy, decidido. — Vamos lá, Tuppence, abra o jogo.

— Vou precisar mandar um telegrama para confirmá-la — explicou Tuppence. — Não, não vou lhe contar. É uma ideia totalmente maluca, mas é a única coisa que combina com os fatos.

— Bem — consolou-se Tommy —, preciso ir para o escritório. Uma sala cheia de clientes decepcionados não deve esperar em vão. Deixo este caso nas mãos de minha promissora subordinada.

Tuppence assentiu, divertida.

Ela sequer apareceu no escritório o dia todo. Quando Tommy voltou por volta das cinco e meia da tarde, ele se deparou com uma Tuppence que o aguardava exultante de felicidade.

— Consegui, Tommy. Solucionei o mistério do álibi. Podemos somar todas aquelas moedas de meia-coroa e notas de dez xelins, adicionar nossos próprios honorários bem caros e cobrar tudo do sr. Montgomery Jones. E ele pode ir diretamente até sua garota e apanhá-la.

— Qual é a solução? — perguntou Tommy, exaltado.

— Uma solução perfeitamente simples — respondeu Tuppence. — *Gêmeas*.

— Como assim... Gêmeas?

— Ora, simplesmente isso. É claro que é a única solução possível. Admito que foi você que botou a ideia na minha cabeça ontem à noite ao falar em sogras, gêmeos e garrafas de cerveja. Mandei um telegrama para a Austrália e recebi de volta a informação que queria. Una tem uma irmã gêmea, Vera, que chegou à Inglaterra na última segunda-feira. Foi por isso que ela pôde fazer essa aposta de forma tão espontânea. Ela achou que seria uma grande peça que pregaria no pobre Montgomery Jones. A irmã seguiu para Torquay e ela ficou em Londres.

— Você acha que ela vai ficar muito chateada de ter perdido a aposta? — perguntou Tommy.

— Não — respondeu Tuppence —, acho que não. Já lhe disse o que penso disso. Ela vai dar toda a glória a Montgomery Jones. Sempre achei que o respeito pelas habilidades do marido deveria ser a base sólida da vida de casado.

— Fico feliz por ter-lhe inspirado esse tipo de sentimento, Tuppence.

— Não é, na verdade, uma solução muito satisfatória — concluiu Tuppence. — Nem o tipo de falha engenhosa que o inspetor French teria detectado.

— Bobagem — retrucou Tommy. — Acho que a maneira como mostrei essas fotos ao garçom no restaurante foi exatamente no estilo do inspetor French.

— Ele teria usado bem menos meias-coroas e notas de dez xelins do que precisamos — ironizou Tuppence.

— Deixe para lá — disse Tommy. — Podemos cobrar tudo isso e muito mais do sr. Montgomery Jones. Ele vai ficar em tamanho estado de júbilo bobalhão que provavelmente pagaria uma conta enorme sem pestanejar.

— E deveria mesmo — afirmou Tuppence. — Os Detetives Brilhantes de Blunt não foram brilhantemente bem-sucedidos? Ah, Tommy, acho mesmo que somos extraordinariamente espertos. Às vezes eu até me espanto.

— Nosso próximo caso será à moda de Roger Sheringham*, e você, Tuppence, será o próprio.

— Vou ter de falar muito — concluiu Tuppence.

— Isso você já faz naturalmente — comentou Tommy. — E agora, sugiro que cumpramos meu programa de ontem à noite e procuremos uma casa de espetáculos onde haja muitas piadas de sogras, garrafas de cerveja *e gêmeos*.

---

* Detetive amador loquaz e egocêntrico criado pelo jornalista e escritor policial inglês Anthony Berkley Cox (1893-1971). Considerado a antítese de Sherlock Holmes, seu personagem é um ser humano falível e irritante a ponto de ser ofensivo. (N.T.)

14

A FILHA DO CLÉRIGO

— Gostaria — anunciou Tuppence, enquanto andava, melancólica, pelo escritório — que acolhêssemos a filha de um clérigo.

— Por quê? — perguntou Tommy.

— Você pode ter-se esquecido disso, mas eu mesma já fui filha de um clérigo. Lembro-me de como era. Daí meu ímpeto altruísta... Esse espírito de consideração solícita pelos outros... Esse...

— Você já está pronta para ser Roger Sheringham, pelo que vejo — comentou Tommy. — Se me permite fazer uma crítica, você fala quase tanto quanto ele, mas não tão bem.

— Pelo contrário — discordou Tuppence. — Há uma sutileza feminina no modo que me expresso, um certo *je ne sais quoi* que nenhum homem bruto jamais poderia alcançar. Tenho, além disso, poderes nunca antes encontrados em meu protótipo... Seria mesmo "protótipo"? As palavras são coisas tão incertas; elas muitas vezes soam corretas, mas significam o contrário daquilo que imaginamos.

— Continue — disse Tommy em tom gentil.

— Eu ia mesmo continuar. Estava apenas dando uma pausa para respirar. No tocante a esses poderes, meu desejo hoje é auxiliar a filha de um clérigo. Você vai ver, Tommy, a primeira pessoa a buscar a ajuda dos Detetives Brilhantes de Blunt será a filha de um clérigo.

— Aposto com você que não — desafiou Tommy.

— Fechado — anunciou Tuppence. — Psiu! Já para suas máquinas de escrever! Lá vem uma.

O escritório do sr. Blunt estava mergulhado na azáfama da atividade quando Albert abriu a porta e anunciou:

— A srta. Monica Deane.

Uma garota magra, de cabelos castanhos e meio malvestida entrou e permaneceu em pé, hesitante. Tommy foi até ela.

— Bom dia, srta. Deane. Sente-se, por favor, e nos diga em que podemos ajudá-la. A propósito, permita-me lhe apresentar minha secretária particular, a srta. Sheringham.

— Tenho grande prazer em conhecê-la, srta. Deane — cumprimentou-a Tuppence. — Seu pai era da Igreja creio eu.

— Sim, era sim. Mas como a senhorita descobriu isso?

— Ah, nós temos nossos métodos — respondeu Tuppence. — A senhorita não deve se importar se eu falar demais. O sr. Blunt gosta de me ouvir falar. Sempre me diz que lhe inspiro muitas ideias.

A jovem encarou Tuppence. Era uma criatura magra, não era bonita, mas era dotada de uma certa graça melancólica. Ela tinha cabelos castanho-acinzentados macios e fartos, e seus olhos azul-escuros eram muito bonitos, embora olheiras profundas indicassem problemas e ansiedade.

— A senhorita poderia me contar sua história, srta. Deane? — Tommy pediu.

A moça virou-se para ele, agradecida.

— É uma história tão longa e desconexa — começou a garota. — Meu nome é Monica Deane. Meu pai era o reitor de

Little Hampsley, em Suffolk. Ele faleceu há três anos, e minha mãe e eu ficamos em dificuldades financeiras. Eu me tornei governanta, mas, quando se confirmou a invalidez de minha mãe, precisei voltar para casa a fim de cuidar dela. Nós éramos extremamente pobres, mas um dia recebemos uma carta da parte de um advogado informando-nos de que uma tia de meu pai falecera e deixara tudo para mim. Eu inúmeras vezes já tinha ouvido falar dessa tia, que muitos anos antes tivera violenta discussão com meu pai, e sabia que ela era riquíssima; portanto, realmente parecia que nossos problemas estavam chegando ao fim. Mas as coisas acabaram não saindo tão bem quanto esperávamos. Herdei a casa onde ela havia vivido, mas, após pagar um ou dois pequenos legados, o dinheiro acabou. Creio que ela perdeu muita coisa durante a guerra ou talvez tivesse consumido seu capital para se manter. Mesmo assim, tínhamos a casa e, quase que de imediato, apareceu a oportunidade de vendê-la a um preço bem vantajoso. Mas, tola que fui, acabei recusando a oferta. Vivíamos em acomodações minúsculas, mas caras, e achei que seria muito melhor se vivêssemos na Casa Vermelha, onde minha mãe poderia ocupar cômodos confortáveis e ter hóspedes pagantes para cobrir nossas despesas. Permaneci fiel a esse plano, apesar de nova e tentadora oferta da parte de um cavalheiro que estava interessado na compra da casa. Nós nos mudamos e coloquei anúncios em busca de hóspedes pagantes. Por um breve período, tudo parecia ir bem. Recebemos várias respostas para nossos anúncios. Como a velha empregada de minha tia continuou conosco, eu e ela dividíamos as tarefas da casa. E então, coisas inexplicáveis começaram a acontecer.

— Que coisas?

— As coisas mais estranhas. O lugar todo parecia enfeitiçado. Os quadros caíam, peças de louça voavam de um lado para o outro da sala antes de se espatifar; numa certa manhã, ao descermos ao térreo encontramos toda a mobília fora do lugar. A princípio, achamos que alguém aprontara uma brincadeira de mau gosto, mas tivemos que descartar essa explicação. Às vezes, quando estávamos todos reunidos à mesa para o jantar, ouvíamos um tremendo estrondo sobre nossas cabeças. Subíamos até lá e não víamos ninguém, mas havia um móvel que fora violentamente arremessado no chão.

— Um *poltergeist* — exclamou Tuppence, muito interessada.

— Sim, foi o que disse o dr. O'Neill... Embora eu não saiba o que isso significa.

— É uma espécie de espírito maligno que faz travessuras — explicou Tuppence, que sabia muito pouco sobre o assunto e sequer tinha certeza de que tinha dito a palavra *poltergeist* direito.

— Bem, de qualquer maneira, o efeito foi desastroso. Nossos visitantes morriam de medo e partiam assim que podiam. Novos visitantes chegavam e eles também iam embora às pressas. Fiquei desesperada, e, para coroar a situação, nossa pequena renda deixou de existir de repente: a companhia onde estava investida faliu.

— Pobrezinha dela — disse Tuppence em tom de solidariedade. — Você passou por um mau bocado. Gostaria que o sr. Blunt investigasse esse episódio "mal-assombrado"?

— Não exatamente. Veja só, há três dias recebemos a visita de um cavalheiro. O nome dele era dr. O'Neill. Ele nos contou que era membro da Sociedade para Pesquisa Física, que ouvira falar das manifestações curiosas que haviam ocorrido em nossa casa e que ficara muito interessado. Tão interessado que estava disposto a comprar a casa e conduzir uma série de experiências no local.

— Bem?

— Claro, no início, eu fiquei felicíssima. Parecia ser a saída para nossos problemas. Mas...

— Sim?

— Talvez vocês achem que eu imagino coisas. Talvez eu imagine mesmo. Mas... Ah! Tenho certeza de que não me enganei. Era o mesmo homem!

— Que mesmo homem?

— O mesmo homem que queria comprá-la antes. Oh! Tenho certeza de que era.

— Mas por que não deveria ser?

— Você não compreende. Os dois homens eram bem diferentes, com nomes diferentes e tudo o mais. O primeiro era bastante jovem, um homem elegante e moreno, de trinta e poucos anos. O dr. O'Neill tem uns cinquenta anos de idade, barba grisalha, usa óculos e anda curvado. Mas, quando falou comigo, eu vi um dente de ouro num canto de sua boca. Só aparece quando ele ri. O outro homem tinha um dente igual exatamente no mesmo lugar. E então, eu observei suas orelhas. Eu havia notado as orelhas do outro porque elas tinham um formato diferente, quase sem nenhum lóbulo. As do dr. O'Neill eram iguaizinhas. As duas coisas não poderiam ser coincidência, poderiam? Pensei muito e finalmente escrevi para ele dizendo que lhe daria uma resposta daqui a uma semana. Eu tinha visto o anúncio do sr. Blunt há algum tempo... Na verdade, o anúncio estava num jornal velho que forrava uma das gavetas de nossa cozinha. Cortei o anúncio e vim até Londres.

— Você fez muito bem — afirmou Tuppence, balançando a cabeça vigorosamente. — Isso requer uma investigação.

— Muito interessante, srta. Deane — observou Tommy. — Será um prazer examinarmos este caso para a senhorita... Não acha, srta. Sheringham?

— Sem dúvida — respondeu Tuppence. — E iremos até o fim.

— Pelo que compreendo, srta. Deane — continuou Tommy —, os moradores da casa incluem a senhorita, a sua mãe e uma criada. Poderia me dar alguns detalhes sobre a criada?

— O nome dela é Crockett. Trabalhou para minha tia por oito ou dez anos. É uma senhora já idosa, de trato não muito agradável, mas uma boa empregada. Tem uma tendência a assumir certos ares de grandeza porque a irmã se casou com uma pessoa de classe mais alta. Crockett tem um sobrinho que, segundo ela sempre nos diz, é "um verdadeiro cavalheiro".

— Hum — fez Tommy, sem saber bem o que dizer em seguida.

Tuppence, que estivera encarando Monica com muito interesse, de repente falou, decidida:

— Acho que a melhor ideia seria a srta. Deane vir comigo e sairmos para almoçar. É só uma hora ainda. Posso pegar todos os detalhes com ela.

— Certamente, srta. Sheringham — Tommy concordou. — Uma ótima ideia.

— Veja bem — começou Tuppence quando já estavam confortavelmente instaladas à mesa de um restaurante perto dali —, eu quero saber: há algum motivo especial pelo qual queira descobrir tudo isso?

Monica enrubesceu:

— Bem...

— Pode se abrir comigo — encorajou-a Tuppence.

— Bem... Há dois homens que... que... querem se casar comigo.

— Imagino que seja a história de sempre... Um é rico; o outro, pobre, e o pobretão é aquele de quem você gosta!

— Não sei como é que você sabe de todas essas coisas — a garota murmurou.

— Isso é um tipo de lei natural — explicou Tuppence. — Acontece com todo mundo. Aconteceu comigo.

— Veja só, mesmo que eu venda a casa, a venda não nos trará uma quantia capaz de nos manter. Gerald é um amor, mas ele é muito pobre... Embora seja um engenheiro muito inteligente. Caso ele tivesse um pequeno capital, a firma onde trabalha o aceitaria como sócio. O outro, o sr. Partridge, é um homem extremamente bom, tenho certeza, e bem de vida. Se me casasse com ele, seria o fim de todos os nossos problemas. Mas... Mas...

— Eu sei — interrompeu Tuppence, em tom solidário. — Não é a mesma coisa, absolutamente. Você pode seguir dizendo para si mesma que ele é bom e digno e somar todas as suas qualidades como se fosse uma conta de adição... E isso tudo tem um efeito meramente confortador.

Monica anuiu.

— Bem — disse Tuppence —, acho que seria recomendável que fôssemos até lá estudar tudo no próprio local. Qual é o endereço?

— Casa Vermelha, Stourton-in-the-Marsh.

Tuppence anotou o endereço em seu bloquinho.

— Não lhes perguntei — começou Monica — sobre valores... — e concluiu, ficando um pouco ruborizada.

— Nossos pagamentos são rigorosamente de acordo com os resultados — esclareceu Tuppence, séria. — Se o segredo da Casa Vermelha for rentável, como parece ser devido à ansiedade demonstrada pelos que desejam adquirir a propriedade, esperaremos receber uma pequena porcentagem. Caso contrário... Nada!

— Muitíssimo obrigada — disse a moça, agradecida.

— E agora — sugeriu Tuppence —, não se preocupe. Tudo vai ficar bem. Vamos aproveitar o almoço e falar de coisas interessantes.

15

A CASA VERMELHA

— Bem — anunciou Tommy, olhando pela janela do Crown and Anchor —, aqui estamos no Toad in the Hole... Ou seja lá qual for o nome deste bendito vilarejo.

— Vamos rever o caso — sugeriu Tuppence.

— Com toda certeza — concordou Tommy. — Para começar, dando meu palpite antes de você, eu suspeito da mãe inválida!

— Por quê?

— Minha querida Tuppence, admitindo-se que esse negócio de *poltergeist* não passa de uma armação para persuadir a moça a vender a casa, alguém deve ter atirado os objetos longe. Ora, a jovem disse que todos estavam jantando... Mas se a mãe é totalmente inválida, ela estaria lá em cima, em seu quarto.

— Se fosse inválida, dificilmente conseguiria jogar a mobília para tudo quanto é lado.

— Ah! Mas talvez não fosse inválida de verdade. Talvez estivesse fingindo.

— Por quê?

— Aí você me pegou — confessou o marido. — Realmente estava seguindo o famoso princípio de suspeitar da pessoa mais improvável.

— Você sempre brinca com tudo — reclamou Tuppence, séria. — Deve haver *alguma coisa* que deixa essas pessoas tão ansiosas para assumir o controle da casa. E se você não faz questão de ir até o fundo deste problema, eu faço. Gosto da moça. Ela é querida.

Tommy concordou com um ar suficientemente sério.

— Eu até que concordo. Mas nunca consigo resistir à tentação de provocá-la, Tuppence. É claro que há alguma coisa suspeita relacionada à casa e, seja o que for, é algo de difícil acesso. Caso contrário, um simples arrombamento seria o suficiente. Mas estarem dispostos a comprar a casa significa que querem revirar o piso, ou botar abaixo as paredes, ou ainda que há uma mina de carvão escondida sob o jardim.

— Não queria que fosse uma mina de carvão. Um tesouro enterrado seria bem mais romântico.

— Hum... Nesse caso, acho que devo fazer uma visitinha ao gerente do banco daqui, explicar-lhe que vou ficar até depois do Natal e que provavelmente comprarei a Casa Vermelha e discutir com ele a questão de uma abertura de conta.

— Mas por quê?

— Espere e verá.

Tommy retornou depois de meia hora. Seus olhos brilhavam.

— Estamos fazendo progresso, Tuppence. Nossa entrevista se desenrolou como previsto. Perguntei-lhe, casualmente, se ele tinha recebido muitos depósitos em ouro, como acontece muitas vezes hoje em dia em pequenos bancos do interior... Pequenos fazendeiros que guardaram ouro durante a guerra, você entende. Então a conversa evoluiu de um jeito muito natural até falarmos sobre as extravagâncias dos velhos. Inventei uma tia que, quando estourou a guerra, foi até as Lojas do Exército e da Marinha num carro de aluguel e voltou com dezesseis presuntos. Ele imediatamente mencionou uma cliente sua que insistira em retirar cada centavo do dinheiro que possuía em ouro, na medida do possível, e que também insistiu em guardar seus títulos mobiliários, ações ao portador, e todas as coisas desse tipo consigo mesmo. Espantei-me com esse ato de loucura, e ele mencionou por acaso que ela era a antiga proprietária da Casa Vermelha. Compreende, Tuppence? Ela retirou todo o dinheiro e o escondeu em algum lugar. Lembra-se de que Monica Deane mencionou como elas ficaram atônitas com o pequeno valor da herança deixada por ela? Sim, ela escondeu tudinho na Casa Vermelha, e alguém sabe disso. Já tenho uma boa suspeita de quem seria essa pessoa.

— Quem?

— Que tal a fiel Crockett? Ela saberia tudo a respeito das excentricidades da patroa.

— E aquele dr. O'Neill, com seu dente de ouro?

— O sobrinho cavalheiro, claro! É isso. Mas, onde foi que ela escondeu tudo? Você sabe mais sobre as velhas do que eu, Tuppence. Onde elas escondem as coisas?

— Enroladas em meias e anáguas, debaixo dos colchões.

Tommy concordou.

— Espero que esteja certa. Mesmo assim, não pode ter feito isso, porque teria sido descoberto quando os objetos dela foram herdados. Isso me preocupa... Entende, uma velha senhora como ela não poderia ter revirado o piso ou cavado buracos no jardim. De qualquer jeito, está lá, na Casa Vermelha, em algum lugar. Crockett não encontrou nada, mas ela sabe que está lá e, depois que conseguirem ficar com a casa, ela e seu sobrinho precioso, então eles podem virar tudo de cabeça para baixo até encontrarem o que procuram. Temos que passar na frente deles. Vamos, Tuppence. Vamos agora até a Casa Vermelha.

Monica Deane os recebeu. À mãe e a Crockett eles foram apresentados como possíveis compradores da Casa Vermelha, o que explicaria serem levados para conhecer todas as peças e o jardim. Tommy não contou a Monica sobre as conclusões a que chegara, mas ele lhe fez várias perguntas detalhadas. Quanto às roupas e aos objetos pessoais da falecida, alguns tinham sido dados a Crockett e os demais foram enviados a várias famílias pobres. Todas as coisas tinham sido examinadas e passadas adiante.

— A sua tia deixou quaisquer documentos?

— A escrivaninha estava cheia e havia mais alguns numa gaveta do quarto, mas não havia nada de importante no meio deles.

— Eles foram jogados fora?

— Não, minha mãe sempre teve horror a jogar fora qualquer papel velho. Havia algumas velhas receitas entre eles que ela ainda pretende examinar um dia.

— Que bom — disse Tommy, em tom de aprovação. Então, apontando para um velho senhor que estava trabalhando junto a um dos canteiros de flores do jardim, ele perguntou: — Aquele velho já era o jardineiro daqui no tempo de sua tia?

— Sim, costumava vir três vezes por semana. Mora no vilarejo. Pobre velho, ele já não consegue mais fazer muita coisa de útil. Ele vem uma vez por semana para cuidar das coisas. Não temos como pagar para ele vir mais seguido.

Tommy piscou para Tuppence para indicar que ela deveria entreter Monica; enquanto isso, ele atravessou o jardim em direção ao canteiro onde o jardineiro trabalhava. Disse algumas palavras agradáveis para o velho, perguntou-lhe se trabalhara ali no tempo da antiga patroa e, depois, disse casualmente:

— Você enterrou uma caixa para ela numa certa ocasião, não foi?

— Não, senhor. Nunca enterrei nada para ela. Para que ela iria querer enterrar uma caixa?

Tommy balançou a cabeça. Caminhou de volta para a casa de testa franzida. Seria de se esperar que uma análise dos antigos documentos da velha senhora lhe daria alguma pista... Caso contrário, o problema seria difícil de resolver. A casa era mesmo velha, mas não o bastante para que tivesse uma peça ou uma passagem secreta.

Antes de partir, Monica lhes trouxe uma caixa grande de papelão amarrada com um barbante.

— Juntei todos os papéis — sussurrou. — E aqui estão. Achei que poderiam levá-los com vocês e então terão tempo o bastante de os examinarem... Mas tenho certeza de que não encontrarão nada que lance uma luz sobre os eventos misteriosos que aconteceram nesta casa...

Ela foi interrompida por um estrondo horrível lá em cima. Tommy correu rapidamente escada acima. Um jarro e uma bacia de um dos quartos da frente jaziam no chão, aos pedaços. Não havia ninguém no local.

— O fantasma aprontando das suas outra vez — murmurou ele, com um sorriso forçado.

Ele tornou a descer as escadas, pensativo.

— Será, srta. Deane, que eu poderia dar uma palavrinha com a criada, Crockett, só por um minuto?

— Certamente. Pedirei a ela que venha falar com o senhor.

Monica foi até a cozinha. Ela voltou com a empregada idosa que lhes abrira a porta anteriormente.

— Estamos pensando em comprar esta casa — informou Tommy, amável —, e minha esposa ficou curiosa de saber se, neste caso, lhe agradaria permanecer conosco.

O rosto circunspecto de Crockett não demonstrou qualquer tipo de emoção.

— Obrigada, senhor — ela respondeu. — Gostaria de pensar no assunto, se o senhor me permite.

Tommy voltou-se para Monica.

— Estou encantado com a casa, srta. Deane. Pelo que compreendo, há outro comprador interessado. Sei o quanto ele ofereceu pela casa e estou disposto a lhe dar cem libras a mais. E, note bem, é um bom preço que lhe estou oferecendo.

Monica murmurou alguma coisa sem se comprometer, e os Beresford despediram-se dela.

— Eu estava certo — declarou Tommy enquanto se afastavam da casa. — Crockett está metida nisso. Você percebeu que ela estava ofegante? Foi de descer as escadas do fundo correndo após atirar o jarro e a bacia no chão. Às vezes, talvez ela tenha deixado o sobrinho entrar na casa secretamente e ele deu uma de *poltergeist*, ou seja lá qual for o nome, enquanto ela ficava, de modo inocente, ao lado da família. Você vai ver que o dr. O'Neill vai fazer nova oferta antes do fim do dia.

Com efeito, depois do jantar, trouxeram-lhe um bilhete. Era da parte de Monica:

O dr. O'Neill acaba de entrar em contato. Aumentou sua oferta anterior em cento e cinquenta libras.

— O sobrinho deve ser um homem de posses — comentou Tommy, pensativo. — E lhe digo mais, Tuppence: o prêmio que procura deve valer bem mais do que isso.

— Ai, ai... Quem dera pudéssemos encontrá-lo!

— Bem, vamos continuar com nosso minucioso trabalho preliminar.

Eles estavam inspecionando a caixa grande de papéis e esta era uma tarefa enfadonha, uma vez que os papéis estavam todos misturados, sem qualquer ordem ou método. De tempos em tempos, comparavam seus achados.

— Alguma novidade, Tuppence?

— Duas contas antigas, três cartas sem importância, uma receita de como fazer conservas de batatas novas e outra de cheesecake de limão. E você?

— Uma conta, um poema sobre a primavera, dois recortes de jornal: "Por que as mulheres compram pérolas — um investimento seguro" e "O homem com quatro mulheres — história extraordinária", e uma receita de lebre cozida.

— Sinto até uma dor — comentou Tuppence antes de retornarem o trabalho. Por fim, terminaram o exame da caixa. Eles se entreolharam.

— Separei isso aqui — informou Tommy, apanhando uma meia folha de papel de carta — porque me chamou atenção como algo estranho. Mas acho que não tem relação alguma com o que estamos procurando.

— Vamos ver. Ah! É uma daquelas coisas engraçadas, como é mesmo que se chamam? Anagramas, charadas ou algo assim.
— Ela leu:

Frita ou cozida, sou boa de comer.
Começo com roupa de mulher.
No meio, retire para que fique de todas a primeira.
E termino com o relato da assembleia.

— Hum... — disse Tommy em tom de crítica. — Não gostei muito das rimas desse poeta.

— Não sei o que você viu de tão estranho — questionou Tuppence. — Todo mundo costumava ter uma coleção de coisas desse tipo há cinquenta anos. Você as guardava para usar nas noites de inverno, passadas junto ao fogo.

— Não me referia ao verso. São as palavras escritas abaixo dele que me pareceram estranhas.

— São Lucas, XI, 9 — leu ela. — É uma referência bíblica.

— Sim. Não lhe parece estranho? Por que uma senhora idosa e devota escreveria uma referência a uma passagem bíblica logo abaixo de uma charada?

— É meio esquisito — concordou Tuppence, pensativa.

— Suponho que você, como boa filha de clérigo, tem sempre sua bíblia por perto.

— Para dizer a verdade, tenho sim. A-ha! Por essa você não esperava. Só um minutinho.

Tuppence foi até sua mala, retirou um pequeno volume vermelho e voltou à mesa. Passou as páginas rapidamente.

— Aqui está. Lucas, capítulo XI, versículo 9. Oh! Tommy, veja.

Tommy se inclinou para ver aonde o pequeno dedo de Tuppence indicava o trecho do versículo referido:

Buscai e encontrareis.

— É isso — exclamou Tuppence. — Descobrimos! Resolva o criptograma e o tesouro é nosso... Ou melhor, da Monica.

— Bem, então vamos passar a trabalhar no criptograma, como você o chama. "Frita ou cozida, sou boa de comer". O que será que significa? Então... "Começo com roupa de mulher" e "No meio, retire para que fique de todas a primeira.". Isso é pura conversa sem sentido.

— É bem simples, na verdade — sugeriu Tuppence em tom educado. — É um tipo de talento natural. Deixe-me tentar.

Tommy cedeu-lhe o lugar de bom grado. Tuppence se instalou numa poltrona e começou a resmungar consigo mesma, de sobrancelhas franzidas.

— É bem simples, na verdade — murmurou Tommy após ter decorrido meia hora.

— Não tripudie! Somos da geração errada para fazer esse tipo de coisa. Estou bem inclinada a voltar à cidade amanhã e pedir a ajuda de uma velhinha, que vai decifrar tudo com a maior facilidade.

— Bem, vamos tentar mais uma vez.

— Não há muitas coisas que sejam boas de comer tanto fritas como cozidas e comecem com roupa de mulher — declarou Tuppence, pensativa...

— Lembre-se de que, retirando-se algo no meio, de todas fica a primeira...

— Ovos... Salsichas... Carnes... Peixes... Mas não começam com roupa de mulher...

— Vestido... Blusa... Saia... Traje...?

— É difícil, mesmo... Nada combina...

Foram interrompidos pela pequena empregada, que veio anunciar-lhes que o jantar seria servido em alguns minutos.

— É só que a sra. Lumley gostaria de saber se preferem suas batatas fritas ou cozidas nas cascas. Ela pode fazer dos dois jeitos.

— Cozidas nas cascas — respondeu Tuppence, prontamente. — Adoro batatas... — Ela parou dura, com a boca entreaberta.

— O que foi, Tuppence? Você viu um fantasma?

— Tommy — gritou Tuppence —, você não compreende? É isso! Quero dizer, a palavra. *Batata*! "Frita ou cozida, sou boa de comer" e "Começo com roupa de mulher"... Começa com "bata". "E termino com o relato da assembleia." É a *ata*, claro. "No meio, retire para que fique de todas a primeira". É o A, a primeira letra de todas do alfabeto. "Bata", menos "A", "Bat", mais "Ata", "Batata". E se eu retiro o A, no meio da palavra "Batata" fica um outro A.

— Você está certa, Tuppence. Muito inteligente da sua parte. Mas temo que jogamos fora um tempão com uma coisa sem a menor importância. Batatas não se encaixam de modo algum com tesouros desaparecidos. Mas espere um minuto. O que você leu há pouco quando revirávamos a caixa? Alguma coisa sobre uma receita para batatas novas. Será que tem alguma coisa a ver com isso?

Ele revirou rapidamente toda a pilha de receitas.

— Aqui está. "COMO CONSERVAR BATATAS NOVAS. Coloque as batatas novas em latas e enterre-as no jardim. Mesmo em pleno inverno, terão o sabor de batatas recém-colhidas."

— Descobrimos! — gritou Tuppence. — É isso. O tesouro está no jardim, enterrado dentro de uma lata.

— Mas perguntei ao jardineiro. Ele me disse que jamais enterrou coisa alguma.

— Sim, eu sei, mas isso é porque as pessoas nunca respondem àquilo que se pergunta, mas sim aquilo que acham que você quer saber. Ele sabia que nunca tinha enterrado nada fora do comum. Amanhã iremos até lá e perguntaremos onde ele enterrou as batatas.

A manhã seguinte era véspera de Natal. Após perguntar nos arredores, encontraram a cabana do velho jardineiro. Após alguns minutos de conversa, Tuppence introduziu o assunto:

— Quem me dera ter batatas novas na época do Natal — ela observou. — Não seriam uma delícia com peru? As pessoas aqui nesse lugar não as enterram em latas às vezes? Ouvi falar que isso faz com que se conservem frescas.

— Sim, enterram sim — declarou o velho. — A velha srta. Deane, lá da Casa Vermelha, todo verão sempre enterrava três latas e, quase sempre, acabava se esquecendo de desenterrar as latas depois.

— No canteiro junto da casa, geralmente, não era?

— Não, lá encostado ao muro, perto do abeto.

Munidos da informação que queriam, eles logo se despediram do velho, não sem antes deixar-lhe cinco xelins como presente de Natal.

— E agora, a Monica — anunciou Tommy.

— Tommy! Você não tem nenhuma sensibilidade dramática. Deixe comigo. Tenho um plano perfeito. Você acha que conseguiria pedir para alguém, pegar emprestada ou mesmo surrupiar uma pá?

De um jeito ou de outro, uma pá foi logo obtida e, naquela mesma noite, bem tarde, duas figuras podiam ser vistas adentrando furtivamente o terreno da Casa Vermelha. O lugar que o jardineiro indicara foi encontrado com facilidade, e Tommy pôs-se a trabalhar. Em seguida, sua pá ressoou em metal e, alguns segundos depois, ele já havia desenterrado uma lata de biscoitos das grandes. Estava bem fechada com fita adesiva e firmemente amarrada com barbante, mas Tuppence, com a ajuda do canivete de Tommy, logo conseguiu abri-la. Então ela emitiu um gemido. A lata estava cheia de batatas. Tuppence despejou as batatas e esvaziou a lata, mas não havia mais nada dentro dela.

— Continue cavando, Tommy.

Passou-se um tempo antes que uma segunda lata lhes recompensasse a busca. Como da vez anterior, Tuppence rompeu o lacre.

— Bem? — quis saber Tommy, ansioso.

— Batatas outra vez!

— Droga! — disse Tommy e retomou o trabalho.

— A sorte vem na terceira vez — afirmou Tuppence, buscando consolá-los.

— Acho que é tudo pura ilusão — concluiu Tommy, melancólico, mas continuou a cavar.

Finalmente, trouxeram uma terceira lata à luz.

— Batatas outra... — começou Tuppence, mas não concluiu. — Oh, Tommy, achamos. As batatas só estão por cima. Olhe só!

Ela tinha nas mãos uma bolsa grande e antiga, de veludo.

— Vamos direto para casa — sugeriu Tommy. — Está um frio danado aqui. Leve a bolsa com você. Preciso tapar os buracos no jardim. E que mil maldições lhe caiam sobre a cabeça, Tuppence, se você abrir essa bolsa antes que eu chegue lá!

— Jogo limpo. Ai! Estou congelada! — Ela bateu em retirada de modo apressado.

Ao chegar à hospedaria, não precisou esperar muito. Tommy veio logo atrás dela, suando muito depois do esforço de cavar e, por último, da corrida acelerada até lá.

— E agora — anunciou Tommy — os investigadores particulares obtêm pleno êxito! Abra o fruto da pilhagem, sra. Beresford.

Dentro da bolsa havia um pacote enrolado em folha de seda e um pesado saco de camurça. Abriram primeiro o saco. Estava cheio de soberanos* de ouro. Tommy contou as moedas.

— Duzentas libras. Foi todo o valor que deixaram que ela tirasse, creio eu. Corte o pacote e abra-o.

Tuppence obedeceu. Estava cheio de cédulas de dinheiro bem dobradas. Tommy e Tuppence contaram todas cuidadosamente. Elas perfaziam um total exato de vinte mil libras.

— Oh céus! — fez Tommy. — A Monica não é realmente sortuda por sermos ao mesmo tempo ricos e honestos? O que é isso embrulhado em papel de seda?

Tuppence desenrolou o pequeno pacote e extraiu um magnífico cordão de pérolas uniformes e perfeitas.

— Não entendo muito dessas coisas — disse Tommy devagar. — Mas tenho quase que certeza de que estas pérolas valem mais umas cinco mil libras, pelo menos. Veja só o tamanho delas. Agora entendo por que a velha guardou aquele recorte que dizia que pérolas são um bom investimento. Ela deve ter transformado todas suas ações em cédulas e joias.

— Oh, Tommy, não é maravilhoso? A querida Monica. Agora ela pode se casar com o jovem que ama e viver feliz para sempre, como eu.

---

* Um soberano (*a sovereign*) é uma moeda inglesa de ouro que foi produzida muitas vezes a partir de 1489, saiu de linha após 1604 e voltou a ser cunhada a partir de 1817, historicamente com o valor de 20 xelins, ou 1 libra. (N.T.)

— Que coisa doce da sua parte, Tuppence. Quer dizer que você *é feliz* comigo?

— Para dizer a verdade — admitiu Tuppence —, sou. Mas não queria lhe contar. Escapou. Com toda essa emoção, a véspera de Natal e mais uma coisa e outra...

— Se você me ama de verdade — pediu Tommy —, pode me responder uma coisa?

— Detesto essas armadilhas — confessou Tuppence —, mas... Tudo bem.

— Então, como é que você sabia que Monica era filha de um clérigo?

— Ora, eu apenas enganei você — disse Tuppence, feliz. — Eu abri a carta em que ela pedia uma entrevista. E um sr. Deane foi cura de meu pai no passado. Ele tinha uma filhinha chamada Monica, uns quatro ou cinco anos mais nova do que eu. Daí, concluí que provavelmente fosse a filha dele.

— Você é muito cara de pau — disse Tommy. — Alô, alô, o relógio já bate a meia-noite. Feliz Natal, Tuppence.

— Feliz Natal, Tommy. Será um Natal feliz para Monica também... E tudo graças a nós. Estou feliz. Pobrezinha, tem estado tão triste! Sabe, Tommy, me sinto bem esquisita e me dá um nó na garganta quando penso nisso.

— Querida Tuppence — disse Tommy.

— Querido Tommy — disse Tuppence. — Como estamos ficando incrivelmente sentimentais!

— Só é Natal uma vez por ano — sentenciou Tommy. — Foi o que as nossas bisavós disseram, e espero que ainda haja muita verdade nisso.

16

AS BOTAS DO EMBAIXADOR

I

— Meu bom camarada, meu bom camarada — disse Tuppence, agitando na mão um bolo inglês coberto com muita manteiga.

Tommy encarou-a por um ou dois minutos, após os quais um largo sorriso abriu-se em seu rosto e ele murmurou:

— Nós realmente temos que ser muito cuidadosos.

— É mesmo — concordou Tuppence, encantada. — Você adivinhou. Sou o famoso dr. Fortune*, e você, o superintendente Bell.

— Por que está fazendo o papel de Reginald Fortune?

— Bem, na verdade é porque estou com vontade de comer muita manteiga derretida.

— Esse é o lado agradável — comentou Tommy. — Mas há outro. Você terá que examinar rostos estraçalhados em acidentes horríveis e toda espécie de cadáveres em grande número.

---

* Dr. Reggie Fortune, um detetive cirurgião que adora a boa vida e a boa mesa. Sempre crítico da Scotland Yard, Fortune é seu mais eminente patologista forense e um mestre da medicina legal a quem nada escapa. Criação do escritor inglês H. C. Bailey (1878-1961). (N.T.)

Como resposta, Tuppence jogou-lhe uma carta. As sobrancelhas de Tommy ergueram-se, demonstrando grande espanto.

— Randolph Wilmott, o embaixador americano. O que será que ele quer?

— É o que saberemos amanhã às onze em ponto.

Pontualmente, na hora marcada, Randolph Wilmott, embaixador dos Estados Unidos junto à Corte de Saint James, foi trazido ao interior do escritório do sr. Blunt. Ele pigarreou e começou a falar de uma maneira estudada e típica.

— Vim ter com o senhor, sr. Blunt... A propósito, é o próprio sr. Blunt com quem falo, não é?

— Certamente — confirmou Tommy. — Sou Theodore Blunt, o responsável pela firma.

— Sempre prefiro lidar com os chefes dos departamentos — informou o sr. Wilmott. — É muito mais satisfatório, em todos os sentidos. Como estava prestes a lhe dizer, sr. Blunt, este negócio me aborrece muito. Não há nada que nos obrigue a envolver a Scotland Yard... Não fiquei nem um centavo mais pobre e, provavelmente, tudo se deve a um mero engano. Mas, mesmo assim, não consigo compreender o que teria dado margem a esse engano. Ouso dizer que não há nada de criminoso na questão, mas gostaria de ver tudo devidamente esclarecido. Fico louco quando não descubro a razão ou a causa de alguma coisa.

— Perfeitamente — anuiu Tommy.

O sr. Wilmott continuou. Ele era lento e dado a muitos detalhes. Por fim, Tommy conseguiu dar sua opinião:

— Muito bem. A situação é a seguinte: o senhor chegou no transatlântico *Nomadic* há uma semana. De algum modo, sua sacola de viagem e a de outro cavalheiro, Ralph Westerham, cujas iniciais são idênticas às suas, foram trocadas. O senhor levou o saco de viagem de Westerham, e ele, o seu. O sr. Westerham descobriu o engano imediatamente, entregou seu saco de viagem na embaixada e levou o dele embora. Estou certo até aqui?

— É exatamente isso que aconteceu. As duas peças eram praticamente idênticas e, sendo as iniciais R. W. as mesmas, não é difícil de entender que um erro poderia ter sido cometido. Eu mesmo não tinha me dado conta do que ocorrera até que meu criado pessoal me informasse do engano, e o sr. Westerham, ele é senador e um homem que admiro muito, mandasse buscar sua mala e devolvesse a minha.

— Então, não compreendo...

— Mas vai compreender. Este é só o começo da história. Ontem, por acaso, encontrei-me com o senador Westerham e, casualmente, mencionei o assunto com ele em tom de brincadeira. Qual não foi minha grande surpresa ao perceber que ele aparentemente não sabia do que eu estava falando e, quando expliquei, ele negou a história toda. Ele não levara qualquer saco de viagem do navio por engano; na verdade, ele sequer viajara com tal item em sua bagagem.

— Que extraordinário!

— Sr. Blunt, é *mesmo* extraordinário. Não faz o menor sentido. Ora, se alguém quisesse roubar meu saco de viagem, poderia fazê-lo com facilidade, sem precisar apelar para esse expediente tortuoso. E, de qualquer maneira, o saco de viagem *não* foi roubado, mas devolvido para mim. Por outro lado, se foi levado por engano, por que usar o nome do senador Westerham? É loucura... Mas, por mera curiosidade, pretendo ir até o fundo desse assunto. Espero que o caso não seja trivial demais para que o senhor o aceite.

— De modo algum. É um probleminha bem intrigante, passível, como o senhor o diz, de muitas explicações simples; mas, mesmo assim e à primeira vista, desconcertante. A primeira coisa, claro, é o *motivo* da substituição, se é que houve. O senhor afirma que não faltava nada em sua sacola quando lhe foi devolvida?

— Meu criado diz que não. Ele saberia.

— O que havia dentro dela, se não se importa de dizer?

— Principalmente botas.

— Botas — ecoou Tommy em tom desanimado.

— Sim — repetiu o sr. Wilmott. — Botas. Não é mesmo esquisito?

— O senhor me perdoe a pergunta — escusou-se Tommy —, mas por acaso não levava nenhum documento secreto ou coisa parecida costurado dentro do forro de uma das botas ou escondido em um salto falso?

O embaixador parecia ter achado a pergunta engraçada.

— A diplomacia secreta não chegou a esse pé, espero.

— Só na ficção — respondeu Tommy com um sorriso e um tom de voz ligeiramente apologético. — Mas, o senhor compreende, temos de dar conta do episódio de um jeito ou de outro. Quem veio buscar a sacola de viagem? Refiro-me à outra bagagem.

— Supostamente tratava-se de um dos empregados de Westerham. Um homem bastante quieto e sem nada de especial, pelo que compreendo. Meu criado pessoal não percebeu nada de errado com ele.

— O senhor sabe informar se o saco de viagem chegara a ser desfeito?

— Isso não posso lhe assegurar. Suponho que não. Mas, talvez, o senhor queira fazer algumas perguntas a meu criado pessoal. Ele pode lhe revelar mais do que eu sobre o ocorrido.

— Acho que seria a melhor coisa a fazer, sr. Wilmott.

O embaixador fez breves anotações em um cartão e o entregou a Tommy.

— Sugiro que o senhor opte por dar uma passadinha na embaixada e fazer suas perguntas lá mesmo. Caso contrário, pedirei ao criado, falando nisso, seu nome é Richards, que dê uma passadinha aqui.

— Não, obrigado, sr. Wilmott. Preferiria ir até a embaixada.

O embaixador se ergueu olhando para o relógio.

— Ora, vou me atrasar para um compromisso. Bem, até logo, sr. Blunt. Deixo o assunto em suas mãos.

Ele saiu apressado. Tommy olhou para Tuppence, que assumira uma atitude recatada e estivera fazendo anotações em seu bloco de notas no papel da eficiente srta. Robinson.

— O que acha disso tudo, minha velha? — ele perguntou. — Você vê, como disse o sujeito, qualquer sentido nessa história toda?

— Absolutamente nenhum — respondeu Tuppence em tom animado.

— Bem, já é um começo, mesmo assim! Demonstra que de fato há algo muito profundo por trás disso tudo.

— Acha mesmo que sim?

— É uma hipótese geralmente aceita. Lembre-se de Sherlock Holmes e do quanto a manteiga afundara na salsa... Eu quero dizer o contrário. Sempre tive uma vontade imensa de saber tudo sobre esse caso. Talvez Watson o desenterre de seu bloquinho uma hora dessas. Então eu morrerei feliz. Mas temos que pôr as mãos na massa.

— Isso mesmo — concordou Tuppence. — Não é um homem muito rápido no gatilho, o estimado Wilmott, mas é certeiro.

— Ela conhece os homens — reconheceu Tommy. — Ou devo dizer *ele* conhece os homens? É tão confuso quando você assume o papel de um detetive homem.

— Oh, meu bom camarada, meu bom camarada!

— Mais ação, Tuppence, e menos repetição.

— Uma frase clássica jamais poderá ser repetida mais vezes do que se deveria — decretou Tuppence, cheia de dignidade.

— Aceita um pedaço de bolo inglês? — ofereceu Tommy, gentil.

— Muito obrigada, mas não às onze horas da manhã. Que caso bobo, esse. Botas... Veja só. Por que botas?

— Bem... — disse Tommy — Por que não?

— Isso não faz sentido. Botas. — Ela balançou a cabeça. — Tudo errado. Quem é que quer as botas dos outros? É tudo muito esquisito.

— É possível que tenham apanhado a mala errada — sugeriu Tommy.

— Isso é possível. Mas se estivessem atrás de documentos, uma pasta seria mais provável. A única coisa que se pode relacionar a embaixadores são documentos.

— Botas sugerem pegadas — especulou Tommy, pensativo. — Acha que queriam deixar rastros das pegadas de Wilmott em algum lugar?

Tuppence avaliou a sugestão, abandonando seu papel e depois balançou a cabeça.

— Parece incrivelmente impossível — concluiu ela. — Não, creio que teremos de nos resignar com o fato de que as botas não têm nenhuma relação com isso.

— Bem — disse Tommy com um suspiro —, o próximo passo é entrevistar nosso amigo Richards. Talvez ele possa nos dar alguma luz para esclarecermos esse mistério.

Ao mostrar o cartão do embaixador, Tommy foi recebido na embaixada e, logo em seguida, um jovem pálido muito respeitoso e de tom suave se apresentou para se submeter ao exame.

— Sou Richards, cavalheiro. O criado pessoal do sr. Wilmott. Pelo que entendi, o senhor desejava me ver?

— Sim, Richards. O sr. Wilmott foi me procurar hoje de manhã e sugeriu-me que viesse até aqui lhe fazer algumas perguntas. É o caso da sacola de viagem.

— Sei que o sr. Wilmott ficou meio aborrecido com o ocorrido, senhor. Não entendo por que, já que ninguém foi prejudicado. O homem que veio atrás da outra sacola deixou bem claro que ela pertencia ao senador Westerham; mas, é claro, posso ter me enganado.

— E como ele era?

— De meia-idade. Cabelos grisalhos. Diria que era de nível social muito bom... Respeitabilíssimo. Entendi que seria o criado pessoal do senador Westerham. Ele deixou o saco de viagem do sr. Wilmott e levou o outro com ele.

— A mala chegara a ser desfeita?

— Qual delas, senhor?

— Bem, me referia àquela que você trouxe do navio. Mas também gostaria de saber sobre a outra... A que era mesmo do sr. Wilmott. Acha que chegara a ser desfeita?

— Diria que não, senhor. Estava amarrada com correias bem do modo que eu a havia arrumado ainda no barco. Diria que o cavalheiro, seja lá quem for, só a abriu, percebeu que não era sua bagagem e fechou-a novamente.

— Não faltava nada? Nenhum artigo pequeno?

— Acho que não, senhor. Na verdade, estou bem certo que não.

— E quanto à outra. Chegou a desfazê-la?
— Na realidade, senhor, estava abrindo a sacola de viagem bem no momento em que o empregado do senador Westerham chegou. Mal acabara de remover as correias.
— Chegou a abri-la, por acaso?
— Só a abrimos juntos, senhor, para nos certificarmos de que, dessa vez, não havia engano. O homem disse que estava tudo bem, colocou as correias de volta no lugar e foi embora levando a mala.
— E o que tinha dentro dela? Botas também?
— Não, senhor. Imagino que, em sua maioria, eram itens de perfumaria. Sei que vi uma lata de sais de banho.

Tommy abandonou aquela linha de investigação.

— Suponho que jamais viu alguém mexendo nas coisas que estavam na cabine de seu patrão enquanto estavam a bordo, viu?
— Ah, não senhor.
— Nem viu nunca nada suspeito, de espécie alguma?

"E o que será que quero dizer com isso?", Tommy pensou com seus botões, quase divertido. "'Nada suspeito'"... Isso são meras palavras!"

Mas o homem diante dele hesitava:

— Só agora estou me lembrando disso...
— Sim — quis saber Tommy, ansioso. — Do quê?
— Não acho que possa ter qualquer relação com isso. Mas havia uma jovem.
— Sim? Uma jovem, você diz. E o que ela estava fazendo?
— Ela havia sido trazida desmaiada. Uma jovem muito agradável. Srta. Eileen O'Hara, esse era o seu nome. Elegante na aparência, não muito alta, de cabelos negros. Tinha um certo quê de estrangeira.

— É mesmo? — perguntou Tommy, ainda mais ansioso.
— Como ia dizendo, ela havia passado mal. Bem do lado de fora da cabine do sr. Wilmott. Ela me pediu que lhe chamasse um médico. Eu a ajudei a se sentar no sofá e fui buscar o doutor. Levei algum tempo para encontrá-lo e, quando o achei e o levei até a cabine, a jovem já estava quase boa de novo.
— Ah! — exclamou Tommy.
— O senhor não acha que...
— É difícil saber o que pensar — esquivou-se Tommy. — Essa srta. O'Hara estava viajando sozinha?
— Sim, creio que sim, senhor.
— Não a viu mais depois que desembarcou?
— Não, senhor.
— Bem — disse Tommy após um ou dois minutos de reflexão. — Acho que isso é tudo. Obrigado, Richards.
— Eu que lhe agradeço, senhor.

De volta ao escritório da Agência de Detetives Internacional, Tommy repetiu em detalhes a conversa com Richards para Tuppence, que ouviu atentamente.

— O que você acha, Tuppence?
— Ora, meu bom camarada, nós os médicos sempre ficamos céticos quando ocorre um desmaio repentino! É tão conveniente! E *Eileen* além de *O'Hara*. Uma combinação de nomes tão irlandesa que é quase impossível que seja legítima, você não acha?
— Pelo menos finalmente temos alguma coisa para seguir investigando. Sabe o que vou fazer, Tuppence? Vou colocar um anúncio atrás da moça.
— O quê?

— Sim, qualquer informação que diga respeito à srta. Eileen O'Hara que viajou em tal navio, em tal data. Ou ela responderá pessoalmente, se for de verdade, ou alguém pode aparecer para nos dar alguma informação sobre ela. Até agora, é nossa única esperança de obtermos uma pista.

— Lembre-se de que você também a deixará de sobreaviso.

— Bem — concluiu Tommy —, algum risco teremos que correr.

— Eu ainda não vejo nenhum sentido nessa coisa toda — resumiu Tuppence, franzindo a testa. — Se uma quadrilha de vigaristas se apossa da mala do embaixador por uma ou duas horas e mais tarde a devolve, que tipo de vantagem possível eles tirariam disso? A não ser que dentro dela houvesse documentos que quisessem copiar, mas o sr. Wilmott jura que não havia nada do tipo em seu saco de viagem.

Tommy olhou-a, pensativo.

— Você coloca a coisa toda muito bem, Tuppence — afirmou ele, finalmente. — E me deu uma ideia.

II

Era dali a dois dias. Tuppence saíra para almoçar. Tommy, sozinho no austero escritório do sr. Theodore Blunt, aperfeiçoava sua mente lendo o mais novo e eletrizante livro de suspense.

A porta do escritório se abriu e Albert apareceu.

— Uma jovem quer vê-lo, senhor. A srta. Cicely March. Diz que está aqui em resposta a um anúncio.

— Faça-a entrar imediatamente — exclamou Tommy, jogando seu romance dentro de uma gaveta disponível para isso.

Passado mais um minuto, Albert já havia conduzido a jovem até o interior do escritório. Tommy só tivera tempo de notar que a moça tinha cabelos claros e era incrivelmente bonita quando um fato espantoso aconteceu.

A porta pela qual Albert acabara de sair foi escancarada de forma grosseira e violenta. De pé junto a ela estava uma figura pitoresca: um homem grande e moreno, aparentemente espanhol de origem, vestindo uma flamejante gravata vermelha. Seu rosto estava desfigurado pela fúria, e uma pistola cintilava em sua mão.

— Então este é o escritório do sr. Intrometido Blunt? — o intruso declarou num inglês perfeito. Sua voz era baixa e destilava rancor. — Mãos ao alto... Ou eu atiro.

Não parecia que ameaçasse em vão. Tommy levantou as duas mãos, obediente. Agachada e encolhida contra a parede, a jovem ofegou, horrorizada.

— Esta jovem vem comigo — decidiu o homem. — Sim, vem sim, minha querida. Nunca me viu antes, mas isso não importa. Não posso deixar que meus planos sejam arruinados por uma pirralhinha boba feito você. Acho que me lembro de você como uma das passageiras do *Nomadic*. Devia estar bisbilhotando coisas que não lhe diziam respeito... Mas não pretendo deixar que você abra a boca e revele segredos aqui para o sr. Blunt. É um cavalheiro muito esperto, esse sr. Blunt, como seus anúncios caprichados. Mas, por acaso, eu sempre fico de olho nas colunas dos classificados. Foi assim que descobri esse seu joguinho.

— O senhor me interessa muitíssimo — admitiu Tommy. — Não gostaria de continuar falando?

— Seu atrevimento não vai ajudar em nada, sr. Blunt. Daqui em diante, o senhor é um homem marcado. Desista desta investigação e nós o deixaremos em paz. Caso contrário... Que Deus o ajude! A morte vem a galope para aqueles que atrapalham os nossos planos.

Tommy não respondeu. Ele olhava fixamente por sobre o ombro do intruso como se tivesse visto um fantasma.

Na verdade, estava vendo algo que lhe causava mais apreensão do que um fantasma jamais poderia causar. Até aquele momento, não pensara em Albert como um fator importante daquele jogo. Imaginara que o homem misterioso já havia lidado com o jovem contínuo. Se é que chegara a pensar nele, fora para imaginá-lo deitado, inconsciente, estirado sem reação sobre o tapete do escritório da antessala.

Agora via que Albert escapara milagrosamente da atenção do estranho. Mas, em vez de correr para buscar um policial, à boa e segura moda inglesa, Albert decidira agir por conta própria. A porta se abria silenciosamente por trás do estranho e Albert estava parado ali, junto à porta, envolto num pedaço de corda que ele mesmo segurava.

Tommy soltou um grito de protesto desesperado, mas já era tarde demais. Inflamado pelo entusiasmo, Albert jogou um laço de corda sobre a cabeça do estranho e atirou-se sobre ele, fazendo-o cair para trás.

O inevitável aconteceu. A pistola disparou com um estampido, e Tommy sentiu a bala chamuscar sua orelha de passagem, antes de enterrar-se no gesso da parede, atrás dele.

— Peguei ele, chefe! — gritou Albert, arrebatado com o triunfo. — Consegui laçá-lo. Vinha praticando o laço nas minhas horas de folga. Pode me dar uma mão? Ele é muito violento.

Tommy apressou-se em ajudar seu fiel escudeiro, determinando para si mesmo que Albert não deveria ter mais horas de folga.

— Seu idiota desgraçado — reclamou Tommy. — Por que não foi buscar um policial? Por causa desta sua brincadeirinha boba, ele quase que me deu um tiro na cabeça. Nunca escapei por tão pouco!

— Lacei-o bem na hora H, não foi? — comemorou Albert, seu entusiasmo em nada diminuído. — É maravilhoso o que esses caubóis conseguem fazer nas pradarias, chefe.

— É mesmo — concordou Tommy —, mas não estamos nas pradarias. Só por acaso, estamos numa cidade altamente civilizada. E agora, meu caro senhor — ele acrescentou, dirigindo-se ao adversário prostrado —, o que faremos com você?

Sua única resposta foi uma sucessão de imprecações em uma língua estrangeira.

— Fique quieto — ordenou Tommy. — Não entendo uma palavra do que você está dizendo, mas tenho a impressão de que não é o tipo de linguagem que se usa diante de uma dama. A senhorita o perdoa, não é, srta...? Sabe, com o calor deste pequeno contratempo, acabei por esquecer o seu nome.

— March — informou a moça. Ela ainda estava branca e muito abalada. Mas agora veio para frente e ficou junto de Tommy, olhando para baixo na direção da figura deitada do estranho derrotado. — O que o senhor vai fazer com ele?

— Eu poderia ir buscar um guarda agora — disse Albert, prestativo.

Mas Tommy, erguendo os olhos, percebeu um leve movimento negativo que a moça fazia com a cabeça e agiu de acordo com o mesmo:

— Vamos deixá-lo ir, desta vez — declarou ele. — Todavia, vou me dar o prazer de chutá-lo escada abaixo... Nem que seja para ensinar-lhe bons modos diante de uma dama.

Ele tirou a corda, pôs a vítima de pé com um puxão e empurrou-o com energia porta afora da antessala.

Ouviram-se vários gritos estridentes e então um baque surdo. Tommy retornou, corado, mas sorridente.

A moça o encarava com os olhos bem arregalados.

— O senhor... o machucou?

— Espero que sim — respondeu Tommy. — Mas esses castelhanos estão acostumados a fazer uma barulheira antes de se machucarem... Então, não tenho como ter certeza. Podemos voltar a meu escritório, srta. March, e retomar nossa conversa? Acho que não seremos interrompidos de novo.

— Ficarei de laço pronto, senhor, por via das dúvidas — disse o sempre prestativo Albert.

— Guarde o seu laço — ordenou Tommy, sério.

Ele seguiu a moça até o escritório interno e sentou-se à escrivaninha, enquanto a jovem ocupou uma cadeira virada para ele.

— Não sei bem por onde começar — a garota admitiu. — Como ouviu aquele indivíduo dizer, eu era uma passageira no *Nomadic*. A jovem que o senhor menciona em seu anúncio, a srta. O'Hara, também estava a bordo.

— Exatamente — aquiesceu Tommy. — Isso, nós já sabemos; mas desconfio de que a senhorita deva saber alguma coisa a respeito do que ela fez a bordo. Caso contrário, esse cavalheiro tão pitoresco não estaria com tamanha pressa de intervir.

— Vou lhe contar tudo. O embaixador americano estava a bordo. Um dia, quando passava pela cabine dele, vi esta mulher lá dentro, e ela estava fazendo algo tão extraordinário que parei para olhar. Ela tinha uma bota masculina na mão...

— Uma bota? — perguntou Tommy, animado. — Desculpe, srta. March, por favor, continue.

— Com uma tesourinha ela estava abrindo o forro da bota. Então, parecia que ela empurrava alguma coisa lá para dentro. Bem naquele mesmo minuto, o médico e outro homem se aproximaram, e ela, imediatamente, se jogou no sofá e gemeu. Esperei, e pelo que estava sendo dito deduzi que ela fingira ter desmaiado. Eu digo *fingira* porque quando eu a vi pela primeira vez era óbvio que não estava sentindo nada parecido.

Tommy anuiu.

— Bem?

— Eu detesto ter que lhe contar a parte seguinte. Eu fiquei... Curiosa. E, além disso, andei lendo uns livros bobos e fiquei imaginando se ela não teria posto uma bomba, uma agulha envenenada ou qualquer coisa do gênero na bota do sr. Wilmott. Sei que é absurdo... Mas pensei isso mesmo. O fato é que, na próxima vez que passei pela cabine vazia, entrei furtivamente e examinei a bota. Consegui extrair do forro uma tira de papel. Logo que a retirei, ouvi o camareiro de bordo se aproximando e saí apressada para não ser pega. Levei o papel dobrado comigo. Quando entrei na minha própria cabine, eu o examinei. Sabe, sr. Blunt, eram apenas alguns versículos da Bíblia.

— Versículos da Bíblia — repetiu Tommy, muito intrigado.

— Pelo menos, foi o que pensei naquele momento. Eu não conseguia entender, mas achei que talvez fosse obra de um maníaco religioso. De qualquer modo, achei que não valia a pena colocar a tira de volta no lugar. Fiquei com ela sem pensar muito no assunto até ontem, quando eu a usei para fazer um barquinho para meu sobrinho pequeno brincar no banho. À medida que o papel ficava molhado, pude enxergar algum tipo de padrão esquisito que se formava por todos os lados do papel. Corri para tirar o papel da banheira, desdobrá-lo e alisá-lo sobre uma superfície plana. A água havia revelado uma mensagem secreta. Era uma espécie de traçado e parecia com a entrada de um porto. Logo depois dessa descoberta, li o seu anúncio.

Tommy ergueu-se de um salto.

— Mas isso é gravíssimo! Agora eu compreendo tudo. O traçado é, provavelmente, o plano de importantes defesas portuárias. E tinha sido roubado por essa mulher. Com certeza temia que alguém estivesse no seu encalço e, sem ousar esconder o plano entre seus próprios pertences, ela criou esse esconderijo. Mais tarde, ela se apossou da mala onde estava guardada a bota, quando descobriu que o papel havia desaparecido. Diga-me, srta. March, trouxe o papel consigo?

A moça balançou a cabeça.

— Está no meu local de trabalho. Dirijo um salão de beleza na Bond Street. Na verdade, sou uma representante dos produtos de beleza Cyclamen, de Nova York. Foi por isso que estive lá. Pensei que o papel pudesse ser importante e o tranquei no cofre antes de sair do salão. Será que a Scotland Yard não deveria ser informada?

— Sim, realmente.

— Então vamos até lá agora, tirar o papel do cofre e levá-lo diretamente para a Scotland Yard?

— Estou muito ocupado hoje à tarde — mentiu Tommy, assumindo seu ar profissional e consultando o relógio. — O bispo de Londres quer que eu assuma um caso seu. Um problema muito curioso, que envolve algumas vestes eclesiásticas e dois curas.

— Então, nesse caso — concluiu a srta. March, enquanto ficava de pé — eu vou sozinha.

Tommy ergueu uma das mãos, em sinal de protesto.

— Como eu ia dizendo — ele esclareceu —, o bispo terá de esperar. Vou deixar um recado com Albert. Estou convencido de que, até que aquele papel seja entregue em segurança à Scotland Yard, a senhorita corre perigo.

— O senhor acha mesmo? — perguntou a moça, em dúvida.

— Não acho, não: tenho certeza. Com sua licença. — Ele rabiscou algumas palavras num bloco diante de si, arrancou uma folha do mesmo e a dobrou.

Apanhando o chapéu e a bengala, Tommy comunicou à jovem que estava pronto para acompanhá-la. Na antessala, entregou o papel dobrado a Albert enquanto assumia um ar de grande importância.

— Estou sendo chamado para um caso urgente. Explique a situação a Sua Excelência Reverendíssima se ele vier. Aqui estão minhas anotações sobre o caso, para a srta. Robinson.

— Muito bem, senhor — concordou Albert, continuando com o mesmo jogo. — E quanto às pérolas da duquesa?

Tommy fez um gesto impaciente de mão.

— Isso também terá de esperar.

Ele e a srta. March saíram apressados. No meio da escada, encontraram Tuppence, que subia. Tommy passou por ela com um brusco:

— De novo atrasada, srta. Robinson. Fui chamado para um caso importante.

Tuppence ficou parada no meio da escada, olhando para os dois. Então, com as sobrancelhas levantadas, continuou subindo os degraus em direção ao escritório.

Quando os dois alcançaram a rua, um táxi apareceu vindo na direção deles. Tommy estava prestes a fazer um sinal para o carro, mas mudou de ideia.

— A senhorita costuma caminhar muito, srta. March? — perguntou, sério.

— Sim, por quê? Não seria melhor pegarmos um táxi? Assim chegaremos mais rápido.

— Talvez a senhorita não tenha percebido. Aquele motorista acabara de recusar uma corrida, um pouco antes nessa mesma rua. Estava nos esperando. Seus inimigos estão à espreita. Se não se incomodar, seria preferível caminharmos até a Bond Street. Com as ruas repletas de gente, eles não conseguirão tentar muita coisa contra nós.

— Muito bem — concordou a moça, ainda um tanto em dúvida.

Caminharam na direção do oeste. As ruas, como Tommy previra, estavam cheias, e eles seguiam devagar. Tommy permanecia alerta e atento. De vez em quando, ele puxava a moça para o lado, com um gesto rápido, embora ela mesma não tivesse visto nada que parecesse suspeito.

De repente, após olhar para a moça, arrependeu-se de sua própria sugestão.

— Olha só, você me parece esgotada. O choque daquela cena com o homem e tudo o mais. Vamos entrar aqui e tomar um café bem forte. Suponho que a senhorita recusaria um gole de conhaque.

A moça balançou a cabeça e deu um leve sorriso.
— Pois que seja café, então — Tommy ofereceu. — Acho que vale a pena corrermos o risco de que esteja envenenado.

Deixaram-se ficar algum tempo tomando o café e, finalmente, partiram mais apressados.

— Acho que conseguimos despistá-los — disse Tommy, olhando por sobre o ombro.

A Cyclamen Ltda. era um pequeno estabelecimento na Bond Street com cortinas de tafetá rosa pálido e onde dois potes de creme para o rosto e uma barra de sabonete serviam de decoração para a vitrine.

Cicely March entrou e Tommy seguiu atrás dela. O lugar era pequeno. À esquerda ficava um balcão de vidro com artigos de toucador. Por trás deste, havia uma mulher de meia-idade, cabelos grisalhos e uma cútis perfeita, que cumprimentou Cicely March com um leve gesto de cabeça antes de seguir atendendo sua cliente.

A cliente era uma mulher baixa e morena. Estava de costas para eles e eles não podiam ver seu rosto. Falava num inglês arrastado e de difícil compreensão. À direita, havia um sofá, um par de cadeiras e uma mesa coberta de revistas. Daquele lado estavam dois homens sentados que davam a impressão de serem maridos entediados que aguardavam pelas esposas.

Cicely March atravessou a sala e entrou diretamente por uma porta ao fundo, a qual ela deixou aberta para que Tommy a seguisse. Quando ele o fez, a cliente exclamou:

— Ah, mas acho que aquele é um *amico* meu.

Correndo atrás deles, a mulher colocou o pé na porta bem a tempo de evitar que se fechasse. Simultaneamente, os dois homens ficaram de pé. Um seguiu a cliente porta adentro, e o outro avançou na direção da funcionária da loja, tapando-lhe a boca com a mão de modo a abafar o grito que já se formava.

Enquanto isso, tudo se dava muito rapidamente do outro lado da porta de vaivém. Assim que Tommy atravessou a porta, um pano foi jogado sobre sua cabeça e um cheiro enjoativo invadiu-lhe as narinas. Quase ao mesmo tempo, porém, o pano foi arrancado de novo e soou forte um grito de mulher.

Tommy piscou algumas vezes e tossiu enquanto começava a vislumbrar a cena diante de si. À direita estava o misterioso desconhecido de algumas horas antes e, ocupado pondo-lhe algemas, um dos homens aborrecidos que estivera sentado na salinha da loja. Bem diante dele, Cicely March lutava em vão tentando se libertar enquanto a cliente a mantinha firmemente segura. Quando esta última virou a cabeça, o véu que lhe cobria o rosto se soltou e caiu, revelando as familiares feições de Tuppence.

— Parabéns, Tuppence — cumprimentou Tommy, chegando perto dela. — Deixe-me ajudá-la. Em seu lugar, eu não lutaria, srta. O'Hara... Ou prefere ser chamada de srta. March?

— Este é o inspetor Grace, Tommy — Tuppence os apresentou. — Assim que li o recado que você me deixou, liguei para a Scotland Yard e o inspetor Grace e outro homem se encontraram comigo bem aqui em frente.

— Estou muito satisfeito de ter apanhado este cavalheiro — informou o inspetor, apontando para o prisioneiro. — Ele é muito procurado, mas nunca tivemos motivos para desconfiar deste lugar... Achávamos que fosse um salão de beleza de verdade.

— Vejam só — explicou Tommy, gentil —, nós realmente temos que ser tão cuidadosos! Por que alguém iria querer a mala do embaixador mais ou menos por uma hora? Coloquei a questão de modo inverso. Suponhamos que a mala importante fosse a outra. Alguém queria que aquela mala ficasse entre as bagagens do embaixador por cerca de uma hora. Muito mais esclarecedor! A bagagem diplomática não é indignamente sujeita a qualquer inspeção alfandegária. Puro caso de contrabando. Mas contrabando de quê? Nada volumoso demais. Pensei imediatamente em drogas. Então, aquela comédia pitoresca foi armada no meu escritório. Tinham visto meu anúncio e me queriam fora do rastro... Ou, se isso não desse certo, totalmente fora de ação. Mas acabei percebendo uma expressão de absoluta consternação nos olhos da encantadora dama quando Albert fez seu número com o laço. Isso não se encaixava muito bem com o papel que supostamente representava. O ataque do desconhecido tinha o objetivo de que eu me certificasse de que podia confiar nela. Banquei o detetive crédulo com todas as forças... Engoli aquela sua história um tanto inverossímil e permiti que me atraísse até aqui, tomando o cuidado de deixar para trás instruções completas de como lidar com a situação. Sob os mais variados pretextos, retardei nossa chegada de modo a dar a todos bastante tempo para agir.

Cicely March olhava-o, impassível.

— Está louco. O que espera encontrar aqui?

— Lembrando que Richards viu uma lata de sais de banho, o que acha de começar pelos sais de banho, hein, inspetor?

— Uma bela ideia, senhor.

Ele apanhou uma das elegantes latas cor-de-rosa e a esvaziou sobre a mesa. A garota riu.

— Cristais genuínos, hein? — comentou Tommy. — Nada mais mortal do que carbonato de sódio?

— Tente o cofre — sugeriu Tuppence.

Havia um pequeno cofre de parede a um canto. A chave estava na fechadura. Tommy abriu a porta com força e deu um grito de satisfação. No fundo do cofre havia um buraco que dava para uma grande reentrância na parede, e esta última estava abarrotada com as mesmas latas elegantes de sais de banho. Fileiras e mais fileiras delas. Ele apanhou uma lata e abriu sua tampa à força. A parte de cima tinha os mesmos cristais cor-de-rosa, mas sob estes havia um pó branco e fino.

O inspetor soltou uma exclamação:

— É isso mesmo, senhor. Aposto o que quiser que essa lata está cheinha de cocaína pura. Sabíamos que havia uma zona de distribuição localizada em algum lugar por aqui, com acesso direto ao West End, mas nunca conseguimos obter nenhuma pista que nos levasse até ela. Foi um golpe de mestre da sua parte, senhor.

— Foi um belo caso de sucesso dos Detetives Brilhantes de Blunt — Tommy comentou com Tuppence quando saíam em direção à rua, juntos. — É maravilhoso ser casado. Suas lições constantes finalmente me permitiram reconhecer uma loura oxigenada. Cabelos dourados, para me enganar, precisam ser legítimos. Vamos redigir uma carta formal num estilo bem profissional para o embaixador, informando-lhe de que o assunto foi satisfatoriamente resolvido. E agora, meu bom camarada, que tal chá e muitas fatias de bolo inglês quentinhas e cobertas de manteiga?

17

O HOMEM QUE ERA O NÚMERO 16

I

Tommy e Tuppence estavam fechados com o chefe no escritório particular deste último. Seus elogios tinham sido calorosos e sinceros.

— Vocês tiveram um sucesso extraordinário. Graças a vocês, conseguimos pôr as mãos em nada menos do que cinco figurões muito interessantes e, a partir deles, obtivemos informações muito valiosas. Enquanto isso, fui informado através de fonte segura de que o quartel-general em Moscou alarmou-se com o fato de que os seus agentes não têm conseguido enviar relatórios. Acho que, apesar de todas as nossas precauções, eles começaram a suspeitar de que nem tudo vai bem naquilo que posso chamar de seu centro distribuidor: o escritório do sr. Theodore Blunt, a Agência de Detetives Internacional.

— Bem — consolou-se Tommy —, suponho que era inevitável que se dessem conta disso mais cedo ou mais tarde, senhor.

— Como você mesmo diz, só se podia esperar isso mesmo. Mas estou um pouco preocupado... Com a sra. Tommy.

— Posso muito bem tomar conta dela, senhor — afirmou Tommy exatamente no mesmo minuto em que Tuppence declarava:

— Posso muito bem cuidar de mim mesma.

— Hum — fez o sr. Carter. — O excesso de autoconfiança sempre foi uma característica de vocês dois. Não estou em condições de dizer se vocês seguem ilesos inteiramente devido a sua esperteza de nível sobre-humano ou se uma pequena dose de sorte também contribui. Mas, como sabem, a sorte muda. Todavia, não vou discutir esse tema. Pelo muito que conheço da sra. Tommy, suponho que seria inútil se eu lhe pedisse que buscasse sumir de vista nas próximas duas semanas, não é?

Tuppence balançou a cabeça com muita disposição.

— Então, tudo o que posso fazer é dar-lhes toda a informação de que disponho. Temos motivos para acreditar que um agente especial foi enviado de Moscou para o nosso país. Não sabemos que nome está usando para viajar nem quando chegará aqui. Mas, na verdade, sabemos alguma coisa sobre ele. Foi um agente que nos deu muito trabalho durante a guerra: parece ser capaz de se multiplicar em dois e volta e meia aparecia inesperadamente onde menos gostaríamos de encontrá-lo. É russo de nascimento e um perfeito poliglota, tanto que pode se passar por alguém de pelo menos meia dúzia de nacionalidades diferentes, inclusive a nossa. É também um grande mestre na arte do disfarce. E é muito inteligente. Foi ele quem bolou o código número 16. Quando ou como ele vai aparecer, não sei dizer. Mas tenho bastante certeza de que *vai* aparecer. Nós sabemos também o seguinte: ele não chegou a conhecer pessoalmente o verdadeiro sr. Theodore Blunt. Acho que aparecerá no seu escritório dando como pretexto um caso que gostaria que você assumisse e vai testá-lo com as senhas. A primeira, como sabe, é a menção do número 16... Que deve ser respondida com uma frase que contenha o mesmo número.

A segunda, que acabamos de descobrir, é uma pergunta que busca saber se a pessoa já cruzou o Canal da Mancha alguma vez. A resposta para esta pergunta é: "Eu estive em Berlim no dia 13 do mês passado". Pelo que sabemos, é só isso. Sugiro que responda corretamente para conquistar-lhe a confiança. Tente manter a mentira tanto quanto seja possível. Mas mesmo que ele pareça acreditar por completo, permaneça alerta. Nosso amigo é especialmente astuto e pode fazer um jogo duplo tão bem quanto — ou ainda melhor — do que vocês. Mas, de um jeito ou de outro, espero apanhá-lo por intermédio de vocês. A partir do dia de hoje, passo a adotar precauções especiais. Um ditafone* foi instalado ontem à noite no escritório de vocês de modo que um dos meus homens, na sala do andar de baixo, possa ouvir tudo o que se passa lá em cima. Assim, serei imediatamente informado se surgir qualquer coisa e posso tomar as providências necessárias para defendê-los enquanto apanhamos o homem a quem procuro.

Depois de mais algumas instruções e uma discussão geral sobre estratégias, o jovem casal partiu e se dirigiu com a maior rapidez possível para o escritório dos Detetives Brilhantes de Blunt.

— É tarde — disse Tommy, consultando o relógio. — Já é meio-dia. Ficamos muito tempo com o chefe. Espero que não tenhamos perdido nenhum caso especialmente picante.

— No fim das contas — resumiu Tuppence —, não fomos nada mal. Estava tabulando os resultados outro dia. Resolvemos

---

* Pequeno aparelho fonográfico usado para gravar o ditado de cartas e outras mensagens faladas para que fossem posteriormente copiadas por secretárias ou datilógrafas. (N.T.)

quatro assassinatos que pareciam insolúveis, apanhamos uma quadrilha de falsificadores, outra de contrabandistas...

— Na verdade, duas quadrilhas — interrompeu Tommy.

— Apanhamos mesmo! Fico satisfeito com isso. "Quadrilha" soa tão profissional.

Tuppence continuou, assinalando todos os itens nos dedos.

— Um roubo de joias, duas escapadas de morte violenta, um caso de desaparecimento de alguém que tentava emagrecer, uma jovem que acolhemos, um álibi que conseguimos detonar e... Ai de mim! Um caso em que fizemos papel de bobos. Mas, no todo, um resultado muito bom. Acho que somos *muito* espertos.

— É típico de você achar isso — provocou Tommy. — Você sempre acha que somos mesmo. Agora, cá comigo mesmo tenho a impressão de que uma ou duas vezes tivemos muita sorte.

— Bobagem — retrucou Tuppence. — Tudo graças à sua massa cinzenta.

— Bem, tive uma sorte danada pelo menos uma vez — admitiu Tommy. — Naquele dia em que Albert fez seu número com o laço. Mas você fala, Tuppence, como se estivesse tudo acabado.

— E está mesmo — afirmou Tuppence. Ela baixou o tom de voz de maneira impressionante: — Este é o nosso último caso. Quando eles tiverem capturado o superespião, os grandes detetives pretendem se aposentar para se dedicarem à apicultura ou ao cultivo de abóboras. Sempre fazem assim.

— Cansou-se disso tudo, hein?

— Sim, a-acho que estou cansada. E além do mais, agora somos tão bem-sucedidos... A sorte pode mudar.

— E agora quem é que está falando de sorte? — perguntou Tommy em tom triunfante.

Nesse momento eles viraram e entraram no edifício em que ficavam os escritórios da Agência de Detetives Internacional, e Tuppence não respondeu.

Albert estava de plantão na antessala e empregava seu tempo livre equilibrando, ou tentando equilibrar, a régua do escritório no próprio nariz.

Com um implacável franzir de testa em sinal de reprovação, o grande sr. Blunt passou por ele rumo a seu próprio escritório particular. Livrando-se do sobretudo e do chapéu, ele abriu o armário em cujas prateleiras repousava sua biblioteca clássica dos grandes detetives da ficção.

— As opções diminuem — murmurou Tommy. — Em quem devo me espelhar no dia de hoje?

A voz de Tuppence, com um tom um tanto diferente do usual, fez Tommy virar-se de repente.

— Tommy — perguntou —, que dia do mês é hoje?

— Deixe-me ver... Dia onze... Por quê?

— Olhe na folhinha.

Dependurado na parede havia um daqueles calendários de onde se arranca uma folha a cada dia. Nele lia-se "domingo, 16". Mas era segunda-feira.

— Por Júpiter, isso é muito esquisito. Albert deve ter arrancado folhas demais. Que sujeitinho descuidado.

— Não creio que tenha sido ele — concluiu Tuppence. — Mas vamos perguntar.

Após ser convocado e questionado, Albert parecia muito surpreso. Jurou que só havia arrancado duas folhas, de sábado e de domingo. Sua declaração foi logo confirmada, pois, enquanto as duas folhas arrancadas por Albert foram encontradas na grelha da lareira, as folhas seguintes estavam todas cuidadosamente empilhadas dentro da cesta de lixo.

— Um criminoso organizado e metódico — especulou Tommy. — Quem esteve aqui esta manhã, Albert? Algum cliente?

— Só uma pessoa, chefe.

— Como é que ele era?

— Era ela. Uma enfermeira. Muito chateada e ansiosa por vê-lo. Disse que ia esperá-lo até que viesse. Deixei-a esperando na sala dos "Funcionários" porque estava mais quente.

— E de lá ela podia andar até aqui, claro, sem que você a visse. Há quanto tempo que ela saiu?

— Há cerca de meia hora, senhor. Disse que passaria aqui de novo à tarde. Tinha um corpo bonito e bem maternal.

— Bonito e bem maternal... Ora, caia fora daqui, Albert!

Albert retirou-se, magoado.

— Um começo esquisito, esse — definiu Tommy. — Parece um pouco sem propósito. Isso nos deixa de prontidão. Suponho que não haja nenhuma bomba escondida na lareira ou qualquer coisa assim.

Ele foi se certificar quanto a isso e depois se sentou à escrivaninha e se dirigiu a Tuppence.

— *Mon ami* — começou ele —, estamos diante de um fato da maior gravidade. Você se recorda, não é mesmo, do homem que era o número 4.* Aquele que esmaguei como uma casca de ovo nas Dolomitas... Com a ajuda de poderosos explosivos, *bien entendu*. Mas ele não estava morto, realmente... Ah, não,

---

* Um mestre dos disfarces e o líder da organização criminosa conhecida como *Os quatro grandes* no romance homônimo de Agatha Christie (1927). (N.T.)

eles nunca morrem de verdade, esses supercriminosos. Este é o homem... Mas ainda mais do que era o outro, se posso dizer isso. Ele é o quatro ao quadrado... Em outras palavras, agora ele é o número 16. Você compreende, *mon ami*?

— É claro — disse Tuppence. — Você é o grande Hercule Poirot.

— Exatamente. Sem bigodes, mas com muita massa cinzenta.

— Tenho o pressentimento — brincou Tuppence — de que esta aventura em particular vai se chamar "O Triunfo de Hastings".*

— Nunca — discordou Tommy. — Não é assim que se faz. Uma vez o amigo idiota, sempre o amigo idiota. Há uma etiqueta para essas questões. Falando nisso, *mon ami*, não poderia repartir o cabelo ao meio em vez de reparti-lo de lado? O efeito atual é assimétrico e deplorável.

A campainha tocou alto na escrivaninha de Tommy. Ele devolveu o sinal e Albert apareceu portando um cartão.

— O príncipe Vladiroffsky — leu Tommy, em voz baixa. Ele olhou para Tuppence. — Será que... Faça-o entrar, Albert.

O homem que entrou tinha estatura mediana, porte gracioso, barba clara e aparentava ter cerca de trinta e cinco anos.

— Sr. Blunt? — perguntou ele. Seu inglês era perfeito. — O senhor me foi muitíssimo recomendado. Pode se encarregar de um caso para mim?

— Se o senhor me der os detalhes...

---

* O capitão Arthur Hastings, outra criação de Agatha Christie, é um oficial inglês da reserva e um velho amigo e, por vezes, parceiro de investigações do detetive belga Hercule Poirot. (N.T.)

— Certamente. Trata-se da filha de um amigo meu... Uma garota de dezesseis anos. Estamos ansiosos por evitar qualquer escândalo... O senhor compreende.

— Meu caro senhor — respondeu Tommy —, tenho tocado este negócio com muito sucesso há dezesseis anos devido a termos seguido rigorosamente esse princípio.

Ele imaginou ver um brilho repentino nos olhos do outro. Se de fato ocorrera, passou com igual rapidez.

— O senhor tem filiais, creio eu, do outro lado do Canal?

— Ah, sim. Na verdade — ele produziu a frase com grande deliberação —, eu mesmo estive em Berlim no dia 13 do mês passado.

— Neste caso — continuou o desconhecido —, não é necessário seguirmos fingindo. É conveniente deixarmos a filha do meu amigo fora disso. Sabe quem eu sou... Pelo menos, vejo que foi alertado a respeito de minha vinda.

Ele fez um sinal com a cabeça em direção ao calendário da parede.

— Isso mesmo — concordou Tommy.

— Meus amigos... Vim até aqui para investigar a situação. O que vem acontecendo?

— Traição — respondeu Tuppence, já não aguentando permanecer quieta.

O russo transferiu sua atenção para ela e ergueu as sobrancelhas.

— Ah, então é isso? Foi o que pensei. Foi o Sergius?

— Achamos que sim — disse Tuppence, sem ao menos corar.

— Não me surpreenderia em nada. Mas e quanto a vocês mesmos, ninguém suspeita de vocês?

— Acho que não. Lidamos bastante com casos genuínos — explicou Tommy.

O russo anuiu com a cabeça.

— Fazem bem. Mesmo assim, acho que seria melhor se eu não voltasse mais aqui. No momento, estou hospedado no Hotel Blitz... Vou levar a Marise... Esta é a Marise, sim?

Tuppence assentiu.

— Como ela é conhecida por aqui?

— Srta. Robinson.

— Muito bem, srta. Robinson, voltará comigo até o Blitz e almoçará comigo lá. Nos encontraremos todos no nosso quartel-general, às três horas. Está claro? — Ele olhou para Tommy.

— Perfeitamente claro — respondeu Tommy, enquanto perguntava para si mesmo onde diabos poderia ficar esse quartel-general.

Mas supôs que era justamente esse quartel-general que o sr. Carter estava tão ansioso por descobrir.

Tuppence ergueu-se e vestiu seu casaco preto longo de gola de leopardo. Então, com toda a seriedade, anunciou que estava pronta para acompanhar o príncipe.

Saíram juntos e Tommy ficou para trás, assolado por emoções conflitantes.

E se o ditafone apresentasse algum defeito? E se a enfermeira misteriosa tivesse, de um jeito ou de outro, percebido e o tivesse quebrado?

Ele apanhou o telefone e chamou um número determinado. Houve uma breve demora, e então uma voz familiar respondeu:

— Tudo OK. Venha até o Blitz imediatamente.

Dali a cinco minutos, Tommy e o sr. Carter se encontravam na Palm Court do Blitz. O chefe estava animado e muito confiante.

— Você agiu muito bem. O príncipe e a pequena dama estão almoçando no restaurante. Tenho dois dos meus homens lá, disfarçados de garçons. Quer ele suspeite de algo, quer não, e estou bastante seguro de que nem desconfia, já o temos nas mãos. Há dois homens instalados lá em cima, vigiando-lhe a suíte; e há mais lá fora, prontos para segui-los aonde quer que vão. Não se preocupe com sua esposa. Não a perderemos de vista. Não pretendo correr quaisquer riscos.

De vez em quando, um dos agentes do Serviço Secreto vinha relatar como andavam as coisas. Da primeira vez, foi o garçom, que lhes tomara o pedido de coquetéis. Depois, um jovem bem-vestido e de rosto inexpressivo.

— Estão saindo — anunciou o sr. Carter. — Vamos nos esconder atrás desta coluna, caso decidam se sentar aqui, mas imagino que ele a levará até sua suíte. Ah, sim, foi o que pensei.

Da posição vantajosa onde se encontravam, Tommy viu o russo e Tuppence atravessarem o saguão do hotel e entrarem no elevador.

Os minutos se passavam e Tommy começou a ficar inquieto.

— O senhor acha, sr. Carter... Quer dizer... Sozinhos naquela suíte...

— Um dos meus homens está lá dentro, atrás do sofá. Não se preocupe.

Um garçom atravessou o saguão e foi até o sr. Carter.

— Recebi o sinal de que estavam subindo, senhor... Mas não chegaram. Está tudo certo?

— O quê? — o sr. Carter sobressaltou-se. — Eu mesmo os vi entrando no elevador. Há exatamente — ele consultou o relógio — quatro minutos e meio... E ainda não apareceram...

Ele atravessou o saguão correndo na direção do elevador, que acabava de descer, e se dirigiu ao ascensorista:

— Você levou um cavalheiro de barba clara e uma jovem dama, há alguns minutos, até o segundo andar?

— Até o segundo andar, não, senhor. O cavalheiro pediu o terceiro.

— Oh! — De um salto, o chefe entrou no elevador, fazendo um sinal a Tommy para que o acompanhasse. — Leve-nos até o terceiro andar, por favor.

— Não estou entendendo isso — ele murmurou, em voz baixa. — Mas fique calmo. Todas as saídas do hotel estão vigiadas e também tenho um agente no terceiro andar, um em cada andar, para ser mais exato. Não queria arriscar nada.

A porta do elevador se abriu no terceiro andar e eles saltaram para fora, caminhando, apressados, ao longo do corredor. No meio do caminho, um homem vestido de garçom foi até eles.

— Está tudo bem, chefe. Eles estão no número 318.

Carter soltou um suspiro, aliviado.

— Tudo bem. Não há outra saída?

— É uma suíte, mas só tem estas duas portas que dão para o corredor e, para sair de qualquer um destes quartos, teriam que passar por nós para chegar até a escada ou até o elevador.

— Então está bem. Telefone lá para baixo e descubra o nome da pessoa que supostamente ocupa esta suíte.

O garçom voltou dali a pouco.

— A sra. Cortlandt Van Snyder, de Detroit.

O sr. Carter ficou muito pensativo.

— Agora fiquei em dúvida. Será que esta sra. Van Snyder é cúmplice dele ou ela...

Ele não chegou a completar a frase.

— Ouviu algum barulho lá de dentro? — perguntou bruscamente.

— Nada. Mas as portas não deixam frestas. Não se poderia ouvir muita coisa.

O sr. Carter tomou uma decisão repentina.

— Isso não está me cheirando bem. Vamos invadir. Tem a chave-mestra?

— Claro, senhor.

— Convoque Evans e Clydesly.

Reforçados pelos dois outros homens, eles avançaram na direção da porta da suíte, que se abriu sem qualquer ruído quando o primeiro homem colocou a chave.

Eles se encontravam num pequeno vestíbulo. À direita ficava a porta aberta de um banheiro e, diante deles, uma salinha de visitas. À esquerda havia uma porta fechada e por trás dela se ouvia um som fraco que lembrava a respiração asmática de um cachorro pug. O sr. Carter abriu a porta com um empurrão e entrou.

Aquela peça era o quarto propriamente dito, com uma cama de casal grande coberta por uma decorativa colcha rosa e dourada. Sobre esta, com as mãos e os pés amarrados, a boca amordaçada e os olhos esbugalhados de dor e raiva, encontraram uma mulher de meia-idade elegantemente vestida.

Após receber ordem do sr. Carter, os outros homens vasculharam toda a suíte. Só Tommy e seu chefe haviam entrado no quarto. Ao mesmo tempo em que se inclinava sobre a cama e se esforçava para desfazer os nós, Carter varria o quarto com os olhos, perplexo. A não ser por uma imensa quantidade de malas evidentemente americanas, o quarto estava vazio. Nenhum sinal do russo nem de Tuppence.

Em seguida, o garçom entrou apressado, informando que os outros quartos também estavam vazios. Tommy correu para a janela, mas em seguida retornou balançando a cabeça. Não havia nenhuma sacada... Nada, a não ser uma queda livre até a rua lá embaixo.

— Certos de que foi neste quarto que entraram? — perguntou Carter, decidido.

— Absoluta. Além disso... — o homem indicou a mulher estendida na cama.

Com a ajuda de um canivete, Carter partiu ao meio a mordaça que praticamente sufocava a mulher. Logo ficou claro que, independentemente do que tivesse sofrido, aquilo não fora o suficiente para impedir a sra. Cortlandt Van Snyder de fazer pleno uso de sua língua.

Quando seu primeiro arroubo de indignação se esgotara, o sr. Carter falou em tom suave:

— A senhora se importaria de me contar exatamente tudo o que aconteceu, desde o começo?

— Acho que vou processar este hotel por isso tudo. É uma afronta tremenda. Eu estava procurando minha garrafa de Killagrippe quando um homem veio por trás e pulou em cima de mim e quebrou um frasco de vidro bem debaixo do meu nariz, e, antes que eu pudesse retomar o fôlego, perdi os sentidos. Quando recuperei a consciência, estava deitada aqui, toda amarrada, e só Deus sabe o que aconteceu com minhas joias. Acho que ele levou todas.

— Imagino que suas joias estejam bem seguras — informou o sr. Carter secamente. Ele girou sobre os calcanhares e apanhou alguma coisa do chão.

— A senhora estava bem aqui onde estou quando o homem lhe pulou em cima?

— Isso mesmo — concordou a sra. Van Snyder.

O sr. Carter apanhara do chão um fragmento de vidro fino. Ele cheirou o fragmento e entregou-o a Tommy.

— Cloreto de etila — murmurou ele. — Anestésico instantâneo. Mas só derruba alguém por um instante. Com certeza ele ainda estava aqui quando a senhora recobrou os sentidos, sra. Van Snyder?

— Não é isso mesmo que eu estou lhe dizendo? Ah! Quase fiquei louca quando o vi fugindo, e eu sem poder me mexer nem fazer coisa alguma.

— Fugindo? — perguntou o sr. Carter, incisivo. — Em que direção?

— Por aquela porta. — Ela apontou uma porta na parede oposta. — Tinha uma moça com ele, mas ela me pareceu mover-se com dificuldade, como se tivesse recebido uma dose da mesma droga.

Carter dirigiu um olhar interrogativo para seu ajudante.

— Esta porta dá para a próxima suíte. Mas são portas duplas... Devem estar trancadas com ferrolhos dos dois lados.

O sr. Carter examinou a porta com todo o cuidado. Depois, aprumou-se e caminhou na direção da cama.

— Sra. Van Snyder — disse ele, com calma —, ainda insiste em afirmar que o homem saiu por aquela porta?

— Ora, certamente que saiu. Por que não deveria ter saído?

— Porque a porta está aferrolhada do lado de cá — arrematou o sr. Carter, seco, e enquanto falava, sacudiu ruidosamente a maçaneta.

Uma expressão de absoluta perplexidade cobriu o rosto da sra. Van Snyder.

— A não ser que alguém tivesse trancado a porta depois de ele passar — Carter esclareceu —, ele não pode ter saído por aqui.

Ele voltou-se para Evans, que acabara de entrar no quarto.

— Tem certeza de que não estão em nenhum lugar da suíte? Não há nenhuma outra porta de acesso?

— Não, senhor. E estou bem certo disso.

Carter voltou a examinar todo o quarto com os olhos, de um lado para o outro. Abriu o guarda-roupa grande, olhou debaixo da cama, para cima no buraco da chaminé e atrás de todas as cortinas. Finalmente, levado por uma ideia repentina e sem considerar os protestos veementes da sra. Snyder, abriu o baú de roupas e revistou rapidamente todo o seu interior.

De repente, Tommy, que estivera a examinar a porta que comunicava com a outra suíte, exclamou:

— Venha cá, chefe, veja isso aqui! Eles saíram mesmo por aqui.

O ferrolho fora limado habilmente, tão perto do encaixe que o ponto de junção mal se podia perceber.

— A porta só não abre porque está trancada do outro lado — explicou Tommy.

Um minuto depois, estavam no corredor de novo e o garçom abria a porta da suíte contígua com sua gazua. A suíte não tinha ocupante. Quando chegaram à porta de comunicação, viram que o mesmo plano fora adotado. O ferrolho fora limado e a porta estava trancada, sendo que a chave fora retirada. Mas em nenhum lugar da suíte havia qualquer sinal de Tuppence nem do russo de barba clara, e não havia nenhuma outra porta de comunicação, só a porta que dava para o corredor.

— Mas eu os teria visto saindo — protestou o garçom. — Não poderia deixar de vê-los. Posso jurar que não saíram.

— Maldição! — exclamou Tommy. — Eles não podem simplesmente ter evaporado.

Carter tornara a se acalmar e botara seu cérebro perspicaz a trabalhar.

— Telefone lá para baixo e veja quem ocupou esta suíte pela última vez e quando.

Evans, que viera com ele, deixando Clydesly de vigia na outra suíte, obedeceu. Pouco depois, ele levantou a cabeça do fone e anunciou:

— Um rapaz inválido francês, monsieur Paul de Vareze. Uma enfermeira o acompanhava. Foram embora hoje de manhã.

O outro agente do Serviço Secreto, o garçom, soltou uma exclamação. Ele ficara pálido como um papel.

— O rapaz inválido... A enfermeira — gaguejou. — Eu... Eles cruzaram por mim no corredor. Nunca imaginei... Eu os vira tantas vezes antes.

— Tem certeza de que eram mesmo eles? — gritou o sr. Carter. — Tem certeza, homem? Olhou bem para eles?

O agente balançou a cabeça.

— Mal olhei para eles. Estava esperando, entende, em estado de alerta, pelos outros, o homem de barba clara e a garota.
— Claro — concluiu o sr. Carter com um gemido. — Já contavam com isso.
Com uma exclamação repentina, Tommy se agachou e puxou alguma coisa de debaixo do sofá. Era uma pequena trouxa preta. Tommy desenrolou-a, e vários artigos caíram de dentro da mesma. O pano externo que embrulhava todo o resto era o casaco preto longo que Tuppence estava usando naquele mesmo dia. Dentro dele, estavam seu vestido de passeio, seu chapéu e uma barba clara comprida.
— Agora está claro demais — afirmou com amargura. — Eles a pegaram... Pegaram Tuppence. Aquele demônio russo nos passou para trás. A enfermeira e o rapaz eram cúmplices. Hospedaram-se aqui por um ou dois dias para que o pessoal do hotel se acostumasse com a sua presença. O homem deve ter percebido durante o almoço que estava encurralado e pôs o seu plano em ação. Provavelmente ele contava que o quarto ao lado estivesse vazio, uma vez que não havia ninguém lá quando ele deu um jeito nos ferrolhos. De alguma maneira, ele conseguiu silenciar tanto a vizinha de quarto quanto Tuppence, trouxe ela até aqui, vestiu nela as roupas de rapaz, mudou a própria aparência e saiu caminhando com a maior sem-cerimônia. As roupas devem ter sido escondidas prontamente. Mas eu só não compreendo como conseguiu a aquiescência de Tuppence.
— Eu compreendo — declarou o sr. Carter. Ele apanhou um pequeno pedaço de aço brilhante. — Isso é um fragmento de uma agulha hipodérmica. Ele a dopou.
— Meu Deus! — gemeu Tommy. — E conseguiu dar o fora!

— Não sabemos se conseguiu realmente — Carter retrucou de pronto. — Lembre-se de que cada uma das saídas está sendo vigiada.

— Estão atrás de um homem e uma jovem. Não de uma enfermeira e um rapaz inválido. Acho que a esta altura eles já devem ter conseguido deixar o hotel.

Quando checaram, esse acabou sendo o caso. A enfermeira e seu paciente haviam embarcado num táxi e partido cerca de cinco minutos antes.

— Olhe aqui, Beresford — insistiu o sr. Carter —, pelo amor de Deus, não se deixe abater. Você sabe que não vou sossegar enquanto não encontrar essa garota. Vou voltar para o meu escritório agora mesmo e, em menos de cinco minutos, estaremos lançando mão de todos os recursos à disposição do nosso departamento. Ainda vamos pegá-los.

— Vão mesmo, chefe? Aquele russo é um bandido muito esperto. Olha só a astúcia com que ele armou esse golpe. Mas sei que o senhor vai fazer tudo o que puder. Apenas... Peço a Deus que não seja tarde demais. Eles nos deixaram no maior apuro.

Tommy saiu do Blitz Hotel e andou, às tontas, pelas ruas, mal se dando conta de por onde andava. Sentia-se completamente imobilizado. Procurar onde? Fazer o quê?

Ele entrou no Green Park e deixou-se cair sobre um banco. Ele mal notou quando mais alguém se sentou no extremo oposto do banco e até assustou-se quando ouviu uma voz muito conhecida:

— Se me permite, chefe. Se eu puder me intrometer...

Tommy levantou os olhos.

— Olá, Albert — cumprimentou de maneira mecânica.

— Já sei de tudo, chefe... Mas não fique assim.

— Não fique assim... — Ele deu uma gargalhada nervosa.

— É fácil dizer, não é?

— Ah, mas pense, chefe. Os Detetives Brilhantes de Blunt jamais são derrotados. E, se o senhor me permite falar, não pude deixar de ouvir o que o senhor e a patroa conversavam hoje de manhã. O sr. Poirot e sua massa cinzenta. Bem, chefe, por que não usa a sua massa cinzenta e vê o que consegue fazer?

— É mais fácil usar a sua massa cinzenta na ficção do que no mundo real, meu rapaz.

— Bem — insistiu Albert, firme —, não acredito que qualquer um pudesse deixar a patroa fora de combate para sempre. O senhor sabe como ela é. Igual a um daqueles ossos de borracha que se compra para dar para cãezinhos, indestrutível e garantido.

— Albert — disse Tommy —, você me consola um pouco.

— Então, que tal usar sua massa cinzenta, chefe?

— Você é um rapaz persistente, Albert. Fazer papel de bobos nos adiantou bastante até aqui. Vamos tentar outra vez. Vamos recapitular os fatos em ordem e com método. Eram 14h10 quando nossa presa entrou no elevador. Cinco minutos depois, conversamos com o ascensorista e, após ouvirmos o que tinha a dizer, também subimos ao terceiro andar. Eram, digamos, 14h19 quando entramos na suíte da sra. Van Snyder. E agora, que fato importante chama a nossa atenção?

Os dois permaneceram quietos. Nenhum fato importante chamava a atenção deles.

— Não havia nenhuma mala grande no quarto, não é? — perguntou Albert com um brilho repentino nos olhos.

— *Mon ami* — explicou Tommy —, você não entende a psicologia de uma mulher americana que acaba de voltar de Paris. Eu diria que havia quase vinte malas grandes no quarto.

— O que quero dizer é que uma mala é algo útil se você tem um cadáver por aí de que você quer se livrar... Não que ela *esteja* morta, nem pensar.

— Revistamos as únicas duas malas suficientemente grandes para que um corpo coubesse nelas. Qual é o próximo fato em ordem cronológica?

— O senhor pulou um. O momento quando a patroa e o sujeito vestido de enfermeira cruzaram com o garçom no corredor.

— Deve ter sido logo antes de subirmos no elevador — concluiu Tommy. — Devem ter escapado por um triz de ficar cara a cara conosco. Um trabalho muito rápido. Eu...

Tommy parou de falar.

— O que foi, chefe?

— Quieto, *mon ami*. Tive aquele tipo de ideia simples, colossal, estupenda, que sempre ocorre, mais cedo ou mais tarde, a Hercule Poirot. Mas se for isso... Se é isso... Oh, meu Deus, espero chegar a tempo.

Ele saiu correndo do parque, seguido de perto por Albert, que perguntava, sem fôlego, enquanto continuava a correr:

— O que houve, chefe? Não compreendo.

— Deixe assim. Não é para você compreender, mesmo. Hastings nunca compreendia. Se sua massa cinzenta não fosse muito inferior à minha, que graça este jogo teria? Estou sendo bem estúpido... Mas tem de ser assim mesmo. Você é um bom rapaz, Albert. Você sabe o valor de Tuppence... Que vale uma dúzia de vezes mais do que eu e você.

Falando ofegante, enquanto corria, Tommy tornou a adentrar os portais do Blitz. Ele avistou Evans e o conduziu até um canto com algumas poucas palavras apressadas. Os dois homens entraram no elevador e Albert foi com eles.

— Terceiro andar — pediu Tommy.

Pararam junto à porta do no 318. Evans tinha uma gazua e fez uso da mesma. Sem dizer uma palavra de alerta, foram direto ao quarto da sra. Van Snyder. A dama seguia ainda deitada na cama, só que agora vestia um *negligé* que lhe caía muito bem. Ela os encarou, surpresa.

— Perdão se não cheguei a bater — Tommy desculpou-se em tom gentil. — Mas quero minha esposa. A senhora se importa de sair dessa cama?

— Acho que o senhor está completamente doido — berrou a sra. Van Snyder.

Tommy a examinou, pensativo, sua cabeça pendida para um lado.

— Muito artístico — definiu Tommy —, mas não serve. Olhamos *debaixo* da cama, mas não *dentro* dela. Lembro de ter usado esse esconderijo quando criança. Na posição horizontal, atravessado na cama, debaixo do rolo. E aquele bonito baú guarda-roupa, prontinho para carregar o corpo, mais tarde. Mas fomos mais rápidos do que você esperava agora há pouco. Você teve tempo de dopar Tuppence, colocá-la sob o rolo da cama e de se deixar amarrar e amordaçar por seus cúmplices da suíte ao lado. Admito que, a princípio, engolimos sua história todinha. Mas quando se analisou cada detalhe com ordem e método... Era impossível drogar uma jovem, vesti-la com roupas de rapaz, amordaçar e amarrar outra mulher e mudar a própria aparência...

Tudo isso em cinco minutos. É apenas fisicamente impossível. A enfermeira e o rapaz deviam meramente servir como isca. Devíamos seguir-lhes a pista, e a sra. Van Snyder seria considerada outra vítima. Por favor, ajude a dama a sair da cama, Evans? Está com sua automática? Que bom.

Sob protestos, a sra. Van Snyder foi tirada do seu lugar de repouso. Tommy arrancou as cobertas e o rolo da cama.

E lá, atravessada horizontalmente na cama, estava Tuppence, com os olhos fechados e o rosto pálido como cera. Por um momento, Tommy foi assolado por um temor súbito, mas então ele notou-lhe a respiração na altura do peito. Ela estava drogada... Mas viva.

Ele virou-se para Albert e Evans.

— E agora, *monsieurs* — anunciou em tom dramático —, o golpe final!

Com um gesto brusco inesperado, ele agarrou a sra. Van Snyder pelos cabelos cuidadosamente penteados. Tommy ficou segurando os cabelos dela na mão.

— Como pensei — disse Tommy. — O número 16!

II

Era cerca de meia hora mais tarde quando Tuppence abriu os olhos e descobriu um médico e Tommy debruçados sobre ela. A respeito dos acontecimentos do quarto de hora seguinte, é melhor cobri-los com um decente véu, já que após esse período de tempo o médico partiu, tendo se certificado de que agora estava tudo bem.

— *Mon ami*, Hastings — Tommy saudou-lhe carinhosamente —, com que alegria vejo que você está viva!
— Pegamos o número 16?
— Mais uma vez, eu o esmaguei como uma casca de ovo... Em outras palavras, Carter o apanhou. A massa cinzenta! Falando nisso, vou dar um aumento para Albert.
— Conte-me tudo.

Tommy fez-lhe um relato animado dos fatos, mas omitiu certos detalhes.
— Você não ficou meio desesperado com minha situação?
— Tuppence perguntou com voz fraca.
— Não muito. É preciso manter a calma, sabe.
— Mentiroso! — exclamou Tuppence. — Você ainda parece bem perturbado.
— Bem, talvez, só estava um pouco preocupado, querida. Minha nossa, nós vamos desistir disso tudo, não vamos?
— Certamente que sim.

Tommy suspirou, aliviado.
— Tinha esperança de que você seria sensata. Depois de um choque desses...
— Não é o choque. Você sabe que não me importo com choques.
— Um osso de borracha... Indestrutível — murmurou Tommy.
— Tenho algo melhor para fazer — continuou Tuppence. — Algo muitíssimo mais excitante. Algo que nunca fiz antes.

Tommy a encarou com apreensão redobrada:
— Eu a proíbo, Tuppence.
— Não pode — retrucou Tuppence. — É a lei da natureza.

SÓCIOS NO CRIME

— Do que você está falando, Tuppence?
— Estou falando... — esclareceu Tuppence. — Do nosso bebê. Hoje em dia, as esposas não sussurram mais. Elas gritam: NOSSO BEBÊ! Tommy, não é tudo maravilhoso?